AF893111

रांगेय राघव : सम्पूर्ण कहानियाँ—5

सतयुग बीत गया

रांगेय राघव : सम्पूर्ण कहानियाँ—5

सतयुग बीत गया

रांगेय राघव

अनन्य प्रकाशन

प्रकाशक : ***अनन्य प्रकाशन***
ई-17, पंचशील गार्डन, नवीन शाहदरा
दिल्ली-110032
फोन नं. 011-22825606, 22824606
E-mail : prakashanananya@gmail.com

संस्करण : 2024

आईएसबीएन : 978-81-962022-1-7

मूल्य : ₹ 175

शब्द-संयोजन : कम्प्यूटेक सिस्टम, दिल्ली-110032

मुद्रक : हर्ष प्रिंटर्स, दिल्ली-110094

Rangeya Raghava : SAMPURAN KAHANIYA—5
SATYUG BEET GAYA

अनुक्रम

ऐयाश मुर्दे

फकीर चुपचाप चला जा रहा था। यमुना में पानी भयंकर वेग से घोर नाद करता हुआ बह रहा था। आकाश में रेतिया रंग छाया हुआ था। शाह के मजार पर रुककर फकीर बैठ गया। दूर कहीं 'अल्ला हो अकबर, अल्ला हो अकबर' का शब्द गूँज उठा। उसके बाद 'जल्लहान' या अल्लाह तेरा नाम सच्चा है का दूसरा गम्भीर, लहराता, निनादित स्वर सुनाई पड़ा। शब्द टकराकर यमुना की भीषण खादरों में लय हो गया और समीरण का तीव्र निःश्वास हरे-भरे पेड़ों और झाड़ियों में खेल उठा। फकीर ने सुना, कोई कह रहा था—दुनिया अजीब है और आदमी उससे भी ज्यादा अजीब! कल का शाहंशाह आज धूल है, कल का मलका मुअज्जमा आज साढ़े तीन हाथ के महल में बन्द है। वह नूरजहाँ जिसके इशारे पर दुनिया हिलती थी, रेगिस्तान की वह अनाथ बालिका, आज जमीन में कैद है। कोई उसे छुड़ा नहीं सकता मर्जिये अल्लाह।

फकीर के हृदय में एक अशान्ति जाग उठी। दुनिया एक दौड़-सी लगाती चली जा रही है। लड़ती, झगड़ती, लेकिन कोई चैन लेने का नाम नहीं लेता। परवरदिगार। तेरी यही मर्जी है। तू नहीं चाहता वह खुश हो। खुश होकर शायद यह नाचीज़ तुझे भूल जायेगा। इसलिए तो तूने इतने दुःख, इतना दर्द दुनिया में फैला दिया है!

दो-तीन औरतें बुर्का ओढ़े आयीं और मजार की परिक्रमा करके दीया जलाकर कुछ मिठाई रखकर ठहर गयीं। आड़ में से निकल बूढ़े रहमत फकीर ने उनके सर पर हाथ रखकर उन्हें दुआ दी। औरतें गयीं। बूढ़ा रहमत नमाज पढ़ने लगा।

फकीर उसी तरह चुप बैठा रहा। दूर एक डोंगी चली जा रही थी! कोई आदमी उसे खे रहा था, और सामने एक सुन्दर-सी स्त्री बैठी थी। फकीर ने मुँह फेर लिया। बूढ़ा रहमत नमाज समाप्त कर चुका था। फकीर ने देखा, रहमत के मुख पर दिव्य ज्योति उतर आयी थी। उसने फिर भी कुछ नहीं कहा। बूढ़े ने खाँसकर कहा—"मेरे अजीज! तू जवानी में ही जिन्दगी से क्यों मुँह मोड़ उठा?"

फकीर ने धीरे से कुछ कहा। बूढ़ा उसे सुन नहीं सका।

रहमत ने फिर कहा—"तू पाक परवरदिगार की गोद में आ गया है! मैं कहता

हूँ कि अभी इस राह पर न आ, क्योंकि जवानी दीवानी है। फिसल जाने पर खुदा का दिया लिबास बदनाम हो जाता है। देख वह नूर का जलवा...''

बूढ़े ने फुर्ती से हाथ का इशारा किया। फकीर चुप बैठा रहा। हिला नहीं। बूढ़े ने कहा—''देखा नहीं नादान?''

फकीर ने कहा—''रसूले खुदा मजाक करना पसन्द नहीं करते। नूर क्या है? यह दुनिया खुद नूर है।''

बूढ़े ने कहा—''शाबाश! इस मजार पर मुझे औरतों और बच्चों को गंडे-ताबीज देते हुए बरसों हो गये, लेकिन मेरे चेले सादुल्ला और रज्जाक ने ऐसी बात कभी भी नहीं कही। यहाँ हर तरह की औरत आती है, मनौती मानती है, दुआ करती है, लेकिन वे दोनों कभी पाक बातें नहीं करते। तू कौन था।''

फकीर ने कहा—''मैं एक रफूगर का बेटा हूँ। घर में कोई नहीं बचा, दिल उचट गया। तभी से फकीर हूँ। जामा मस्जिद की छाया में सोता हूँ, राह चलते मुझे खाने को दे जाते हैं।''

रहमत ने कहा—''चल, अब तू यहीं रहा कर और खैरात किया कर।''

फकीर ने सुना और देखा कि बूढ़ा रहमत गाता हुआ एक ओर चल पड़ा। फकीर सुनता रहा और फिर वहीं लेट गया।

बूढ़े का गाना अब भी सुनाई दे रहा था—अगर तुझे नाज है तो सुन कि महल आज वीरान खंडहर बने पड़े हैं। हमने राजा और भिखारी को मरघट में साथ-साथ जलते हुए देखा है! पागल! आग से खेल कर कब तक बचा पायेगा? यह मेला केवल दो साँसों का है नादान! यह बुखार भी उत्तर जायेगा।

बुढ़ापे की वह करुण भर्राहट धीरे-धीरे दूर होती-होती शून्य में लय हो गयी। फकीर ऊँघने लगा।

(2)

रज्जाक ने एक बार सादुल्ला की तरफ आँख मारी और फकीर से कहा—''अमाँ तुम तो एकदम साईं बन गये। इतने दिनों में तो अल्लाहकसम फरिश्ते भी बोल पड़ते।''

सादुल्ला ने टोककर कहा—''चुप बे। हाँ तो नहीं। सुनाने दे उन्हें।''

''फकीर ने कहा—''तुम दोनों को हमेशा मजाक सूझती है।''

सादुल्ला ने कहा—''आप कह रहे थे, आपकी वालदा बड़ी अच्छी हैं। फिर आप उनके पास तो कभी नहीं जाते।''

फकीर ने उत्तर दिया—''क्या जाऊँ? दुनिया में जितना पैर रखोगे उतना ही फँसोगे। दूर-ही-दूर रहना अच्छा है। वालिद ने मुझे रफू का काम सिखाया था, मगर उनके गाहक हमेशा कहते थे।—मियाँ क्या रफू किया। यह तो सब फट चला? वालिद

हँसकर कहते थे—अरे बाबू साहब रफूगर तभी तो दर्जी से कम समझा जाता है, वर्ना आप भी नया ही न सिलवा लेते?''

रज्जाक ठठाकर हँस पड़ा। उसने कहा—''अल्लाह कसम! क्या बात कही है यह न होता तो क्या हमारे पुराने पीर तुम्हें गद्दी देकर जाते? भला करे उसका जिसने तुम्हारे आने के लिए यह रास्ता दिखाया। आज से हम तुम्हारे गुलाम हैं।''

फकीर के होंठों पर एक फीकी-सी मुस्कराहट तैर गयी। रज्जाक और सादुल्ला मजार के पीछे की ओर जाकर सोने लगे। फकीर चुपचाप बैठा रहा।

एक औरत आकर कुछ दुआ माँगने लगी। उसने अपना मुँह खोल दिया। फकीर ने देखा। उसके गोरे मुँह पर काली जुल्फें काँप रही थीं। फकीर का दम घुटने लगा। औरत दुआ माँगकर चली गयी। फकीर इस औरत को आज तीन दिन से इसी तरह आता देख रहा था। वह आकर कुछ दुआ माँगती और चली जाती। फकीर प्रायः निर्विकार-सा बैठा रहता किन्तु आज उसका मन हिल उठा। जैसे शमा की लौ हिलते ही चारों तरफ का अँधेरा हिलकर उसे खाने दौड़ता है, उसी प्रकार आज उसके मन में वासना गूँज उठी। फकीर उसे देखता रहा, तब तक, जब तक कि वह दूर झाड़ियों के पार नहीं हो गयी।

उसके बाद वह उन उद्विग्न-सा टहलने लगा। उसके हृदय में बेचैनी-सी भर गयी। उसने बैठकर वहीं नमाज पढ़नी शुरू कर दी।

(3)

फकीर को देखकर उस स्त्री ने बुर्का मुँह पर खींच लिया, वह एकदम सकपका गयी। फकीर ने गम्भीर स्वर में पूछा—''तू क्यों आती है यहाँ रोज?''

औरत ने धीमे स्वर में कहा—''बाबा! मनौती मनाती हूँ।''

फकीर ने पूछा—''किसलिए दुआ करती है तू?''

औरत ने उत्तर दिया—"बाबा। मैं औलाद चाहती हूँ, मेरे कोई औलाद नहीं होती।''

''औलाद?,'' फकीर ने बैठते हुए कहा, ''औलाद के लिए किस्मत चाहिए।''

''मैंने बड़ी मनौतियाँ मानीं? दर्जनों कब्रों पर दीपक जलाये, ताजियों का साया किया, पीरों के मज़ारों पर लोहबान दिया। मगर कुछ भी नहीं हुआ। कल्लन की माँ ने कहा था कि शाह के मजार जा, वहाँ एक फकीर है जो गीली मुल्तानी में आग लगा दें, पानी पत्थर कर दें।''

''इस मजार पर तो मैं हूँ।'' फकीर ने सिर उठाकर कहा—''लेकिन मैं तो कभी गंडा-ताबीज नहीं बाँटता?''

''आप नहीं जानते?'' स्त्री ने उत्सुकता से पूछा।

फकीर का दिल धड़क उठा। उसने कहा—"जानता? जा-जा, अपने घर जा। यहाँ कोई ऐसा काम नहीं होता। समझी? अल्लाह की दुआ कर। अपनी-अपनी किस्मत! या परवरदिगार!"

उसने ध्यान में मग्न होकर आँखें बन्द कर लीं। स्त्री मन-ही-मन प्रसन्न हो गयी। उसने आगे बढ़कर फकीर के पैर पकड़ लिये। फकीर ने कहा है? तू गयी नहीं?"

औरत ने घिघियाकर कहा—"आप मालिक हैं, अगर आप अपने बन्दों पर रहम नहीं खायेंगे तो हमारा, हम गरीबों का, और कौन है?"

फकीर देखता रहा। औरत फिर कहने लगी—"कसम है मेरे सिर की मेरे रसूल! वह तो चुड़ैल मुन्तो है जो मेरे मरद पर डोरे डाल रही है। मैं कहीं की न रहूँगी मेरे मालिक! अगर मेरे बच्चा नहीं हुआ तो वह मुझे छोड़कर मुन्तो को बसा लेगा। फिर तो यह एक वक्त की रोटी भी न मिलेगी! आप पर ख़ुदा का हाथ है; अभागी पर उसका साया पड़ जाय तो सारी तकलीफें मिट जायें।"

फकीर फिर भी चुप रहा। वह कुछ सोचने लगा। पाप और पुण्य का भीषण संघर्ष उसके हृदय में उथल-पुथल मचा रहा था। उसने सिर उठाकर देखा, स्त्री की आँखों में आँसू छलक आये थे। फकीर ने गम्भीर स्वर में कहा—"तो दीया बले आ जाना।"

स्त्री सिर झुकाकर चली गयी। फकीर बौराया-सा इधर-उधर घूमने लगा। मजार के चारों तरफ तो चक्कर लगाकर देखा, सादुल्ला और रज्जाक कोई भी वहाँ नहीं था। उसने सन्तोष से एक लम्बी साँस ली और फिर वहीं लौट आया।

(4)

रात हो गयी। चारों ओर अन्धकार छा गया। फकीर ने फूँक मारकर मज़ार पर जलते चिराग को बुझा दिया। हवा धीरे-धीरे काँपती हुई भाग रही थी। आसमान में अनेक तारे निकल आये थे। बसन्ती अन्धकार में यौवन की सुलगान कूक उठी थी। फकीर आतुर-सा देख रहा था। एकाएक वह उठ खड़ा हुआ। स्त्री सामने खड़ी थी। फकीर अन्धकार में उसको घूरने लगा। स्त्री ने कहा—"बाबा? मैं आ गयी हूँ।"

फकीर ने धीरे से कहा—"यहाँ बैठकर दुआ माँग!"

स्त्री घुटनों के बल बैठ गयी और प्रार्थना करने लगी। फकीर देखता रहा। जब वह उठ खड़ी हुई, फकीर ने कहा—"अब यह बुर्का उतार दे। अल्लाह चाहेगा तो तू जल्द ही माँ हो जायेगी।"

स्त्री का मन पुलक उठा। उसने निःशंक होकर उतार दिया। फकीर ने देखा, बुर्का एक कफन था जिसमें उसे जिन्दा ही लपेट दिया गया था। भीतर वह केवल

कुर्ता और पाजामा पहने थी। फकीर ने कहा—''ऊपर चल।''

स्त्री कुछ भी नहीं समझी। वह फकीर के पीछे-पीछे मजार के पीछे चली गयी। सड़क ओट में आ गयी।

अन्धकार में सहसा फकीर ने उसका हाथ पकड़ लिया। स्त्री काँप उठी। उसने भर्राये स्वर से कहा—आप साईं। आप?''

फकीर पागल हो रहा था। उसने उसे अपनी ओर खींचकर उसे अपने शरीर से लगाकर भींच लिया। स्त्री छटपटाने लगी। उसके मुँह से निकला, ''मैं तुम्हारी बेटी हूँ बाबा! यह क्या कर रहे हो?''

फकीर ने कुछ नहीं कहा। वह पशु-सा उन्मत्त हो गया था। स्त्री जोर से चिल्ला उठी और दोनों हाथों से उसने फकीर के मुँह को नोंच लिया। फकीर उसे लेकर पृथ्वी पर गिर गया।

इसी समय पास ही में पैरों की आहट हुई। किसी ने जोर से हँसकर कहा—''अबे रज्जाक! रात तो ऐसी है कि बजार चलते! यहाँ क्या है कमबख्त!''

फकीर ने सुना। स्त्री चिल्ला उठी—''बचाओ! बचाओ! यह मरदुआ मुझे...''

फकीर ने जोर से उसका मुँह दाब दिया। स्त्री की आवाज घुट गयी। पगध्वनि जल्दी-जल्दी पास आने लगी। फकीर ने देखा और भय से वह काँप उठा। पलक मारते वह पृथ्वी पर से उठा और मजार पर चढ़कर कूद गया।

स्त्री ने उठकर देखा, उसके कुर्ते के बटन टूट गये थे और जगह-जगह से फट गया था, जिसके भीतर से उसका गोरा बदन झाँक रहा था और दोनों तरफ दो आदमी कुत्तों की तरह घूर रहे थे। वह बड़े जोर से चिल्ला उठी किन्तु उसकी आवाज निर्जन से टकराकर विलीन हो गयी। सादुल्ला और रज्जाक ठठाकर हँस पड़े।

रज्जाक ने कहा—''अबे सादुल्ला, शाबाश! फकीरों की मौत के बाद भी अच्छी कटती है! कहाँ तो ये जिन्दे हैं कि कभी कोई नहीं आयी और यहाँ इन मरों के ऐश हो रहे हैं।''

सादुल्ला ठठाकर हँस पड़ा और उसने उस स्त्री का हाथ पकड़ लिया। स्त्री भय से काँप उठी। उसका श्वास रुद्ध हो गया।

उस समय रात गहरी हो गयी थी। और शाह का मजार सो रहा था।

(मार्च, '49 से पूर्व)

धर्म का दाँव

मुल्ला जी ने हाथ उठाकर चिड़ियों को उड़ाने के लिए किया—'श! श!'

चिड़ियों ने कोठरी में दो चक्कर लगाये और फुर्र हो गयीं। खोंमचे वाले गबदू ने हँसकर कहा—"क्यों मुल्ला जी, तुमने घर नहीं बसाया तो जमाने में किसी को भी नहीं बसाने दोगे?"

उसके स्वर में व्यंग्य था।

"अमाँ भला क्या कोई बात है? जब देखो तब, ली जरा-सी रूई और उड़ गयीं घोंसले की तरफ। इतना ही नामा होता तो खुद न गिरस्ती बसाते! जी, जी, करके तो लड़ाई काटी है, उसका नाम, यहाँ इन्हें दिल्लगी सूझी है!"

"तो क्या हो गया?" गबदू ने नजर बगल में रखे खोमचे पर मारी और फिर छज्जे पर घिसी ईंट से खाने काढ़ने लगा।

मुल्ला जी ने देखा। "मतलब है हम अपने रोजगार को थोड़ी देर के लिए टाल रहे हैं, लिहाजा आप भी आइये।"

हाथ की रूई वहीं छोड़ दी और खाँसकर बाहर आ बैठे।

गबदू ने गिट्टियाँ बाँट दीं।

"देखो मुल्ला जी," गबदू ने कहा—"तुम्हारी लाल रहीं न?"

"अबे हमें क्या बता रहा है! हमने तुझे खेलना सिखाया है।"

"भगवान् कसम! ये अच्छी दिल्लगी है।"

खेल शुरू हुआ। गबदू ने कहा—"अब तो जाड़े आ गये हैं मुल्ला जी! खूब काम चलता होगा?"

"चलता ही है। हमारा काम भी कोई काम है। दुनिया को गरम रखते हैं।" मुल्ला जी हँसे और हाथ बढ़ाकर भीतर से हुक्का खींचकर बाहर धर लिया और दो कश खींचे।

"तुमने सुना?" गबदू ने चिलम को हाथ पर उठाते हुए कहा?

"क्या?"

‘‘यही कि कारखाने टूट रहे हैं?’’

‘‘अमाँ नहीं?’’

‘‘क्यों, लड़ाई तो खत्म हो गयी है। यह सरकार अब हाथी क्यों पालेगी?’’

‘‘तो क्या होगा?’’

‘‘मजदूर निकाले जा रहे हैं! बड़े साले मस्ता रहे थे। अब देखेंगे, क्या होता है?’’

उसके स्वर में एक व्यंग्य मिश्रित प्रसन्नता थी। एकाएक किसी ने पीछे से कहा—‘‘मुल्ला जी राम-राम।’’

‘‘राम-राम भैया’’ मुड़कर देखा। गोविन्द खड़ा है। कन्धे पर तीन साल की लड़की चिपकी है।

‘‘आओ बैठो।’’ मुल्ला जी छज्जे की ओर इंगित करके कहते हैं, ‘‘क्यों क्या बात है? अमाँ! लुगाई से हो गयी?’’

गबदू हँसा। ‘‘भला कोई बात है?’’

‘‘क्यों? आखिर कुछ बात भी तो हो। यह मुर्दनी? यह जवानी? कोई बात भी होगी ही।’’

‘‘बात तो कुछ नहीं मुल्ला जी’’, गोबिन्द छज्जे पर उखरू बैठकर बोला। गमछे से मुँह का पसीना पोंछा। ‘‘लड़की ने तंग कर रखा है।’’

‘‘क्या? क्यों?’’ मुल्ला जी ने उत्सुक होकर पूछा। बच्ची के गाल फूले-फूले थे, ऐसे जैसे कि उस उम्र के बच्चों के नहीं होने चाहिए। लेकिन बाप तन्दुरूस्त है, एक झलक एक रोज माँ की भी देखी ही है। फिर बालक अच्छा हो तो क्या ताज्जुब?

बालिका ने उल्टे हाथ से आँखों को मसला; मिचमिचायी और नीचे का ओठ जैसे अपने-आप खदक उठा।

‘‘क्या..... बात है बेटी बिल्लो!’’ मुल्ला जी चुमकार कर पूछते हैं। ‘‘हम तुमको मिठाई देंगे। रोती क्यों है बता न?’’

बस बच्ची ने जोर से रोना शुरू कर दिया। मुल्ला जी नहीं जानते, बालकों का दिमाग कैसा होता है। चक्कर में पड़कर ऊपर देखा। गबदू ने कहा, ‘‘कहो गोविन्द जमेगी? परसों दिवाली है न?’’

‘‘अब के जरूर खेलूँगा भैया, नहीं तो काम कैसे चलेगा। अब रोजगार खत्म ही हो गया। तब इसकी मैया ने रोज-रोज इसे जलेबी की आदत डाल दी थी। अब सूखी रोटी की बात है। गले के नीचे के राँड़ के उतरती ही नहीं। बस दिन-रात ‘रें-रें’ लगी रहती है। कुछ भी हो, अब के तो किस्मत अजमानी ही होगी।’’

मुल्ला जी ने फिर सोलह कौड़ी पर नजर जमायी। गबदू हँसा। बोला, ‘‘पक्की?’’

‘‘पक्की।’’ गोविन्द ने उत्तर दिया। मुल्ला जी ने उपेक्षा से कहा, ‘‘अब चलोगे

भी?''

गबदू फिर खेल पर झुक गया।

(2)

घर-घर में दीये जल रहे थे। सड़कें जगमगा रही थीं। यह इस साल की दूसरी दिवाली थी। पहली जर्मनी की हार पर मनवायी गयी थी, दूसरी अब धर्म के कारण मनायी जा रही थी। सड़कों पर लोग रोशनी देखने के लिए घूम रहे थे।

मुल्ला जी की कोठरी में जुआ हो रहा था। पाँसा फेंका जा रहा था।

गबदू ने जोर से फेंककर कहा, पौ बारहा।

''टिंडे!'' गोविन्द ने अँगूठा दिखाकर कहा—''देख बेटा। मैं जानूँ, अभी पूरी तरह से तो नहीं फूटीं?''

मुल्ला जी ने झुककर देखा और कहा—''दुग्गी।''

गबदू का हाथ काँपा। गोविन्द ने हाथ पसारकर कहा—''बढ़ा इधर।''

दबा लिए पैरों के नीचे पैसे। और आँख मींचकर फिर पाँसे को उठाकर कहा—''हार जाऊँ तो एक-न-एक खून होना लाजमी है। पौ बारा...!''

स्वर जब लौटकर पाँसे पर आ टिका, सचमुच पौ बारा था।

गोविन्द की आँखों के सामने एक बार पत्नी का चित्र घूम गया। आज वह उसकी खंगवारी गिरवी रखकर रुपए लाया था। लेकिन अब वह तीन बनवा सकता है। मन-ही-मन सोचता—मजाल है कि हार जाऊँ! पंडित का भेजा फोड़ दूँगा साले का। सीधा दिया है, चार आने दच्छिना के धरे हैं। कोई दिल्लगी है? हार कैसे जाऊँगा। पंडित ने कहा था कि दौज तक मिट्टी को छू ले तो सोना हो जायेगा और उसके बाद...

उसके बाद की ऐसी की तैसी। उसके बाद जुआ खेला तो चूल्हे में जला दूँगा उस हाथ को। बैठी होगी बेचारी बड़ी आस से। जैसे माँ लच्छमी...''

मुल्ला और गबदू हारे बैठे थे। उदास होकर मुल्ला ने गबदू की ओर देखा। गबदू खिसिया रहा था। बोला—''बस? बटोर के चल दिये? जैसे दिवाली खत्म हो गयी।''

''कसम है गोविन्द! दगा मत करना। यारी में खलल आ जायेगा। यारों के बिना जहान सूना है। समझ लो, लुगाई का क्या भरोसा। पेट भरोगे, गहना दोगे, तब तक रहेगी, नहीं किसी और के जा बैठेगी।''

गबदू ने ताव से कहा—''अ जी हो ली मुल्ला जी। हमें न मालूम था, हम नहीं आते तुम्हारे यहाँ। सौगन्ध है, नत्था के यहाँ जाते तो कलेजा भी तर रहता।''

''अबे रोता क्यों है?'' गोविन्द ने आगे सरककर कहा—''मैंने तो सोचा कि

यारों के ज्यादा चूना नहीं लगाना चाहिए। कहीं और जाकर खेलो। मेरा तो भाग जाग गया है; कसम से। एक भी दाँव हारा हूँ?''

नहीं तो—गबदू ने काँपकर पूछा।

''मैंने पंडित जी से पूछा था।''

''तो तू आज शहर के बड़े सेठों में क्यों नहीं गया? वहाँ तो छक्के छुड़ा देता।''

एक बार आशा काँप उठी। क्या यह नहीं हो सकता?

''मगर'' मुल्ला जी ने कहा—''घुसने कौन देगा? शुरू में भी तो हजार-दो हजार होने चाहिए?''

''देवा कसम'' गबदू ने तैश में आकर कहा—''तुम भी चुगद हो मुल्ला जी।'' वह प्रातःकाल जब खौमचा लगाकर बेचता है तो आकर्षित करने के लिए जलेबी गरम के स्थान पर आवाज देता है?—जलेबी गरम। इसी से जोश में उसके मुँह से 'देवी' की जगह 'देवा' निकल गया।

पल-भर को गोविन्द की आँखों के सामने समा बँध गया। वह कपड़े बदलकर सेठों में घुसा है और जुआ हो रहा है। फिर याद आये किस्से। एक बार एक बाबू सेठ के यहाँ गया, सेठ बैठा कुछ सोच रहा था। पूछा—'क्यों आये हो बाबू?'

'जुआ खेलने।'

'अंटी में क्या है?' सेठ ने पूछा।

'पाँच हजार।'

सेठ हिकारत की हँसी हँसा। जूती उठाकर बोला—'शर्त बदते हो? जुआ तो इसके बाद होगा।'

'किसकी?' बाबू ने सहमकर पूछा।

'बोलो, कल जापानी बम पड़ेंगे कलकत्ते पर कि नहीं?''

'पड़ेंगे।'

'तो देखो कल पड़ गये तो पन्द्रह हजार ले जाना; नहीं तो पाँच हजार छोड़ जाना।'

जूती उलटी पड़ी; तब तो पड़ेंगे।

कहते हैं, बम नहीं गिरे और बाबू भी नहीं लौटा।

वह मन-ही-मन काँप उठा। कहीं उसके साथ भी नहीं पड़े तो वह क्या खाकर लौटेगा?

सेठों को क्या, दस हजार की रिश्वत देते हैं, एक लाख इधर-से-उधर करते हैं।

उसी समय गबदू ने फिर कहा—''उसका नाम हो जायेगा और ठाठ हो जायेंगे। लड़ाई नहीं रही, न सही; मगर कन्ट्रोल तो नहीं हटा। पो बारा...''

गोविन्द काँप उठा। यह नहीं हो सकता। बाहर नौकर ही नहीं घुसने देंगे।

सेठ की क्या बेइज्जती नहीं है कि वह हमसे खेलेगा?

मुल्ला जी को कोई दिलचस्पी नहीं थी। रूई के पेशगी रुपये ले लिये, क्या किया जाये?

गबदू की बात से गोविन्द का हृदय बल्लियों उछला। मोटरें चलेंगी भगवान का क्या ठीक! कब छप्पर फाड़ दे। दो ही दिन की बात है, फिर वही अँधेरा। अब के असली दिवाली आयी है। कमबख्त लड़ाई जरा और चल जाती, तो उसने भी लाखों कमा लिए होते। लाखों...

वह स्वयं अपनी वास्तविकता भूल गया। मुल्ला जी ने अन्तिम दाँव मारा। कहा—''अब के आ जाओ?''

''देखो! समझ लो।''

''समझ लिया सब।''

''मर्जी तुम्हारी। बीच में नहीं उठने दूँगा। पूरा खेलना होगा। सारी रकम लगा दी है तुमने। दुकान धरते हो!''

रुकते स्वर से मुल्ला ने कहा—'''अच्छा।''

''अच्छा-अच्छा नहीं। पहले कसम है। रहम का काम नहीं। पहले सोच लो।''

मुल्ला जी ने सिर हिलाया।

गोविन्द ने पाँसा फेंककर कहा—''मारा है। पौ बारहा।''

झुककर देखा। विश्वास नहीं हुआ। बढ़ा हुआ हाथ मुल्ला ने पीछे खींच लिया।

''देख लो फिर कहोगे मैंने छू दिया है।''

देखा। गोविन्द ने आँख फाड़कर देखा। फिर उठाया। हाथ काँप रहा था। गबदू ने उछलकर कहा—सौ रुपये बेटा, एक नहीं ले जाने दूँगा। फिर दुग्गी?'' मुल्ला और गबदू ठठाकर हँसे।

''निकाल दे सब, खोल दे अंटी।''

''मारा जाऊँगा कसम से, बहू की खंगवारी है। मर जायेगी। गबदू देख, लौंडिया भूख से तड़प-तड़पकर मर जायेगी!''

लेकिन गबदू हँसकर पैसे गिन रहा था।

क्रोध से व्याकुल होकर गोविन्द ने कहा—''मैं पंडित का खून कर दूँगा।''

दोनों ठठाकर हँस पड़े। मुल्ला जी ने कहा—''फाँसी चढ़ जायेगा। फिर तेरे बीवी-बच्चों का क्या होगा?''

गोविन्द को चक्कर आया और अपनी सल्तनत के खंडहर पर अपने-आप बे-जान-सा बैठा रहा।

मुल्ला जी कह रहे थे—''गबदू! जा बे, दो आने के दीये तो ले आ। लक्ष्मी माई ने आज जान बचायी है। दीये तो जला दूँ।''

गबदू रुपये अंटी में खोंस रहा था। बोला—"मारो गोली मुल्ला जी। इस भगवान का भी क्या भरोसा!"

(3)

दीये बुझ चले थे। चारों तरफ फिर सन्नाटा छा गया था।

मुल्ला जी बराबर धुन रहे थे। रूई उड़-उड़कर इधर-उधर छितर रही थी। उन्होंने द्वार बन्द कर लिया था। एकाएक द्वार पर किसी ने आहट की। आवाज दी—"कौन है?"

कोई नहीं बोला। मुँह पर का कपड़ा उतारकर दरवाजे की कुंडी उतारी। बाहर देखा—कुछ नहीं। कुत्ता पीठ खुजा रहा था। उफ! क्या सोचा था, क्या हो गया। गोविन्द नहीं आयेगा।

लौटकर फिर मुँह और नाक पर कपड़ा बाँधा। और धुनने में लग गये। आवाज झुर्र झट, झुर्र झट झट करके कोठरी में गूँजने लगी और रूई का, छितरी हुई मुलायम रूई का ढेर सामने बढ़ता ही चला जा रहा था।

दिवाली भी हो गयी। दीये भी बुझ गये। मिठाइयाँ भी खत्म हो गयी होंगी। लोग सो रहे हैं...

झुर्र झुट झुट, झुर्र झुट झुट...

एकाएक हाथ रुक गया। लेकिन गोविन्द की दिवाली? कैसी मनी होगी उसकी दिवाली?

हृदय में एक टीस हुई। अपने ऊपर एकाएक एक विक्षोभ हुआ। किसलिये चाहिए उन्हें वह पैसा? भूखी होगी बेचारी बिल्लो। रो न दिया होगा माँ का दिल, आज बेचारी बच्ची को दो बताशों के लिए तड़पा हुआ देखकर!

किन्तु हाथ फिर चलने लगा। मन का भार एक रूई है, जिसे आज वह धुन देना चाहता है; क्योंकि उसका अन्त जानकर भी अपना माध्यम वे नहीं समझ पाये हैं।

मुल्ला जी ने व्यथित होकर हाथ फिर रोक दिया। एक बार बाहर आ गये। आसमान में तारे अब भी छिटक रहे थे, जैसे किसी ने मुट्ठियों में भर-भरकर खील बिखेर दी हो। याद न आयी होगी उस बेचारी बच्ची को कि भगवान ने आसमान तक में आज सील बिखेरी हैं, फिर हमारे ही घर ने क्या बिगाड़ा है? क्या कहा होगा गोविन्द ने घर जाकर! कैसे घुसा होगा वह भीतर!

और फिर मुल्ला की चेतना में किसी ने गर्म लोहे का स्पर्श किया। किन आँखों से देखा होगा उस औरत ने अपने शौहर की बरबादी को? किस अरमान से उतारी होगी उसने अपने गले में वह खंगवारी। नहीं दिया अल्लाह ने, कहर गिरा दिया। पिघले हुए सीसे से भी भयानक होंगे उसके आँसू, जिसमें इन्सान की नफरत और

औरत की कसम, अरे वह माँ की ममता, सब मिलकर चिल्ला उठे होंगे। वही, जिन्हें यारों के पत्थर दिल ने ऐसे कुचल दिया, जैसे कसाई के हाथ जिन्दी मुर्गी का गला उमेठकर आधा काटकर तड़फड़ाने के लिए फेंक देते हैं और स्वर न गले से निकलते हैं, न बदन में इतना खून ही रहता है कि कुछ नहीं तो कमबख्त आँसू ही बनकर लहराता हुआ घुमड़ आये, अरमान का मवाद बनकर वह निकले।

मुल्ला जी भीतर लौट गये। गिनकर देखे। 32 रुपये थे। उठाकर मुट्ठी में बाँध लिए एक बार हाथ खोलकर नजर डाली। दीये की धुँधली रोशनी में भी कैसे चमक रहे हैं? कैसी तड़प है! कितना पानी! सारी बीमारियों की एक मात्र दवा! सारे दुःख दूर हो जाते हैं। स्नेह से, फिर मुट्ठी बाँध ली, जैसे बाबर ने हुमायूँ के लिए अपनी जान की कुर्बानी देने तक में हिचक नहीं दिखायी थी।

पड़ोस में किसी बालक के रोने का शब्द सुनाई दिया। याद आ गयी फिर वह दो मुलायम नजरें। कितनी मासूम, भोली व निर्मल!

मुल्ला जी की मुट्ठी ढीली पड़ गयी। सामने ही रूई पड़ी है—सारी जिन्दगी बीत गयी। फिर रौनक कितने रोज की है? इस दफीने का क्या होगा, जिस पर किसी की बेबसी का साँप अपना जहर उगल रहा है।

रात के उस सूनेपन में जब मुल्ला ने दरवाजे पर थपकी दी, भीतर जागने के स्पष्ट लक्षण थे।

एक औरत ने द्वार खोला।

"कौन है?"

"मैं हूँ। गोविन्द है?"

"क्या है?" औरत ने रूखे स्वर से पूछा।

"यह रुपये दे देना उसे। कहना मुल्ला को जुए के रुपये नहीं चाहिए। वह कोई बनिया नहीं है कि दूसरों का गला काटकर चिराग जलाये। गोविन्द की बच्ची भूखी रहे और मुल्ला खुशियाँ मनाये, यह नहीं हो सकता।"

"लेकिन उन्हें आ जाने दो। तभी रुपये दे देना।"

"कहाँ गया है?"

"जुआ खेलने।" स्वर में भयानक करुणा का अथाह—त्रस्त-विश्व रुदन कसक रहा था।

"जुआ खेलने?" मुल्ला ने विस्मय से पूछा—"पैसा?"

"अब के मेरी बिधिया ले गये हैं।"

"परवरदिगार!" मुल्ला का स्वर गिड़गिड़ा उठा। स्त्री देखती रही। मुल्ला लौट पड़ा। उसे हाथ में रुपये ऐसे लग रहे थे, जैसे उसने जलते तवे पर हाथ रख दिया हो और छुड़ाये न छूटता हो। उसका हृदय ते जी से धड़क रहा था।

एकाएक मुल्ला चिल्ला उठा—“गोविन्द!”

सड़क पर पड़े हुए आदमी में तनिक भी चेष्टा नहीं हुई। और मुल्ला ने देखा, उस समय गोविन्द के मुँह से बू आ रही थी। उन्हें ऐसा लगा, जैसे वह आज सारे जीवन का जुआ हार चुके हों। रुपये चुपचाप उसकी जेब में रख दिये और सिर झुकाये हुए बढ़ गये, जैसे जवानी में वेश्या के कोठे से उतरकर झेंपते हुए चले जाते थे।

(मार्च, ’49 से पूर्व)

जाति और पेशा

अब्दुल ने चिन्ता से सिर हिलाया। नहीं, यह पट्टी उसकी है। यह रामदास को उस पर कभी भी कब्जा नहीं करने देगा। श्यामा जब मरा था तब वह मुझसे कह गया था। रामदास तो उस वक्त वहाँ था भी नहीं। उसका क्या हक है? आया बड़ा हिन्दू बनकर। उस वक्त कहाँ चला गया था? जब देखो तो हाथ में लट्ठ उठा-उठाकर दिखाता है। मैं कचहरी में ले जाऊँगा इसको।

उसके शरीर पर एक मैली-सी मिरजई और कटि के नीचे घुटनों तक ऊँची धोती। वह बैठा-बैठा हुक्का गुड़गुड़ा रहा था। इधर जो नाज महँगा बिकता है, उसके पास कुछ रुपया जमा हो गया है। वह अब किसी से भी क्यों दबे? और उसने भौं सिकोड़कर गम्भीरता से एक बार जोर का कश लगाया और फिर अपने कैंची से कटे बालों पर हाथ फेरा। जब मुँह से धुआँ छोड़ा तो उसका हाथ दाढ़ी को सहला रहा था।

उसके बच्चे बाहर धूल में खेल रहे थे। उन्हें किसी की भी क्या फिक्र! साथ में ही रामदास के बच्चे भी थे। एक बच्चा धूल में पैर देकर ऊपर से मिट्टी थोपकर घर बनाने की कोशिश कर रहा था। जब चिलम बुझ गयी, वह उठा। पत्नी को आवाज दी और कह दिया कि सम्भवतः देर में लौटेगा। पत्नी कुछ नहीं समझ सकी। अपने इन्हीं विचारों में मग्न वह शहर चल दिया।

दो मील चलकर जब वह वकील साहब के यहाँ पहुँचा तो उसने देखा, वकील साहब को एक मिनट की भी फुरसत नहीं। किन्तु जब वह पास जा सलाम करके बैठ गया तो उसे पता चला कि वह सिर्फ गवाहों की भीड़ थी जिन्हें वकील साहब कल का बयान रटा रहे थे। वह चुपचाप प्रतीक्षा करता रहा। जब बयान खत्म हो गया, उन्होंने एक गवाह से उसे सुना। उसकी गलतियों को ठीक किया और फिर सन्तुष्ट होकर कहा—''ठाकुरों को उस गाँव में कोई नहीं हरा सकता। अब जाओ।''

वकील साहब की आँखों में एक तीक्ष्णता थी जिससे उन्होंने शीघ्र ही अब्दुल को भाँप लिया। उनका काम ही यह था। उन्होंने उससे कहा—''अरे बहुत दिन बाद

दिखायी दिये। इधर तो आना हो छोड़ दिया था।'' फिर हँसकर कहा—''वकील और डॉक्टर दूर रहें यही अच्छा है।''

वे धार्मिक आदमी थे। सुबह अँधेरे ही उठकर भजन-पूजन समाप्त कर लेते और फिर साँसारिक कामों में लग जाते। छुआछूत का पूरा ख्याल रखते। जब बच्चे सुबह पढ़ने लगते वे अपने मुवक्किलों से बात करते हुए उन पर भी नजर रखते कि कोई बेकार हो पेन्सिल छील-छीलकर तो समय नष्ट नहीं कर रहा है। पड़ोस के खाँ साहब से उनके पिता के समय में बहुत मेलजोल था। किन्तु आना-जाना तो है नहीं, बच्चे अलबत्ता साथ खेलते हैं। उनका सिर्फ सलाम-दुआ का रिश्ता है, कुछ नहीं। वे मुसलमान, ये हिन्दू। अब पड़ोस से सब व्यवहार बन्द हो चुका था। वकील साहब की सदा यही कोशिश रहती कि कैसे भी हो खाँ साहब यहाँ से उखड़ें तो मैं मध्यस्थ बनकर वह मकान किसी शरणार्थी को दिला दूँ, और बीच में जो अपना हो, उसे प्राप्त करूँ।

श्यामा की भूमि पर अब्दुल का यह हक जमाना कतई नापसन्द रहा। पर उनको क्या? उन्हें तो पैसा मिलना चाहिए।

उन्होंने कागज पर बहुत कुछ लिखा और कहा—''केस पेंचीदा है। जबानी किसी ने कुछ कह दिया, उसे साबित करना कठिन काम है। और कोई लिखा-पढ़ी है?''

''होती तो क्या बात थी।'' उन्होंने स्वयं कहा; क्योंकि अब्दुल खाली आँखों से देख रहा था। उन्होंने जोर देते हुए कहा—''और तुम्हारी अड़ पड़ गयी है।''

अब्दुल ने सिर हिलाकर स्वीकार किया—''हाँ अड़ पड़ गयी है। जमीन तो ऐसी कोई बहुत नहीं है, पर रामदास जीत गया तो अब्दुल सदा के लिए दबकर रहेगा।''

वकील साहब समझ गये। वे समझदार आदमी थे।

''कौन से डिप्टी की कोरट में जायेगा?'' अब्दुल ने पूछा, ''ऐसी जगह पहुँचवाओ जहाँ काम हो जाय।''

वकील हँसे। कहा—''तकबी के यहाँ ले जाता, पर वैसे सुन्दरभान ठीक रहेगा। क्यों आदमी तो वह ठीक है?''

अब्दुल ने कहा—''आप जानें।''

वकील साहब ने कहा—''अरे भाई, तुम्हारी भी तो राय लेनी चाहिए। मैं और वकीलों की तरह नहीं हूँ।''

उन्होंने उसे और कुछ समझाया। रुपये गिन लिये। आश्वासन दिया। वह प्रसन्न-सा लौट आया। वकील साहब खुश हुए। सुन्दरभान से उनकी अदावत थी। वहाँ यह मुसलमान कभी नहीं जीतेगा। हिन्दू की जमीन हिन्दू को ही मिलेगी। एक पन्थ दो काज सिद्ध होंगे। तकवी दोस्त तो है, लेकिन क्या ठीक? किन्तु अब्दुल

कुछ और ही सोच रहा था। वकील की रुपये देते ही बोझ उतर गया। जिस समय वह गाँव पहुँचा उसे लगा उसने रामदास को हरा दिया था। मामूली नहीं है यह वकील, कितने गवाहों को साथ पढ़ा रहा था। जब उस झूठे मामले को वह यों ही सुलझा गया तो फिर उसका तो एक सहारा भी है। वह जरूर जीतकर रहेगा।

तभी किसी ने कहा—"कहो तो अब्दुल अच्छे तो हो? बहुत दिन बाद दिखायी दिये।"

गरगराती आवाज में एक भारीपन था जिसमें अधिकार, स्नेह और चातुर्य की भावना थी। अब्दुल ने देखा, मौलवी साहब थे। वह खुशी से अपना किस्सा सुना गया।

उसकी बात सुनकर वे उसे ऐस देखते रहे जैसे किसी बेवकूफ को आज जिन्दा पकड़ लिया था। अत्यन्त गम्भीर मुद्रा बनाकर उन्होंने कहा—"अब्दुल तू सचमुच बच्चा है।"

अब्दुल चौंक उठा। उसने पूछा—"क्यों? क्या बात है?"

लम्बा चोगा पहनने वाले मौलवी साहब की उँगलियाँ उनकी खिचड़ी दाढ़ी में उलझ गयी। वे चुप खड़े रहे। उनके उस मौन को देखकर अब्दुल को भय होने लगा। यह हल और जमीन का मोटा काम करने वाला किसान अल्लाह के सूक्ष्म तत्त्वों को समझने वाले मौलवी की इस तरह खामोश देखकर सिहर उठा।

उन्होंने मुस्कराकर कहा—"अभी वह शायद तुमने सुना नहीं। हिन्दू अब मुसलमानों पर खार खाये बैठे हैं। यह वंह बोदा हिन्दू नहीं है जो हमारा गुलाम बनकर रहता था, अब यह हमें गुलाम बनाकर रखना चाहता है।"

अब्दुल काँप उठा। मौलवी साहब भारी आवाज में कहते रहे—"सूबेदार तलवार लगाकर घूमता है, वह कहता है इन्हें सूई की नोक बराबर जमीन पर भी नहीं रहने दिया जायेगा। कोई रोकने वाला है उसे? कोई नहीं क्योंकि सुन्दरभान सबसे बड़ा अफसर है। उसके सामने कौन बोल सकता है?"

उन्होंने हाथ फैलाकर समझाते हुए कहा—"आज हल्के में सब मुसलमान हैं। अपना दारोगा है, अपना तहसीलदार, मगर सुन्दरभान अकेला हिन्दू डिप्टी है। मुसलमानों को दबाकर रखना चाहता है। तकवी है—अपनी बातें सुनता है, तरफदारी करता है, ठीक है, मगर डरता है। जहाँ हिन्दू-मुसलमान का सवाल आया फौरन अपने-आपको ईमानदार साबित करने के लिए हिन्दू की तरफ हो जायेगा। अगर ऐसे लोग न होते तो क्या मुसलमान इतना दबकर रहता है?"

अब्दुल संकट की-सी हालत में पड़ गया। अब वह क्या करे? कुछ भी हो आखिर जब वह दीन भाई है तो क्या कुछ भी ख्याल नहीं करेगा? तकवी ही ठीक रहेगा।

अब्दुल दूसरे दिन जब वकील साहब के यहाँ पहुँचा वकील साहब अकेले बैठे थे। उनकी स्त्री पर्दे के पीछे खड़ी उनसे कुछ बातें कर रही थी। अब्दुल को देखकर वह भीतर चली गयी।

"आओ, आओ अब्दुल" वकील साहब ने आरामकुर्सी पर लेटते से बैठते हुए कहा। अब्दुल जाकर बगल में जमीन पर बैठ गया। काफी तकलीफ के साथ उसने अपनी बात को छिपाकर उनसे कह दिया।

वकील साहब ने अधमुँदी आँखों से देखा। तकवी के यहाँ मामला पहुँचाना उनके बस की बात है, लेकिन उसमें यही खतरा है, मुसलमान कैसा भी दोस्त हो, आखिर मुसलमान है। वह जब देखेगा कि जमीन का मामला है, फौरन मुसलमान की तरफ हो जायेगा, दोस्ती धरी रह जायेगी। केस तो शायद वे जिता दें, पर हिन्दुओं का इसमें नुकसान होगा। मुसलमान को जमीन दिलाने का मतलब है इनके यहाँ पट्टा कर देना। उन्होंने अब्दुल की बात पर पहलू से विचार किया।

वे समझ गये। इससे किसी ने कहा है कि तकवी मेरा दोस्त है। यहाँ काम जल्दी होगा। और मुसलमान मुसलमान की ही तरफ झुकता है। इस विचार से उन्हें कोफ्त होने लगी। उन्होंने सोचा, वे खुद ही केस कमज़ोर रखेंगे कि तकवी उल्टा फैसला देगा। उन पर क्या चोट आयेगी। वह तो मुसलमान हैं।

उन्होंने कहा—"तब तो खर्चा बढ़ेगा। अब्दुल मैं जितना गहरा जाता हूँ उतना ही मामला पेंचीदा होता जाता है। तकवी से कुछ नहीं कहूँगा। सुन्दरभान से कह देता। केस मैं तकवी की कोर्ट में करवा दूँगा।"

वे यह झूठ बोलते तनिक भी न हिचके। सुन्दरभान उन्हें दूर रखते थे।

परिणामस्वरूप कुछ रुपये अंटी में से फिर झड़ गये। हृदय फिर हल्का हुआ। अब्दुल जब लौटा तो फिर उसके पाँव जमीन पर पड़ने से इनकार कर रहे थे, जैसे उड़ रहा था। अब क्या है? अगर तकवी भी उसकी मदद नहीं कर सकता, तो फिर खुदा भी नहीं कर सकता। मौलवी साहब कुछ भी हों, उन्हें मुकदमा करने का हक थोड़े ही है। रास्ते में देखा, सब बच्चे इधर-उधर खेल में भाग गये थे। एक घुटनों पर चलने वाला रह गया था। उसने रामदास के बच्चे को गोद में उठा लिया। धूल में सना हुआ बच्चा रो रहा था उसने उसे पुचकार कर चुप किया और उससे बातें करने लगा। उसका मन प्रसन्न हो रहा था। कैसा मजे का है! बड़ी-बड़ी आँखों से घूर रहा है।

तभी रामदास ने पुकारकर कहा—"इसे तो रहने दो। दोस्ती करने को मैं काफी हूँ।" वह सामने से आ रहा था। अब्दुल ने बच्चे को उतार दिया। बात लग गयी थी।

अब घरों के बीच की भीत और ठोस हो गयी, अभेद्य हो गयी। रामदास ने

बच्चे की हिफाजत के लिए कुछ टोटका किया था। अब्दुल ने सुना तो उसका हृदय कसक उठा। मुझे इतना कमीना समझता है। और प्रतिशोध के शोले भीतर भड़क उठे। बीवी से उसने दृढ़ता से कहा—"आज से रामदास हमारा बैरी है। समझती हो?" स्त्री ने देखा। वह कुछ नहीं समझ सकी।

कई दिन बीत गये।

अब्दुल हार चुका था। तकवी ने उसके खिलाफ फैसला सुनाया था। उसके सब-डिवीजन में कुछ हिन्दू-मुस्लिम तनातनी थी। सरकार ने उस पर कड़ी डाँट लगायी थी। उसकी नौकरी का चक्कर था। वकील साहब दोस्त थे। उनके मुवक्किल होने में ही हानि थी और मुसलमान होना तो गजब था। सब सुनकर मौलवी साहब ने हँसकर कहा—"मैंने पहले कहा था कि वह हिन्दुओं से दबता है। वकील नरोत्तम बड़ा घाघ आदमी है। जब तुम कोरट बदलने गये, जरा न हिचका। वह जानता था कि तकवी पोच आदमी है, उससे हिन्दू का कभी नुकसान नहीं हो सकता।"

"लेकिन डिप्टी तो अपना ही था।" अब्दुल ने प्रतिवाद किया, "मुसलमान तो बेकार है, हिन्दू तो अलग है ही। फिर भी करता भी क्या? अपना तो कोई नहीं निकला!"

मौलवी साहब सुनकर परास्त हुए। किन्तु हार कैसे जाते। कहा—"तू तो सीधा आदमी है अब्दुल! इस मामले में बड़े-बड़े चक्कर खा जाते हैं। अँग्रेजों के ये कानून तो ऐसे हैं कि अच्छा वकील हो तो एक के चार मतलब निकाल ले। तू मेरी राय में एक काम कर। किसी मुसलमान वकील के पास जा। मुकदमे की जीत-हार की कुंजी डिप्टी नहीं; वकील है, वकील। समझा?"

अब्दुल फिर विचारमग्न हो गया। मौलवी साहब का कहना ठीक है। पेशकार ने भी उससे अकेले में भी कहा था कि केस ही जब इतना कमजोर है तब तकवी क्या कर लेता है? और पेशकार से सुनी यह चार रुपये कीमत की बात उसके कानों में गूँज उठी।

जब वह पर पहुँचा उसकी स्त्री चूल्हे पर खाना पका रही थी। वह बैठा-बैठा सोचता रहा। स्त्री घर की मालकिन थी। उसके क्षेत्र में अब्दुल को बोलने का कोई अधिकार नहीं था, इसलिये वह उसके मामलों में अधिक दिलचस्पी नहीं लेती। अब्दुल की राय में औरत का दिमाग छोटा बनाया गया था। वह खा-पीकर लेट गया और अपनी चिन्ता में मग्न हो गया।

दूसरे दिन वह फिर वकील साहब के पास पहुँचा। उस समय उसके हृदय में एक विक्षोभ था। उसने तीखी दृष्टि से देखकर आँखें फिरा लीं जैसे उनसे उसे घृणा हो गयी थी, जैसे वह किसी अद्‌भुत पशु के सामने खड़ा था। जिसमें मनुष्यता के कोई भी लक्षण उसे दिखायी नहीं देते थे।

वकील साहब मुकदमा हारे हुए की प्रवृत्ति को खूब जानते थे। अब्दुल को उन्होंने गमगीन देखा तो मुस्कराये। कहा—"क्यों? मैंने कहा नहीं था? सुन्दरभान के यहाँ मामला ठीक रहता। लेकिन नहीं माने। मैं तभी समझ गया था कि किसी ने तुम्हें बहकाया जरूर है, वर्ना तुम मेरे पुराने मुवक्किल ठहरे। आज तक कभी मेरी बहस से तुम हारे हो? कभी नहीं। फिर अब की क्या हुआ?"

अब्दुल सिर झुकाये बैठा रहा।

वकील साहब ने फिर कहा—"भाई यह मामला तो उलझ गया है। अब तो तुम कब्जा ले लो। मैं दूसरा केस लड़ूँगा। समझ गये? कहो कि जमीन मेरी है। कई साल से मैं जोत रहा हूँ। अब उस पर किसी का हक कैसे चल सकता है? मुकदमा किया था, उस पर अपील चल सकती है। पहले जाकर दारोगा से मिलो। कुछ रुपया जरूर खर्च करना पड़ेगा। कब्जा सच्चा, झगड़ा झूठा!"

वह उठा। सीधे दारोगा जी के पास गया। थाने में उस वक्त भीड़ थी। कई आदमी पकड़े गये थे। कोई चोरी का मामला था। वह बैठकर इन्तजार करने लगा। वह मन-ही-मन प्रसन्न हुआ। दूसरों को फँसा देखकर उसे खुशी हुई, क्योंकि उसका नुकसान नहीं था। कुछ देर बाद उसने देखा कि दारोगा जी अन्दर चले गये और वे आदमी भी एक-एक करके उनके पास बुलवा लिए गये।

बाहर बैठा-बैठा वह ऊँघ गया। गाँव के थानेदार बादशाह आदमी थे। उनके सामने सिर उठाना कोई साधारण बात नहीं थी। अब शाम हो गयी थी। कुछ देर बाद उसने देखा कि गाँव के लोग राम-राम करके चले गये। सब छूट गये थे। उसे दारोगा के खुले दिल पर विश्वास हुआ। एकान्त में अपनी कहानी सुनायी। दीन का महत्त्व समझाया पर काम मुफ्त नहीं हुआ। और वह भी सिर्फ कोशिश करेंगे।

खाली होकर जब वह घर लौटा तो खटोले पर बैठकर पाँव फैला दिये। आज वह कुछ अधिक थका हुआ था। उसने एक लम्बी साँस छोड़ी और सिर से पगड़ी उतारकर धर दी। फिर अपनी कैंची फिरी खोपड़ी पर हाथ फेरा। और फिर उठकर खाट पर लेट गया, जिस पर से उसके पाँव बाहर निकल रहे थे।

बीवी सामने आ गयी। उसने मुस्कुराकर कहा—"आज बड़ी देर कर दी। कहाँ गये थे?"

उसे कुछ-कुछ मालूम था कि उसके पति का रामदास से मुकदमा चल रहा था, जिसमें उसका पति हार गया था। अब यह इसी की झेंप में बैठा है। अपना अधिकार दिखाने को जो उसने प्रश्न पूछा, वह ठीक निशाने पर बैठा। अब्दुल का सिर झुक गया।

उसकी पहले तो हिम्मत ही न पड़ी, किन्तु उसके बार-बार पूछने पर उसे लाचार होकर सब सुनाना पड़ा। वह चुपचाप उसकी ओर देखती रही। उसके चुप होते ही

स्त्री का चातुर्य अब खुल पड़ा—"मैं कहती थी न कि पहले मेरी बात सुन लो। अब हो गया!"

उसका व्यंग्य सुनकर अब्दुल ने कहा—"तो मैं करता भी क्या?"

स्त्री ने उसे घूरकर देखा। अब्दुल सहम उठा। तब स्त्री ने अपने दोनों हाथ चलाकर कहा—"वह सब बड़े लोगों के खेल हैं। वकील से कहो, डिप्टी के यहाँ जाकर चपरासी से कहो। वह डिप्टी का भी बाप है। सीधे मुँह बोल नहीं कढ़ता। एक है थानेदार, वाह...वाह..." उसने मुँह बनाया जिनको देखकर अब्दुल हँस दिया। उस स्त्री के मुँह पर दो झुर्रियाँ पड़ गयी थीं। वह बकबक करती रही, "ये लोग सब ऐसे ही हैं। अपना तो यही रामदास है। उसकी बहू से मैं कह देती। घर का मामला था, घर में ही सुधर जाता। पर तुम क्यों मामने लगे? दो पैसे मिले बस चले कचहरी। कुछ और भी ख्याल रहता है? चले आये बड़े अकलमन्द! वकील को दे आया हूँ, पेशकार को दे आया हूँ और थानेदार को दे आया हूँ। जमाना कहेगा, इसके बड़े-बड़े साले हैं..." वह हँस दी।

अब्दुल अधीर-सा देखता रहा। उसकी समझ में कुछ भी नहीं आया। औरत की अक्ल ही कितनी! यह क्या बक रही है? वे सब और हैं। स्त्री ने फिर कहा—"उन्हें नहीं है हिन्दू-मुसलमान की जात। वे तो बेईमान हैं, बेईमान!" अब्दुल चौंक उठा। लेकिन वह खुद मुसलमान है! उसने कहा—"वाह! यहाँ शहर-गाँव का चक्कर लगाते टाँगें टूट गयीं और तू है कि अपनी रट लगाये जाती है। अरे आखिर इतने लोग हैं। वे कुछ भी नहीं समझते? एक तू ही दुनिया में अकलमन्द बाकी है!"

स्त्री इसके लिए बिल्कुल तैयार नहीं थी। उसने कहा—"जिसने घरवाली की नहीं मानी उसका काम कभी ठीक नहीं चलता।"

अब्दुल ने हाथ उठाकर कहा—"रहने दे। कल मैं किसी बिरादरी के वकील से राय लूँगा, फिर देखना क्या होता है..."

स्त्री ने चेतकर सिर झुका लिया।

दूसरे दिन वह हामिद खाँ वकील के पास गया। हामिद खाँ आगा पेशकारों की 'जय हिन्द' सुनकर मुवक्किलों से रिश्वत दिलवाने वाले आदमियों में थे। पहले मुस्लिम-लीगी थे, अब राजभक्तों में थे, काँग्रेसवालों के पीछे-पीछे लगे डोलते थे। स्वयं उन्हें अपने ऊपर कभी-कभी आश्चर्य होने लगता था। इस समय वे पान चबाते हुए आराम-कुर्सी पर बगल में रखा हुक्का गुड़गुड़ा रहे थे। कभी-कभी बढ़े हुए पेट पर हाथ फेर लेते।

अब्दुल ने इधर-उधर की बातों के बाद अपनी बात कहना शुरू किया। हामिद खाँ ने चौंककर पूछा—"क्या कहा? सुन्दरभान के कोर्ट से मामला तुमने हटवाकर तकवी के कोर्ट में करवा दिया?"

अब्दुल ने कहा—" जी हाँ, बदलवा लिया। नरोत्तम वकील ने यही कहा था।"

उन्होंने काटकर कहा—"बड़े अजीब आदमी हो, तुमने निहायत गलती की। तुम्हें उसके सिवाय कोई वकील नहीं मिला। मुसलमानों में से कोई नहीं ठीक जँचा तुम्हें? यह बड़ा तास्सुबी हिन्दू है। उसी गड़बड़ी से सब कुछ बिगड़ गया। और तकवी से उसकी दाँत-काटी रोटी है। तकवी उसके जरिये खूब खाता है। डिप्टी सुन्दरभान ठीक थे। मुझसे क्यों न कहा? मैं उनसे जो चाहे करा सकता हूँ..."

अब्दुल ने शँका की—"वह तो हिन्दू है..."

"हाँ", हामिद खाँ ने कहा—"मेरा दोस्त है। इन मामलों में वह फर्क नहीं करता।"

और चार रुपये देकर जब वह लौटा उनका मन ग्लानि से फट रहा था। बीवी की बात सच थी। ये लोग वास्तव में और थे। उसका अपना तो वही रामदास था, और कोई नहीं।

खेत पर रामदास को देखकर, उसने पुकारकर कहा—"राम-राम भैया!"

रामदास ने उसे गर्व से देखा और व्यंग्य से हँसा। इस खाली जेबवाले अब्दुल ने उस अपमान को पी लिया। आज उसे लग रहा था कि जो सत्य उसने पहचान लिया है। रामदास अभी उससे बहुत दूर है। लेकिन जब वह घर पहुँचा उसने पत्नी से कहा—"कल मैं रामदास पर अपील दायर करूँगा..."

('51 से पूर्व)

अनामिका

सुकुमार ने अत्यन्त धैर्य से अनेक दिनों में भी वह चित्र पूरा न किया। वकील साहब रोज वहाँ आ बैठते और अपने लिए सबसे पहले सिगरेट का पैकेट ढूँढ़कर बस फिर जम जाते जैसे इससे अधिक उन्हें और किसी वस्तु की आवश्यकता नहीं थी। फिर बातों का सिलसिला चल पड़ता। सुकुमार कलाकार आदमी था। अगर वह बात न करे तो वकील साहब कभी इसमें अपना अपमान नहीं समझते। उन्हें अपनी बात कहनी। वे एक सुर से पहले काँग्रेस की तारीफ करते, फिर विलायत की सरकार की प्रशँसा करते, फिर यह भी कहते कि, 'वाह साहब रजाकारों से कोई हैदराबाद में लड़ा तो वह आपका कम्युनिस्ट ही। क्यों विनोद जी! लेकिन इस कहने का कितना मूल्य था? वे कभी बात करते समय एक-दूसरे का फर्क नहीं करते थे। पर अगर किसी बात में उनका स्पष्ट मत था तो यही कि, 'देखिये साहब! किस कदर ज्यादती है। अगर किसी आदमी ने मर-पच कर, जी हाँ ऐड़ी चोटी का पसीना बहाकर, तीन हजार रुपया इकट्ठा किया हो, समझे आप, तो अब उसकी कीमत तीन सौ रुपये, अभी तीस रुपये समझिये।'

सुकुमार अपनी कूँची रोककर कहता—''क्यों वकील साहब? तीन ही हजार हैं आपके पास?''

''अरे मेरे पास नहीं भाई, कहने के लिए कहा था। पर मैंने कुछ गलत कहा?''

विनोद खामोशी से देखा करता। वह कुमार का पुराना सहपाठी था। जब दोनों कालेज में आये थे तब दोनों ही एक-दूसरे की ओर आकर्षित हुए। सुकुमार जब एक लड़की के प्रेम में पागल हो चला, तब विनोद शहर के मेहतरों की हड़ताल करवा रहा था। जब सुकुमार चाँदनी रात में यूक्लिप्टिस के पेड़ों की छाया में अपनी प्रिया की प्रतीक्षा में व्यर्थ खड़ा था, विनोद कोतवाली के अँधेरे कमरे की छोटी खिड़की से बाहर भीख माँगते सड़े-गले आदमियों की भीड़ देख रहा था। जब वह छूटा और घर पहुँचा तब मालूम हुआ कि मेहतरों ने जबर्दस्त हड़ताल की और अधिकारियों को मजबूर होकर उसे रिहा करना पड़ा, तब सुकुमार कुर्सी पर अधलेटा-सा आकाश

की ओर देख रहा था क्योंकि उसकी प्रिया एक रईस से शादी कर रही थी। क्योंकि सुकुमार उसे सुख नहीं दे सकता था।

उसी स्त्री को कुमार अब रहस्यमयी कहता था। यह जिसके भेद नहीं खुलते। विनोद अत्यन्त नीरसता से सामाजिक परिस्थितियों का, वर्ग-भेद का वर्णन करता और दोनों में परस्पर कहा-सुनी हो जाती।

वकील साहब को न इससे मतलब था, न उससे। उन्हें सुबह अखबार चाहिए था, सिगरेट चाहिए थी। सो दोनों ही उन्हें मिल जाते थे, बस फिर क्या चिन्ता थी। निहायत बेतकल्लुफी से कुर्सी पर पाँव उठाकर रख लेते, फिर अखबार में डूब जाते। उस समय अगर कोई उनसे कुछ कहे तो अत्यन्त बनावटी ढंग से मुस्कराते। जैसे क्या बात है? और आँखें फिर अखबार पर दौड़ने लगतीं। उनकी इस हरकत से सुकुमार और विनोद दोनों ही मन-ही-मन चिढ़ा करते, पर वकील साहब का कभी भी हृदय-परिवर्तन नहीं होता था। उनका आना भी उतना ही लाजमी हो गया था जितना महँगाई में हर चीज के लिए इन्सान का हाय-हाय करना।

(2)

सुकुमार का चित्र पूरा ही नहीं होता था। वह उसकी प्रिया का चित्र था। पर उसके साथ अजीब परेशानी थी। एक मकड़ी का जाला बना दिया था, घटायें बना दी थीं। अँधेरा था तो बीच-बीच में बिजली की चमक थी। एक स्त्री हँस रही थी, एक चिल्ला रही थी। हँसती हुई वृद्धा थी। रोती हुई जवान थी।

सकुमार उस चित्र को नाम देना चाहता था। उसका कहना था, मृत्यु की घटाओं में आशा का प्रकाश है, पर यह नितान्त दारुण है और दुःख हँसता है पर जर्जर है, सुख रोता है पर तरुण है, और मकड़ी का जाला संसार है। सत्ता ही अन्धकार है।

किन्तु विनोद को यह स्वीकृत नहीं था। यह कहना था पूँजीवाद की घटाओं में जन-जीवन की शक्ति बिजली बनकर चमक रही है, पर वह भयानक है, जर्जर संस्कृति अपने महँगाई के अन्धकार को फैलाकर हँस रही है, और जनता तो तरुण है, जिसका भविष्य निश्चित् है इस समय संकटग्रस्त है।

वकील साहब कहते थे, 'नितान्त भावुकता है। सुकुमार का हृदय रुद्ध है। विनोद बाल की खाल निकालता है। अरे भाई तुम्हें रंग भरना आता हैं, भर लो। उससे किसी का क्या नफा-नुकसान? तुम चित्र किसलिए बनाते हो सुकुमार? अपने लिए या औरों के लिए?'

सकुमार ने गर्व से कहा—"अपने लिए और सिर्फ अपने लिए।"

"अच्छा छपवाओगे तो नहीं?"

सुकुमार चिन्ता में पड़ जाता।

"जवाब दो" वकील साहब से कहा, "अगर छपा तो हमारे लिए।"

फिर उसकी परेशानी देखकर वे हँसते और विनोद से कहते, "देखा आपने? यह है कला कला के लिए। कला लिखे, कला पढ़े, हमें मतलब?"

पर वे सँभलकर कहते—"लेकिन विनोद जी की बात भी मैं नहीं मानता। इस मृतकला में जीवन ढूँढ़ने की आवश्यकता ही क्या है?"

विनोद चुप रहता। सुकुमार अपनी कला का यह अपमान असह्य समझकर कहता, "आप अभी वकील साहब जरा गौर से देखिये। शायद मेरा विचार आपकी समझ में आ जाय।"

"अ जी जाने दीजिये," वकील साहब एक और सिगरेट सुलगाकर कहते—"फिर कभी देखा जायेगा। आज मुझे एक मुकदमे की तैयारी करनी है।"

"मुकदमा!" विनोद कहता—"फर्माइये। क्या कोई दिलचस्प मामला है?"

"यहाँ तो भाई" वकील साहब ने कहा—"जिन्दगी से पाला पड़ता है। तुम जय हिन्द का नया मतलब जानते हो?"

"बताइये।"

"जयहिन्द जनाब अब आदाबअर्ज की जगह कचहरियों में काम आता है, रिश्वत लेने के लिए।"

"लाहौलविलाकूवत!" सुकुमार ने कहा—"यार क्यों झूठ बोलते हो?"

"झूठ कहता हूँ?" वकील साहब ने चेतकर कहा, "यही तो मैं तुम्हें बार-बार समझाता हूँ कि असल में तुम जिन्दगी के बारे में कुछ भी नहीं जानते। तुम क्या जानो रोज कितनी खुराफातें कानून और इन्साफ के नाम पर हुआ करती हैं। परसों मैंने यह साबित कर दिया कि किशनचन्द सेठ का कल्लू अहीर की बीवी से कोई लेना-देना नहीं था। यह औरत बुढ़ापे से सठिया गयी है। इसके यहाँ कभी किशनचन्द ने सोने का नाम लेकर पीतल के गहने नहीं रखे।"

"और सच्चाई क्या थी?" विनोद ने पूछा।

"सच्चाई। उसे क्यों पूछते हो? इस दुनिया में मेरे नादान भाई उस चीज की अब कोई जरूरत नहीं है। समझे? सच्चाई यह थी कि उसने पीतल के ही गहने ले जाकर गिरवी रखे थे। अब वह बुढ़िया तबाह हो गयी।"

वकील साहब हँसे। उस हँसी में एक विक्षोभ था। वे अपने-आप कहने लगे, "आप कहेंगे मैंने पैसे के लिए पाप किया। यही बुढ़िया, जो अब रोती है, इसने नत्थू कुम्हार को पचास रुपये उधार दिये थे और आज डेढ़ साल बाद उससे ढाई सौ रुपया चाहती है। उसे धर्म की दुहाई देती है। लेकिन वह मेरा यार धर्म-विरुद्ध हो गया है..." वकील साहब फिर ठठाकर हँसे। उनकी अन्तरात्मा झनझना उठी थी।

(3)

चित्र बन चुका था। तीनों उसके लिए नाम ढूँढ़ रहे थे।

विनोद कहता था नाम ऐसा होना चाहिए जिसमें नयी दुनिया का पैगाम हो। कोई बात नहीं कि जल्दी समझ में नहीं आती। पिकासो के चित्र भी तो समझ में नहीं आते।

सुकुमार उससे सहमत नहीं था। उसकी इच्छा थी कि वह कोई ऐसा नाम रखे जैसे 'महान् का आह्वान', 'गहराइयों की पर्तें' या 'ऊँचाई की उलझन'

वकील साहब बीच-बीच में मुस्कराते थे फिर अखबार पढ़ने लगते थे।

''आप तो वकील साहब'' सुकुमार ने लेटते हुए कहा, ''बस अखबार में जुटे हैं।''

''जी हाँ, देखिये नाम ढूँढ़ रहा हूँ।''

''अ जी उधर छोड़िये'' विनोद ने कहा—''वहाँ कोई नाम नहीं बदला है। चेहरे बदल गये हैं। बिड़ला की देशभक्ति से आप इतने अधिक प्रभावित मत हो जाया कीजिये।''

''ठहरिये साहब'' वकील साहब ने टोककर कहा—''आप तो बस अपनी धुन में लगे रहते हैं। यह देखिये। कितने सिनेमाओं का विज्ञापन है। इनमें से कोई भी काम नहीं आ सकता? हाँ क्या लिखा है...''

"जाने दीजिये, जाने दीजिये,'' सुकुमार ने काटकर कहा—''मुझे उन नामों की जरूरत नहीं है।''

कमरे में फिर एक खामोशी छा गयी। तस्वीर अपने स्टैंड पर लगी थी। तीन-तीन दिमाग लड़ रहे थे पर नतीजा नहीं निकल रहा था।

इसी समय बाहर से किसी ने आवाज दी। सुकुमार बाहर गया। लौटा तो एक लिफाफा खोल रहा था। पोस्टमैन आया था।

''क्या है?'' विनोद ने पूछा—''किसने भेजा है?''

''ओहो!'' सुकुमार ने पत्र खोलकर देखा और उसके मुँह से निकला, ''जानेमन का खत आया है।''

''जानेमन का खत?'' वकील साहब चिहुँक उठे, ''रजिस्ट्री से आया है?''

'' जी हाँ,'' सुकुमार ने कहा, ''नोटिस दे दिया गया है।''

''किसने दिया?''

''मकानदार साहब ने।''

''क्यों?''

अब के विनोद बोल उठे, ''ब्लैक होती है। क्यों? जेब कटती है, क्यों?''

"तौबा, तौबा" वकील साहब ने कहा—"तो इसमें इतने तैश में आने की क्या जरूरत है। आखिर पढ़ो भी तो। वे चाहते क्या हैं?"

और अचानक जैसी बिजली का तार छू गया सकुमार चमक गया।

"और आप! वकील साहब!" उसने चिल्लाकर कहा—"आपने दिया है यह नोटिस? आपका मुवक्किल है वह पगड़ी लेने वाला? आपने दिया है हमें यह नोटिस।"

विनोद चौंक उठा, "क्या कहा? कौन वकील साहब, आपने?"

"नहीं साहब," सुकुमार ने सिर हिलाकर कहा—"विनोद ठीक कहता है। इस दुनिया में पैसे के लिए इन्सान सब कुछ कर सकता है। आज पूँजीवाद ने सबकी मनुष्यता को छीन लिया है। कहीं भी आदमी आदमी बनकर काम नहीं कर सकता। उफ! इन्तिहा हो गयी।"

विनोद के मुख पर विजय का गर्व था। उसने जोर से कहा—"मैं न कहता था..."

किन्तु वकील साहब बीच में ही चीख उठे—"तौबा! तौबा! म्याँ क्यों पागल हुए जा रहे हो। मैंने तुम्हें नोटिस देकर अच्छा किया कि बुरा किया पहले जरा इस चीज पर भी गौर करो। शुरू से कहना चाहता हूँ, पर चाहो तो आखिर ही कह दूँ।"

"शुरू से ही कहिये।" विनोद ने कटुता से कहा।

"तो सुनिये" वकील साहब ने पैंतरा बदलकर कहा—"इस समाज में पुलिस, फौज, कानून, सरकार, अखबार, रेडियो, सब पूँजीपतियों की हैं। हैं न?"

"जी हाँ," सुकुमार ने कहा। "फिर?"

"तो इनसे कोई ले नहीं सकता। दे सकता। ये आपका ईमान खरीदते हैं, इज्जत खरीदते हैं, आबरू खरीदते हैं। तब आप कहते हैं कि मजदूर किसान ही मुक्ति के रास्ते को बनाने वाले हैं। कहिये हाँ।"

" जी हाँ" विनोद ने तिक्त कंठ से कहा—"आप मतलब की बात कहिये।"

"कहता हूँ सरकार," वकील साहब ने फिर कहा—"इस समाज में भी चार प्राणी ऐसे हैं जो सेठ को छलते हैं। एक डॉक्टर, एक साधु-संन्यासी, एक तवायफ और एक...। वकील साहब ने हँसकर कहा—"हम लोग। बाकी सब लोग गुलाम होते हैं।"

"और आप क्या होते हैं?" सुकुमार ने चिढ़कर कहा।

"हम? हमें दलाल कहिये, चोर कहिये, पर ईमान हम लोग पहले बेच देते हैं। सच तो यह है कि खुशामद से खुदा राजी है..."

"आपको शर्म नहीं आती?" सुकुमार ने पूछा।

अ जी वे कोने कभी के घिस चुके मियाँ" वकील साहब ने कहा—"अठपहलू खोपड़ी की जगह हमें तो पिलपिली ही मंजूर है। अब सोचिये। मैंने नोटिस दिया

है तो मैं आपको उसका जवाब लिख दूँगा। कहिये मैंने सेठ को उल्लू बना दिया।''

''हिश'' सुकुमार ने कहा—''दोस्ती बन्द। कल से आपका अखबार और सिगरेट बन्द।''

वकील साहब हँसे। बोले—''बस पैसे का जोर। जहाँ देखो, पैसे का जोर म्याँ, मेरी बीवी न होती, चार बच्चे न होते, और तुम लोगों की तरह होता, तो मैंने यहाँ लाइब्रेरी बना दी होती।'' फिर एकाएक साहब ने तीखी आवाज में कहा—''खाना खाते में जब आदमी मक्खी खा जाता है, तो कै होती है। उस वक्त लगता है जैसे अँतड़ियाँ निकल आयेंगी। सारा समाज आज पूँजीवाद की भयानक और जहरीली मक्खी खाकर मन मिचलाने से घबरा रहा है। वह गले में उँगली डालकर कै कर रहा है। इस वक्त कुछ कै हो चुकी है, बाकी पेट में खौल रही है। बदबू, सिर दर्द, उफ! मैं बयान नहीं कर सकता...''

खामोश हो गये।

कुछ देर बाद सुकुमार ने सिगरेट पेश करके कहा—''वकील साहब सिगरेट। हाँ, आपने तस्वीर का नाम नहीं बताया?''

वकील साहब ने कहा—''अनामिका रख दीजिये।''

विनोद ठठाकर हँसा किन्तु सुकुमार विक्षुब्ध पीछे हट गया था।

''बात यह है,'' वकील साहब समझा रहे थे—''वह जो है न? जो इसके भीतर है, यानी कि बाहर नहीं है, तो वह किस तरफ ले जाता है, कौन जानता है, कोई नहीं... ।'' उन्होंने दोनों हाथ फैलाकर कहा, ''इस तस्वीर का नाम सिर्फ एक हो सकता है बस और यह भी जिसका कोई नाम ही नहीं हो...अनामिका...''

('51 से पूर्व)

बाँबी और मन्तर

"अये हये लुंगाड़े!" नसीमन ने कहा और अपने कच्चे घर के दरवाजे से झुककर निकलते हुए वह सीधी जाकर नीम के पेड़ के नीचे बैठी, जहाँ पहले ही बुढ़िया चाची बैठी-बैठी सुपारी काट रही थी। उसने चाची से फिर अपनी चुन्दी आँखें उठाते हुए कहा—"अये, कुछ तुमने भी सुना, वो है ना? को बाबू की बीवी..."

"अये वो हरामन!" चाची ने चौंककर कहा और उनका झुर्रीदार मुँह खुला रह गया, जिसमें से मिस्सी-रँगे, चूना झड़े दाँत दिखायी देने लगे।

"उसी की तो कहती थी मैं!" नसीमन ने अपने माथे पर हाथ रखकर कहा और फिर उसी हाथ को आसमान की ओर दिखाते हुए कहा—"हाय अल्ला, गजब!"

स्त्री का गजब स्त्री ही अधिक पहचानती है, पत्तन क्या पहचानता? अभी जुमाजुमा सत्रहवाँ चल रहा है। जरा तड़क-भड़क के कपड़े पहन लेने से क्या अक्ल आ जाती है?

सो जब पाँवों में पैंजनी पहने जरा लचककर बाबू की बहू निकली, पत्तन उसी वक्त नल के पास पानी भरता हुआ पाया गया और फिर नसीमन के पास चुगलखोरों ने संवाद पहुँचाया कि आज फिर वह कलमुँही, मुँहजली, उसकी लाश में कीड़े पड़े, लौंडे को फुसला रही थी।

नसीमन को भविष्य का अज्ञात भय इस विषय में सताता, क्योंकि वह स्वयं जानती थी, यह पुरुष नामक प्राणी, जब पत्नी आती है, तब माँ से दूर हो जाता है—इसलिये नहीं कि वह यह चाहता है; मगर इसलिये कि जिस खम्भे से दो गधे बँधे रहते हैं, वह बहुत जल्द कमजोर हो जाता है। किन्तु इस सबके पीछे उसे मन-ही-मन एक गर्व भी था कि यह जो आज चर्चा हो रही है, उसका केन्द्र उसका पुत्र है। परन्तु चाची इस स्नेह से शून्य, व्यावहारिक अधिक थीं और ज्यादा बात करने पर भी, दो-एक बात ठीक कह लिया करती थीं।

अपने खानदानी पेशे को नसीमन ने बार-बार चलाने की कोशिश की, मगर वह न चला। वर्ना एक जमाने में शहर के बड़े-बड़े रईस उसके मालिक के हाथ की

बुनी हुई दरियाँ खरीदने आया करते थे। पड़ोस में बाबू के बाप की पुरानी दुकान थी। अब वह रंगसा जी की दुकान भी दरियों के रोजगार के साथ ही उठ गयी। अब वह मुन्ना बाबू भी जूतियाँ चटकाता डोलता है। पहले रोने में तमाशबीनों को चाय पिलाया करता था। अब इधर वह भी नहीं रहा। मगर कुलच्छन की बहू जो आयी है...नसीमन उसकी शक्ल देखकर काँप उठती...

जब पत्तन सोकर उठा तो नसीमन चक्की चला रही थी। वह पेड़ की छाया में आकर बीड़ी सुलगाकर पीने लगा। उधर नल पर औरतों की भीड़ हो रही थी। कुछ मर्द नहा रहे थे। सड़क पर बच्चे खेल रहे थे।

पत्तन उठा और चल दिया। चाची पान चबाती बैठी रही। जब पत्तन लौटकर आया, उनके शरीर पर पानी की बूँदें थीं। तहमद बँधा हुआ था। देह सुती और स्वच्छ थी। सिर के लम्बे बाल माथे पर झूल रहे थे, जिससे पानी की बूँदे टपक रही थीं। बायें हाथ पर गीले कपड़े थे। वह खुशी में कोई सिनेमा का गीत गुनगुना रहा था। लपककर भीतर गया। रंगीन चारखाने का तहमद पहनकर हरी चिलकती कमीज पहनी। गले में गंडा बँधा था। चुल्लू में खूब भरके सिर में तेल डाला और फिर काढ़ लिया। पैरों में जब चमकता जूता पहनकर निकला, नसीमन चौंकी। बोली—''ऐ हो लौंडे। किधर?''

''अभी आया''। उस ओर बिना देखे ही, एक अत्यन्त संक्षिप्त-सा उत्तर देकर जल्दी ने पत्तन आनन-फानन ही निगाहों की ओट हो गया। बात आयी-गयी हो गयी। नसीमन रोटी सेंकने उठी और चाची वहीं आधी धूप, आधी छाँह में पेड़ के नीचे बैठी रही। सड़क वीरान हो चली।

उधर पत्तन जब नीचे पुलिया के पास पहुँचा, उसने अपने मुँह में उँगली डालकर सीटी बजायी। किसी को कोई सन्देह नहीं हुआ, क्योंकि वह चौधरी के घर के पिछवाड़े खड़ा था, जिसके आगे-पीछे, किनारे ईंटों-मलबे के ढेर के सिवाय कुछ न था। और दूर-दूर छतों पर लौंडे अपने-अपने कबूतरों को उड़ा रहे थे। कबूतर कभी आगे उड़ते, फिर एक लौट पड़ता और सब उधर ही टूटते। तब लौंडों की अजीब-अजीब आवाजें गूँजने लगतीं।

तभी ध्यान टूटा। एक सीटी फिर बजायी और वहीं झाड़ियों के पीछे हो गया। मैला बुर्का पहने एक लड़की आकर उन्हीं झाड़ियों में उसके पास छिप गयी।

दो मिनट भी न बीते होंगे कि भारी कदम से भागता हुआ एक आदमी तीर की तरह सामने से दौड़ गया। पत्तन चौंक उठा।

लड़की ने कहा—''शायद वह घर आ गया है। अब ढूँढ़ रहा होगा। मैं जाती हूँ, वर्ना आज वह मुझे मार डालेगा।''

पत्तन ने मुस्कराकर कहा, ''छोड़ क्यों नहीं देती उसे? मैं क्या तुझे रोटी नहीं

खिला सकता?"

लड़की ने मुस्कराकर देखा।

पतन ने कहा—"दो रुपये रोज की जमा है।"

लड़की की आँखों में जैसे कुछ चिन्ता घूम रही थी। क्या यह हो सकता है। उसने एक बार पत्तन की ओर देखा, जैसे उसे विश्वास नहीं हुआ था।

पत्तन पत्थर पर बैठ गया और उसने उसे खींचकर अपने पास बिठा लिया। लड़की बैठ गयी।

दिन का उजाला अब पत्थरों के नीचे घूम रहा था। दोनों अपनी उम्र की आवश्यकता के अनुसार बेवकूफी से एक-दूसरे को घूरने लगे। लगता था, आँखों में समा जायेंगे। और दोनों एक-दूसरे की ओर झुकने लगे।

हठात् एक भयानक धक्का लगा। पत्तन देखता ही रह गया। उसकी प्रिया जोर से कंकड़ों पर गिरी। दोनों हक्के-बक्के हो गये। सामने मरियल पर इस वक्त बिफरे शेर की तरह बाबू खड़ा होंठ चबा रहा था। उसने बढ़कर फिर अपनी बीवी पर कसके एक लात जड़ी, जिससे क्षण-भर उसका मुँह धूल में पड़ा रहा। जब सिर उठाया, तो वह रो रही थी।

"रोती है, छिनाल!" बाबू ने फिर बढ़कर हाथ में पत्थर उठाते हुए कहा—"आज मैं तुझे..."

पत्तन का जी चाहता था, भाग जाये, पर अब बढ़कर हाथ पकड़ लिया। कहा—"क्या कर रिया है...सिड़ी, बावले।"

बाबू की बहू भाग चली। बाबू ने क्रोध से पत्थर फेंककर पत्तन की गरदन पकड़ ली और खूनी आँखों से देखते हुए कहा—"आज साले, तेरी मैयत न मनवा दी।"

(3)

उसी समय एक गम्भीर स्वर सुनाई दिया—"क्या है बे बाबू। पागल हो गया है?"

बाबू ने देखा, चौधरी था। कुंचित भ्रू। सिर पर मशीन फिरी हुई। मूँछें कटीं, पर छाती पर फैली हुई खिचड़ी दाढ़ी। पत्तन ने लपककर चौधरी के पाँव पकड़ लिये। चौधरी ऊँची धोती पहने था। शरीर पर पतला-सा अधमैला कुर्ता, जिसमें से उसकी चौड़ी, पर पुरानी हड्डियों की झलक दिखायी देती थी।

"ठहर ना।" बाबू ने क्रोध से पागल होकर कहा—"आज मैं कसम से इसका खून कर दूँगा। आज मैं इसे नहीं छोड़ने का।"

वह हाँफ रहा था। चौधरी मुस्कराया। उसने कहा—"आखिर हुआ क्या?"

बाबू ने कहना चाहा, पर जीभ में आँट पड़ गयी।

''यही तो बेटे,'' चौधरी ने कहा—''खून कर दे, ले। साले, मुर्दा गड़ा रहे, सो ही भला। जो कहीं फैल गयी बात, तो कहीं मुँह छिपाने को जगह न मिलेगी। खून करेगा?'' वह फिर तिक्त हँसी हँसे। दाढ़ी पर हाथ फेरा। कहा—''पुलिस ले जायेगी। फाँसी पर लटकेगा। समझा? अगर बिरादरी में फैल गयी, तो दसियों रुपये अंटी से झड़ जायेंगे।''

बाबू रुआँसा हो गया। उसके आवेश में भारी बाधा अटक गयी थी। उसने कहा—''तो फिर?''

''यह तो बेटे,'' चौधरी ने कहा—''किस्मत की बात है। ले क्यों आया था जब सँभलती न थी।''

''चौधरी!'' बाबू ने फूत्कार किया।

''अबे चौधरी के बच्चे!'' चौधरी ने पलटकर कहा—''बेवकूफ। साँप की तरह भन्नाया डोल रहा है।'' फिर कुछ रंगीन गालियाँ, जो हवा में चिड़ियों की तरह चुहल करने लगीं, ''औरत की तो पहचान ही यह है,'' चौधरी का घुटा हुआ स्वर उठा। फिर कुछ स्त्री-पुरुष सम्बन्ध का प्राकृतिक और आदिम वर्णन हुआ और चौधरी ने कुटिलता से कहा—''अबे, यह तो दिक की बीमारी की तरह है, किसी-किसी घर में पलती ही है। भूल गया, तेरी भाभी अजमत की इन्तजारी में रेल की पटड़ियों के पीछे...'' वे हँसे।

बाबू का सिर झुक गया। वह रोने वाला था। शायद अब फफक उठेगा। एक ओर चुपचाप चल दिया। चौधरी ने पत्तन को एक लात दी और कहा—"साले, बिरादरी में साँड़ बनने चला है। हड्डियाँ तोड़ दूँगा। अगर ऐसा ही मरद था, तो ले आता किसी बाहर की लड़की को। सीना ठोंककर कहता हूँ, ले जाता जो कोई आकर कमीने।'' और एक लात और दी। पत्तन उठ खड़ा हुआ। कुत्ते की तरह खड़ा था।

हठात् चौधरी ने स्वर बदलकर कहा—''हिम्मत है तो कर दिखा।''

''हुकम।'' पत्तन ने कहा—''एक बार कहकर तो देखो।''

चौधरी की पुरानी आँखों ने उस नये लड़के को देखा। जैसे बहुत दूर से बाज ने छोटे से पक्षी को देखा है और अब इस चक्कर में है कि किस तरह से झपट्टा मार के इसे पंजों में दबा ले, और चोंच से फिर उसे फाड़ दे।

चौधरी ने कहा—''बेटा! आज वह जूते पड़ते कि जी हलकान आ जाता। जिगर कलेजे से कहता कि अब तो मिलकर एक हो जा। और जो तेरी बुढ़िया सुनती, तो फिर यह कुहराम मचता...बचा दिया साले को। भला, और वो भी सुबह-सुबह...''

''तुम्हारी दुआ है, चौधरी साहब!'' पत्तन ने नम्रता से कहा—''मैं क्या किसी लायक हूँ? आज तो तुमने मौत के मुँह से निकाल लिया।''

''अब दर्जी के यहाँ जाता है कि नहीं?''

"जाता हूँ उस्ताद। कहीं दो रुपये रोज से हिलग रिया हूँ।"

"अब तो न जायेगा बाबू के घर?"

"मैं तो अब भी न जाता था। वह मुझे खुद बुलाती थी।"

"साले मैं दूँगा हाथ। एक तू ही यूसुफ रह गया था। भटकटैरी-सा तो चेहरा है... ।"

पत्तन ने झेंपकर सिर झुका लिया। फिर चौधरी ने कहा—"कुछ काम करेगा?"

पत्तन ने सिर हिलाया। चौधरी ने समझाया।

लाला बंसनारायन के साथ चौधरी की दो आने की पत्ती है। सो कुछ रेल के बाबुओं के जरिये चोरी का माल आया है। उसे स्टेशन से उठवाकर पहुँचवाना है।

"डरो मत बेटे!" चौधरी ने कहा—"मैं तेरे पीछे हूँ! समझा। घबराना मत। जेल तो क्या मौत के मुँह से निकाल लाऊँगा।"

पत्तन को लगा, उसके पीछे फौलाद की दीवार थी। वह चला। चौधरी ने कहा—"सुन, ले यह ले जा।" दस रुपये का नोट था।

(4)

दोपहर को जब धूप कुछ तेज हो गयी थी और आसमान में कभी-कभी बादल का एक-आध टुकड़ा पिघलती धूप को अपने भीतर सोखने लगता, मुन्ना दौड़ता हुआ आया। वह हाँफ रहा था। उसने जल्दी-जल्दी कहा, "चाची, ओ चाची।"

"क्या है बे?" नसीमन ने पूछा।

लड़का सहमा हुआ था।

"ऐ क्या है मुए? मुँह में काँटे उगे हैं तेरे, जो सीधा बोल न निकले है? ऐ देखो!" फिर पुकारकर कहा—"बोल बेटे!" फिर हँसकर कहा—"ऐ, मरे को साँप सूँघ गिया दिक्खे है।'

"अरी, पूछ तो।" चाची ने भारी-सी आवाज में कहा—"क्या कै रिया है?"

और आश्वासन मिलने पर लड़के ने कहा—"पत्तन भाई को पुलिस पकड़ के ले गयी है।"

नसीमन के हाथ से सुराही छूटकर नीचे गिरी, फूट गयी, पानी फैल गया। काई लगे खपड़े पड़े रहे। वह देखती रही। दिल धक् से बैठ गया था।

चाची ने हिम्मत की। पूछा—"क्यों ले गयी है?"

"जे तो मुझे नीं खबर। मगर लोगबाग कै रए थे कि पत्तन भाई ने चोरी की थी।"

"चोरी की थी?" चाची का अंगार-स्वर भभक उठा—"हरामजादा..."

"चौधरी ने भेजा था उन्हें किसी समान के साथ।" लड़के का स्वर खिंच चला—"वो माल डकैती का था, सो बिलैक करना था..."

"अये हये!" नसीमन को होश आया—"कुत्ता शहंशाह बनने चला था। घर में नहीं दाने, अम्माँ चली भुनाने। अये, तू मुँहजले अबके जरा अइयो मेरे सामने, मैंने तेरी चटनी करके न धर दी, कसम से चटनी करके...।"

चाची ने कहा—"क्यों गाली देती है? ले-देके घर में मरद के नाम पर वह लौंडा बच रहा है, सो दिन-रात कोसती है..."

"मैं न कहती थी कुछ," नसीमन ने कहा—"बाबू के घर के हजार चक्कर लगा लेगा। अरे, बाबू फिर भी अपना था, पर पुलिस से इश्क करने की इसे ही सूझी। भला था, इसी बाबू के घर से जूतियाँ खा लेता, कौन इज्जत चली जाती? सब लौंडे यही करते हैं, और सब नयी लौंडियाँ, जिसे देखो चटक्को, मटक्को पर इस हरामजादे कुत्ते को तो जेलों के टुकड़े तोड़ने थे। अब्बल नम्बर का बदमाश...!"

"इसका," चाची ने कहा, "बाप भी सीधा था, नसीमन। यह भी भोला ही था। उससे तो शेख जी ने उसकी जमीन लिखा ली थी...है तो अपने बाप का बेटा...।"

नसीमन चिल्ला उठी—"आग लगे ऐसे माँ-बाप में...।"

उसका हृदय फटा जा रहा था। चाची ने देखा, वह आपे में न थी। अपने-आपको आदमी तब गाली देता है जब और कोई चारा नहीं होता। और, आज सचमुच वह असमर्थ-सी देख रही थी।

तभी चौधरी को द्वार पर आया देखकर वह पुराना कच्चा घर सन्नाटे में पड़ गया। नसीमन इज्जत के लिए भीतर चली गयी। साथी के पास ही चौधरी आकर खाट पर बैठ गये।

चौधरी ने कहा—"चाची!"

चाची ने मुँह फाड़कर ऐसे देखा, जैसे वे जो बहुत-सी मक्खियाँ इधर-उधर उड़ रही हैं, वे सब उन्हीं के मुँह में से निकल पड़ी हैं; क्योंकि उनके दाँत ऐसे लग रहे थे, जैसे मुँह में अभी तक बहुत-सी मक्खियाँ चिपकी हुई थीं।

चौधरी कहते रहे—"घबराने की कोई बात नहीं है। मैने उसे भेजा था—एक अपने ही काम से। अब क्या मैं उसे छोड़ दूँगा? कभी नहीं।" उन्होंने सिर उठाकर हिलाया—"चाची! यह साले पुलिसवाले।" और फ़िर वह दुम्बे की पूँछ की तरह भारी-भारी गालियाँ, दुम्बे की वह पूँछ जिसका माँस सबसे ज्यादा जायकेदार होता है, और यह गालियाँ जो अन्तःकरण से असमर्थता की नींवों को खोदने लगती हैं—"समझीं चाची?"

चाची ने उन गालियों पर तनिक भी ध्यान न दिया। गाली तो मरद का जेवर है। उन्होंने रुआँसी आवाज में कहा—"क्या होगा?"

"होगा क्या?" चौधरी ने कहा—"दो-चार हाथ खायेगा। इधर मैं लाला के पास जाता हूँ। वे बुलाकर दारोगा को डाँटेंगे कि साल हमने तनख्वाह बाँध दी है,

फिर भी तुम्हारी बदमाशी नहीं जाती।''

और चाची के कानों में फिर कुछ भयानक गालियाँ गूँजने लगीं, जीवन में जिनका इतना ही अर्थ है, जितना दूध में गिरे झींगुर का।

चौधरी अपनी भव्य आकृति से देखते हुए चले गये। चाची उदास-सी आकाश की ओर देख रही थी। कुछ समझ में नहीं आ रहा था, क्या करें? कहाँ जायें? उन्हें चौधरी के प्रति अत्यन्त घृणा हो रही थी, जैसे भेड़ के दूध में ऊपर चिकनाहट, गाढ़ापन, और उसकी हीक—हीक जिसे सहा नहीं जा सकता।

तभी रोने की आवाज आयी। बाबू अपनी बहू को राह पर ला रहा था। इसके लिए उसने धौ की लकड़ी काटकर 'बुद्धि सुधार' नामक हथियार बनाया था। वह उसकी ठुकाई उड़ा रहा था।

इधर नसीमन चिल्ला रही थी—''मुए, तुझे कुछ भी अकिल होती तो आज ये हाल होता! भली कही। और तू मान गया कि बिल में हाथ तू दे, मैं पीछे से मन्तर पढ़ता हूँ।''

परन्तु सुनता कौन? जिस पत्तन के लिए उसने ये शब्द कह थे, वह तो चला गया था। नसीमन की आँखों से दो बूँद पानी ढुलक पड़ा। इस समय उसे बाबू की बहू पर दया आ रही थी, चौधरी घृणा की पर्त्तों में भी चमक रहा था।

('51, से पूर्व)

ऊँट की करवट

गंगापुत्रों की उस छोटी-सी बस्ती में किसी को भी हैसियत वाला नहीं कहा जा सकता, क्योंकि किसी की भी खास आमदनी नहीं थी। रामदीन पाँडे ही के पास थोड़ा-बहुत धन था, और वह भी इसलिये कि उनके पास कुछ खेत थे जिनमें वह काश्त करवा लिया करते थे और पैसा दाँतों में भींचकर रखने से उनकी थैलियाँ तनिक बड़ी हो गयी थीं।

जब से नये दारोगा जी आये उन्होंने उस गाँव में एक नयी हलचल पैदा कर दी। चारों तरफ दबदबा छा गया। गाँव के मशहूर गुंडों का उन्होंने ऐसे रातोंरात दमन कर दिया कि उनके छक्के छूट गये और दारोगा जी के विरोधी होने की जगह वे उनके गुर्गों का स्थान पा गये। दारोगा जी युवक थे। 6 फुट लम्बे और गोरे आदमी थे। उनके चेहरे पर एक कठोरता थी। बड़ी-बड़ी मस्ती भरी कं जी आँखों पर तनी हुई भौं थी और गरदन ठोस थी, गठीली थी; जिसके नीचे उनका स्वस्थ और फैला हुआ वक्षस्थल देखकर आँखें तृप्त-सी हो जाती थी। यह एक आकर्षक व्यक्तित्व था। उनकी मूँछें लम्बी थीं और पतली होने पर भी ऊपर की ओर तनी रहती थीं। जीवन के विभिन्न क्षेत्रों पर उनका विभिन्न प्रभाव पड़ा। बनिया उन्हें जो निपनिया दूध भेजता, उसे देख एक बार यह स्वयं रो देता।

और पंडागिरी करने वाले वे पुराने बाशिन्दे जो गंगापुत्रों के नाम से विख्यात थे, हवा के झोंके के सामने झुकने वाली खड़ी फसल की तरह उन्होंने भी सिर झुकाया। इसी तरह तूफान आते रहे थे, वे झुककर राह देते थे और फिर खड़े हो जाते थे। पुराने अँग्रेजों का यह कथन उन पर पूरी तरह लागू होता था। उनकी आकृतियाँ अधिकाँश अच्छी थीं और उनकी स्त्रियों के यौवन की चर्चा प्रायः सभी जातियाँ किया करती थीं।

सुबह और शाम को सूरज गंगा पर उदय होता और डूब जाता। एक बार समस्त धारा स्वर्ण की भाँति चमचमाती, दूसरी बार वक्ष फुलाये बहने वाली धारा रक्त की तरह लाल-लाल होकर बहने लगती, जिसमें उन घरों की छाया रात की

उँगली पकड़कर काँपा करती और धीरे-धीरे बढ़ती जाती, सारा जल काला हो जाता, गहरा अन्धकार भरा। गंगा की पवित्रता के प्रार्थी दूर-दूर से वहाँ तीर्थ के लिए आया करते। पड़े अपनी पुरानी बहियाँ खोलकर बैठ जाते और वंशवृक्ष के पत्ते-पत्ते को गिना देते, फिर धर्म के नाम पर लूटते और बात-बात में तुलसीदास की रामायण की चौपाइयाँ सुनाया करते।

(2)

गंगापुत्रों में सरयू के घर सदा ठाठ रहते थे, क्योंकि पंडा गिरिजा कुमार की वह स्त्री ही आगन्तुकों का अतिथि-सत्कार करती थी। कोई भी जिजमान अप्रसन्न होकर नहीं लौटता था। उसका व्यवहार, बोलचाल, हाव-भाव, सब हो बहुत आकर्षक थे। गिरिजा कुमार के अतिथि सदैव ही एक-दो दिन अधिक रहते और धीरे-धीरे सरयू के शरीर पर सोना लदने लगा जिसने उसे और भी सुन्दर बना दिया।

उसकी बढ़ती को सब जानते थे, क्योंकि वह अटारी में जलते दीपक के समान थी। गिरिजा कुमार ढूँढ-ढूँढकर लाते। जब औरों के यहाँ दो-दो तीन-तीन दिन कोई नहीं आता, सरयू का द्वार धर्म का प्रशस्त-पथ बन जाता, जैसे पुण्यतोया भागीरथी उस घर के अन्दर होकर बहती थीं।

उस ईर्ष्या के बढ़ने के साथ उसका यश भी बढ़ता जा रहा था। गाँव के अन्य पंडे उसे खुलेआम बदनाम करने का साहस नहीं रखते थे, क्योंकि एक-दूसरे की धोती का छोर एक-दूसरे के पैर के नीचे मजबूती से दबा हुआ था। कपड़े का एक ओर से फटने का मतलब था कि वह फट जाता, उसकी धज्जियाँ उड़ जातीं। अतः वे सब चुप थे और उसे भाग्य कहते थे।

दारोगा जी का सैलानीपन आत्म-प्रसिद्ध तो था, किन्तु अभी वे अपने को नयी बस्ती के खजानों से अपरिचित समझते थे। उनके मातहत सदैव नयी-नयी चीजें तलाश किया करते थे जिन्हें दारोगा जी सूँघते और फेंक देते। उस दिन शाम हो गयी थी। नाव पर दारोगा जी गाँव की सर्वोत्तम तवायफ को लिए नौकाविहार में मग्न थे। उनके सामने शराब की बोतल थी जिसमें से ढाल-ढालकर सोड़ा मिला-मिलाकर वेश्या हुस्ना उन्हें पिला रही थी। उनके बड़े-बड़े नयनों के कोनों पर गुलाबी डोरे झलक आये थे और पलकें झपकने लगी थीं। आकाश में एक सुनहला बादल डूबते सूरज की किरणों में खेल रहा था। नदी चमचमा रही थी। समीरण की झूमती हुई गाथा अब पेड़-पत्तों को फरफराने लगी थी। गंगा का विशाल प्रवाह जगमगा रहा था।

हुस्ना का सौन्दर्य उस चमक ने द्विगुणित कर दिया था। थी गाँव की, पर बड़े-बड़े ताल्लुकेदारों के यहाँ नाच आयी थी। दूर-दूर तक उसके मादक शरीर का यश प्रसिद्ध था। हजारों काले-काले गरीब किसानों की भीड़ एक गन्दी फसल थी।

उनके बीच में वह गुलाब का पौधा थी जिस पर बड़े-बड़े लोग भी हाथ डालने से नहीं हिचकिचाते थे। उसकी पूर्वी पोशाक, नाक में सोने की बड़ी नथ जिसे कान के पास बाँध दिया जाता था, उसके बायें गाल का वह जहर बुझा काला तिल और फिर फरेबी आँखों में अविश्वास के धुँधलके में चलते नारी-सुलभ कटाक्षों के धोखे मनुष्य को व्याकुल कर देने के लिए काफी थे।

नाव बहाव से लौटने लगी थी। अब माँझियों की पेशियाँ धार काटने में बार-बार फूलती थीं, गिरती थीं। नदी के किनारे घाटों पर लोगों की चहल-पहल थी। किसी ने भी उस पर कोई विशेष ध्यान नहीं दिया।

उधर सरयू नदी में स्नान करके जब उठी वह अत्यन्त सुन्दर प्रतीत हो रही थी। उसका नियम था कि नित्य प्रातः, सायं वह गंगास्नान के लिए घर से कुछ दूर चलकर इधर एकान्त में स्नान करने आती। कभी-कभी गंगा की धार पर प्रवाहित उसका दीपदान विस्तृत जलराशि के फेनोच्छ्वसित विलास गाम्भीर्य पर लगे सन्ध्यातारे की भाँति टिमटिमा उठता था।

हठात् दारोगा जी ने देखा। उन्हें लगा वे स्वप्न देख रहे थे। उनकी भूल थी कि वे तृप्त हो गये थे। सामने वह नारी जिसके वस्त्र भीगकर उसके अंगों से चिपककर प्रायः स्पष्ट थे, खड़ी सूर्य को नमस्कार कर रही थी। डूबते हुए सूर्य ने जैसे अपनी उपासना के प्रति प्रसन्न होकर जो पराग उस पर फेंका था। यह अब नदी के कुमकुम जल पर, छिटक गया था। लगता था, यह स्त्री नहीं थी। जल पर उगा कमल थी। दारोगा जी ने आज तक वह रंग, सफाई और वह रूप नहीं देखा था। वे उसे विभोर होकर देखते रहे। हुस्ना ने मुस्कराकर कहा, ''गिरिजा कुमार की बहू है। क्या उसे निगल जाओगे?''

दारोगा जी ने पूछा, ''तुम कैसे जानती हो?''

''पड़ोस के गाँव की लड़की है। मैं यहाँ किसे नहीं जानती?''

दारोगा जी ने सुना और देखा। सरयू नाव की ओर ही रही थी। मन में आशा का संचार हुआ।

जब हुस्ना चली गयी दारोगा जी सरयू को पत्र लिखने लगे। उन्होंने एक बार लिखा और वही लिखा जो वे इससे पहले इक्कीस बार लिख चुके थे। छोटी जगह हाथ रखते थे और इसी से जोर दबाव से आज तक सफल होकर जो उनमें अपने सौन्दर्य, शक्ति और वैभव के प्रति दुर्दमनीय अभिमान था, वह फिर जाग उठा।

(3)

दीवान जी अपने फन में कम न थे। एक बुढ़िया को ढूँढ लाये। काम चल निकला। सरयू को पत्र मिलता। वह पढ़ती और उसके मन में तरह-तरह के विचार उठते।

घर की दहलीज एक पहाड़ थी जिसे लाँघ जाना उसके लिए असम्भव था। दारोगा के अधिकार को वह जानती थी। लोग कहते थे, सब उससे डरते हैं। मन को स्पर्धा जाग उठी। उसने कुछ दिन चुप रहकर अन्त में पत्र लिखा। यह आमन्त्रण-पत्र था, ''आप मेरे घर किसी दिन स्वयं आइये। मैं कहीं नहीं आ सकती।'' पत्र लिखने के साथ ही फाड़ दिया। एक सादा-सा लिखा, 'आपका लिखा पत्र मिला। राजी-खुशी हूँ।'

और उसके पत्रों की गिरिजा कुमार को कुछ भी खबर नहीं रहती। धीरे-धीरे दोनों ओर से दस-दस पत्र प्रश्न और उत्तर के स्वरूप में हाथों में बदल गये फिर भी आग कोयले में ढकी रहती। सरयू का स्थान नदी तीर पर अधिक होने लगा। दारोगा जी उसे अनेक बार यहाँ आकर अकेले देख गये किन्तु बोला कोई नहीं।

लेकिन वह मदभरी साँझ थी। दारोगा की आँखों में अजीब सुरूर था। सरयू के होंठ पर मुस्कराहट काँप कर उसको पराजित कर गयी। वही पहले झुकी।

उसी दिन बुढ़िया ने कहा—''सरयू बेटी, रात को चलेगी?''

''कहाँ?'' उसने आशँका से पूछा।

''आज तेरे पति की दावत है न?''

''मुझे नहीं मालूम।''

''सुना है, दीवान जी ब्राह्मण हैं। उसी के घर। तू घर में अकेली रहेगी?'' सरयू के हाथ दारोगा जी का पत्र खोलने लगे।

रात हो गयी थी। चाँदनी फैली हुई थी। वह चाँदनी जो आसमान से उतरकर फिर आसमान में समा जाती है। जिसके उजाले में दूधिया हिलोरें उठती हैं। जो छूती हैं, पर दिखायी नहीं देतीं। सरयू एकान्त में घर के द्वार से सटी बैठी थी। किसी ने धीरे से द्वार थपथपाया। सरयू ने काँपते हाथ से दरवाजा खोल दिया।

दारोगा जी चुपचाप आये और चुपचाप चले गये। आधी रात का समय था। चारों ओर वही निस्तब्धता थी। वही शान्ति। सब लोग सो रहे थे। सरयू उदासमना चाँद देख रही थी। अभी तक उसके अंगों में एक अतृप्त दाह थी। जैसे ओक लगाकर बैठे प्यासे का गला भी तर नहीं हुआ था। जिस समय गिरिजा कुमार ने प्रवेश किया वह करवट बदलकर उठ बैठी। वह डटकर खा आया था। कपड़े बदलकर पलँग पर लेट गया और थोड़ी ही देर में सो गया। सरयू देर तक जागती रही।

उधर दारोगा जी जब सरयू के घर से निकले लपटें धू-धू कर जल रही थीं। यह मात्र वासना थी। वह विलास चाहते थे। हुस्ना का द्वार खटखटाया। शराब की तृष्णा अभी पूरी नहीं हुई थी। हुस्ना उन्हें ढाल-ढालकर पिलाने लगी। दारोगा नशे में झूमने लगा। उसने मदहोश होकर हुस्ना के गले में हाथ डालकर आँखें मीचे हुए कहा—''सरयू! तुम बहुत अच्छी हो। आज तक मैंने तुम जैसी स्त्री नहीं देखी।''

हुस्ना समझी नहीं। दारोगा बड़बड़ाता रहा—"आज की रात कितनी अच्छी है। ऐसे ही आया करूँगा चुपके से, ऐसे ही चला जाया करूँगा। किसी को कानों-कान खबर नहीं होगी। अगर किसी ने तुमसे कुछ कहा तो साले की चमड़ी उधेड़ दूँगा। हरामजादा!"

दारोगा जाने क्या कह रहा था। कुछ-कुछ समझ में आ रहा था। हुस्ना ने सुना और आश्चर्य से देखती रही। दारोगा उसकी गोदी में सो गया था। वह हँसी। ठीक है।

दूसरे दिन उसने देखा, दारोगा और भी ज्यादा पीकर आया था। उसके मुँह से टूटे-फूटे बोल निकल रहे थे। उसे स्वयं आश्चर्य हुआ। कैसी है यह स्त्री सरयू जिसके पास जाकर इस पशु की तृष्णा भी बुझने के बजाय दिन-दिन अधिक भड़कती जाती है। उसे उसके स्त्रीत्व से ईर्ष्या हुई।

(4)

कई दिन बीत गये थे। दारोगा दिन-दिन बदनाम होता जा रहा था। एक दिन वह पीकर नशे में धुत्त नाली में पड़ा पाया गया। एक बार एक इक्के में तवायफों के गलों में हाथ डाले बीच बाजार जाते देखा गया। कई आदमी उसने व्यर्थ ही पिटवा दिये थे। दिन-रात चौबीसों घंटे नशे में डूबा रहता था।

उस दिन बुढ़िया ने सरयू से चलने को कहा। सुनते ही हृदय काँप गया। वह नहीं गयी। दारोगा जी उस समय नशे में चूर बैठे थे। दीवान उनके पैरों के पास बैठा गाँव के लोगों की इधर-उधर की शिकायत कर रहा था। बुढ़िया की बात सुनते ही उन्हें तीर-सा लगा। बोले, "साली! पारसा बनती है। देखूँ तो इसे।"

बुढ़िया रोकती रह गयी। पिस्तौल लगाकर एकदम सरयू के मकान पर पहुँचे और धड़ाधड़ चढ़ते चले गये। किसी से पूछने की भी आवश्यकता नहीं समझी। उस समय राह पर लोग चल रहे थे। पचास गज दूरी पर पानवाले की दुकान भी खुली थी। सरयू ने देखा तो चिल्ला उठी जैसे घर में कोई चोर घुस आया था। वह इतनी आगे नहीं बढ़ी थी। दारोगा उस समय पशु की तरह उसे घूर रहा था। उसने पिस्तौल तानकर कहा, "खामोश! गोली मार दूँगा।"

सरयू हँसी और उसने हाथ फैला दिये। दारोगा उसके अंक समा गया। सरयू ने उनके हाथों को बाँध लिया और भयानक स्वर से चिल्लाने लगी।

सरयू की पुकार सुनकर इधर-उधर के लोगों का ध्यान आकर्षित होने लगा। वे सब इधर ही भाग चले। दारोगा उसके आलिंगन से छूटने का प्रयत्न कर रहा था। गालियाँ दे रहा था। उस धक्कामुक्की में सरयू गिरी। लेकिन साथ ही दारोगा भी गिरा। पिस्तौल छिटककर अन्धकार में दूर जा गिरी। लोग ऊपर चढ़ने वाले थे।

दारोगा ने भय से काँपकर कहा—"सरयू, मुझे माफ कर...बीच में...मैं नशे में था. ..," सरयू हँस दी।

दारोगा जी भाग गये थे। सरयू ने उन्हें खिड़की की एक दूसरी छत पर कुदा दिया था। जिस समय लोग कमरे में घुसे वह डर के मारे बेहोश पड़ी थी। गिरिजा कुमार को घर आने से पहले ही पानवाले की दुकान पर सब घटना सुना दी गयी।

मुकदमा बनने लगा। इस तानाशाही के विरुद्ध पांडे लोग एकाएक उठने लगे। उन्होंने मकान में घुसना और बुरी नीयत से घुसना, औरत पर हमला करना, उसकी आबरू लेने की चेष्टा करना, न जाने क्या-क्या कानून मथ डाला।

दारोगा जी ने सुना तो हुस्ना की ओर देखकर कहा—"आबरू? आबरू तो कभी की चली गयी। तुम लोगों की कोई आबरू होती है? बुलाने से गया था। जेब में देखो मेरी। खत रखे हैं उसके हाथ के।"

हुस्ना इस कठोर व्यंग्य को सुनकर चिढ़ गयी। उसने कुछ नहीं कहा। सिर झुका लिया। गाँव की उड़ती हुई खबरें उस तक आ चुकी थीं। उठी और दारोगा की जेब से खतों का एक मुट्ठा निकाल लिया। फिर आकर चुपचाप वहीं बैठ गयी। फिर शराब ढालने लगी।

दारोगा जी जैसे निश्चिन्त थे। उन्हें कुछ भी याद नहीं था। हुस्ना के यहाँ से घर आकर उन्होंने और शराब पी। एक बोतल पी जाने के बाद दूसरी बोतल खोल डाली और गिलास में ढालने लगे। कुछ देर बाद सोडा खत्म हो गया तो पानी मिलाकर पीने लगे। आधी रात बीत गयी थी। कल की हलचलों के बारे में मूढ़े के पास बैठकर चौकीदार गाँव की खबरें सुनाने लगा। वह एक-एक पत्ते की नसें गिनने वाला आदमी था। अफसरान की खुशामद करने में उससे बढ़कर शायद कोई नहीं था। बहुत दिन से गाँव में कोई बात न होने से वह ऊब गया था। मन-ही-मन दारोगा से घृणा थी क्योंकि उसका एक नाइन से नाजायज ताल्लुक था। दारोगा अक्सर उस सिलसिले में उस पर बेहूदी फब्तियाँ कसता था। इस समय उसे मौका मिल गया! उसने कहा—"हुजूर! आपकी हुस्ना, बीवी हैं न? कहती थीं, दारोगा जी तो पिस्तौल भूल आये हैं वहाँ, नशे में थे। उन्हें क्या होश था? भला यह भी भलमनसाहत है कि एक औरत को बदनाम करने की कोशिश करें। खतों का मुट्ठा बताते हैं। माना कि उसने खत लिखे थे पर उन्हें दिखाना तो निहायत अदना और कमीनी बात है।"

दारोगा को जैसे किसी ने जलती सिगरेट छुआ दी। तमक उठे—"क्या कहा चौकीदार?" उन्होंने आतुरता से पूछा, "क्या कहती थी? मैं नशे में था? अच्छा! यह दिमाग है?" फिर अचानक ही उनका हाथ कोट की जेब पर गया और जेब खाली देखकर वह भयानक स्वर से चिल्ला उठे—"अच्छा? यह मजाल! दीवान!

जमादार! बुला सालों को। लगा दो हरामजादी के घर में आग।''

सिपाही इत्यादि सब एकत्र हो गये थे। इस आश्चर्य-भरी आशा को सुनकर भी वे कुछ समझ नहीं पाये थे। शायद ज्यादा चढ़ गयी थी। ऐसा लगा कि दारोगा जी अब इस विरोध को अधिक नहीं सह पायेंगे।

तभी चौकीदार काँप गया-सा बोला—''हुजूर! यों न कीजिये। इससे तो हाकिमों तक खबर पहुँच जायेगी। बड़ा तूफान उठ खड़ा होगा।''

आग में घी पड़ा। दारोगा के आत्मसम्मान को ठेस लगी। वह क्रुद्ध हो उठा। आज्ञा आकाश के सूर्य के समान टँगकर चमकने लगी। चौकीदार मन-ही-मन मुस्कराया। थाने के बूढ़े पानी भरने वाले ने भय से देखा और पीछे हट गया।

दारोगा ने चिल्लाकर कहा—''दीवान जी। यह हुक्म है। लगा दो उसके घर में आग। अभी जाओ। मुझसे दगा? मेरे नाम से आस-पास के हल्के थर्राते हैं।''

दीवान ने सुना और पुकार उठा—''खान सिंह!''

सिपाही ने कहा—''हुजूर!''

यह आज्ञा थी।

(5)

और सचमुच उस रात में अचानक ही सिपाहियों ने हुस्ना का घर उसके सोते समय जाकर घेर लिया। तब धीरे-धीरे सुलगकर अन्त में हुस्ना का पर धू-धू करके जलने लगा। आग की लपटें धान पर लोटतीं, हवा की चोट से जीभ लम्बी करके हाँफती और फिर उनके हृदय का गुबार धुआँ-धुआँ बनकर कोठे के भीतर-बाहर घुटन पैदा करता जिससे आँखें बन्द हो जातीं और फिर अर्राती हुई आवाज करके लपटों की रोशनी हवा के पैर पकड़कर अँधेरे का पीछा करतीं और चारों ओर फैलती चली जातीं।

गाँववाले इधर-से-उधर दौड़ रहे थे। उनकी समझ में कुछ भी नहीं आया था। उन्हें भय था कि यदि आग नहीं बुझी तो औरों के घर जलने लगेंगे, बच्चे रोने लगे। औरतें चिल्लाने लगीं। मर्दों का कुएँ पर ताँता लग गया। हुस्ना बाहर खड़ी चुपचाप देख रही थी। उसकी आँखें स्थिर और निश्चल थीं। हाथ में एक छोटा-सा बक्स था जिसे वह लेकर भाग आयी थी।

हुस्ना की माँ रो-रोकर चिल्ला रही थी। उसकी तथा बेटी की सारी कमाई आज उसके सामने ही राख हुई जाती थी। देख-देखकर उसकी छाती फट रही थी।

इसी समय आग का कारण प्रकट होने लगा। चौकीदार ने चुपचाप खबर फैला दी। आग लगाने वालों को लोगों में से एक बूढ़े ने जाते देखा था। दारोगा पर सबको क्रोध आ रहा था। क्या यह इतना निरंकुश है?

''क्यों पांडे जी, इस पर भी चुप रह जायेंगे? ऐसे कोई लाट साहब का बच्चा

नहीं है।"

पांडे रामदीन सिर झुकाकर सोच रहे थे। उन्होंने उस पर राय न देना ही अधिक उचित समझा था। पर अब उन्हें कहना ही पड़ा—"तो यह कैसे तय कर लिया कि सरकार ने आग लगवायी है। कोई दुश्मनी थी?"

गिरिजा कुमार मन-ही-मन क्रुद्ध थे। उन्होंने कहा—"कल इस पर गाँव में पूछताछ करके कुछ निश्चित करना चाहिए। यों तो काम कैसे चलेगा?"

गाँव वालों के विभिन्न मत थे। गिरिजा कुमार को आज देखकर लोगों में साहस हुआ। हुस्ना ने आगे बढ़कर कहा—"मैं कोई हूँ। पर मेरी सात पुश्तों को गाँव ने पाला है। सारा गाँव गवाह है, मेरे घर में दारोगा जी ने आग लगवायी है।"

रात के अँधेरे में जब गिरिजा कुमार घर पहुँचा देखा, तो सरयू घर पर नहीं थी। वह हतबुद्धि-सा बैठा रहा। इस समय उसका हृदय क्रोध और विक्षोभ से जलने लगा था। एक अज्ञात आशंका ने उसे भीतर-ही-भीतर बता दिया था कि वह कहाँ गयी थी। घर का द्वार ऐसा उढ़का दिया था! चाहे भले कोई चोर ही भीतर न आ जाता।

हठात् वह चौंक उठा। सामने ही सरयू खड़ी थी। दोनों में से कोई भी कुछ नहीं बोला। सरयू छत पर ही बैठ गयी जैसे वह थक गयी थी। गिरिजा कुमार चुपचाप सोचता रहा।

सुबह की पहली किरन फूटने से पहले उसने देखा, सरयू हाथ में स्नान के कपड़े लेकर नदी की ओर जाने की तैयारी कर रही थी। गिरिजा कुमार वेग से उसके सामने जा खड़ा हुआ और धीमे परन्तु स्वर से—"कहाँ जा रही हो?"

"हाँ।" छोटा-सा उत्तर उसके कानों में गूँज उठा।

"मैं आजकल यह सब क्या सुन रहा हूँ?" उसने फिर पूछा।

सरयू ने धीरे से कहा—"मैं जानती हूँ, तुम मुझसे नाराज हो। उनका पिस्तौल छूट गया था। उसे वापिस देने जाना पड़ा।"

गिरिजा कुमार को लगा, पाँवों के नीचे से छत खिसक जायेगी। सरयू कहती रही—"बाकी तुम्हारे जिजमान थे, मेरा एक वही तो था।"

गिरिजा कुमार ने बात के वजन को समझा। वह खिसियाकर सामने से हट गया। सरयू खड़ी रही। उसने अपनी बड़ी-बड़ी मद भरी आँखों से घूरते हुए कहा—"उनके पास मेरे खत थे। वह हुस्ना रंडी ने उड़ा लिये। तभी उसके घर में आग लगवा दी थी। समझे? इस समय रोता छोड़ आयी हूँ। तुम गवाही न देना।"

गिरिजा कुमार ने सुना और उसे लगा, आकाश और धरती मिलते चले जा रहे हैं। वह चक्कर खाकर बैठ गया। सरयू उसे होश में लाने लगी। गिरिजा कुमार ने आँख मीचे ही कहा—"सब कसूर मेरा है सरयू, सब कसूर मेरा है!"

"न तुम्हारा, न मेरा। मौके की बात है और कुछ भी नहीं।" सरयू ने फुसफुसाकर उत्तर दिया।

(6)

दूसरे दिन गाँववालों ने अचरज से सुना कि हुस्ना ने दारोगा जी पर दावा दायर कर दिया। उसने कुछ गवाह भी तैयार कर लिये। शिकायत ऊपर पहुँची। जुर्म काफी बड़ा था। दारोगा जी की जमानत हो गयी और मुकदमे का फैसला होने की प्रतीक्षा किये जाने का हुक्म हो गया और साथ ही तब तक के लिए दारोगा मुअत्तिल कर दिये गये। हेठो तो उनकी हुई पर दबदबा नहीं गया। लोग कहते हैं–"अजी हुस्ना उसका क्या कर लेगी? वह एक बदमाश है। उसकी बड़ी-बड़ी ऊँची जगहों पर पहुँच है। देखिये, वह क्या-क्या करता है?"

दोनों ओर से कार्रवाइयाँ चलने लगीं। दोनों ओर से हड्डी चबाकर खाने में उस्ताद कुत्तों के-से वकील अपनी-अपनी राय देकर आग को भड़काने लगे।

नये दारोगा जी अधेड़ उम्र के आदमी थे। पुलिसवाला ठीक हो या गलत, उसकी इज्जत रखना अपनी शान समझते थे। उन्होंने पुलिस के सब मामलों को जहाँ-का-तहाँ दबा दिया। कचहरी के अमले मुंशी रुपये की कटारी से जख्मी हो गये और कुछ ही देर में उनका अधमरा ईमान दम तोड़ गया। उनके आने पर गिरिजा कुमार और पुराने दारोगा जी उनके घर पहुँचे। नये दारोगा जी ने सब सुना और हुस्ना के सतीत्व को नष्ट करने वाली कुछ भारी-भारी गालियाँ दीं जो किसी भी सधवा को आग में परीक्षा दे डालने को विवश कर सकती थीं। उन्होंने मन-ही-मन बातों को तराशा और असल को अपने दिमाग में नक्श कर लिया। गिरिजा कुमार जब घर पहुँचा सरयू सामने आ बैठी। पूछा–"क्या हुआ?"

"ठीक है। मैंने कहा, हुस्ना के यारों की नज़र मेरी बीवी पर पड़ गयी थी। फुसलाना चाहते थे सो उनसे नहीं हो सका, तभी बदनामी उड़ाने लगे।"

सरयू ने पति को घूरकर देखा। ऐसे कि अनजाने ही वह पुरुष सकपका-सा गया।

"मुझे पहले ही से आस थी कि बात बन जायेगी।" सरयू ने दृढ़ता से कहा।

इसी प्रकार चार महीने बीत गये। शहर दौड़ते-दौड़ते दोनों तरफ के लोगों के पाँव छिल गये। हुस्ना के वकील ने मामले को इस प्रकार पेश किया: दारोगा जी अक्सर हुस्ना तवायफ के यहाँ आकर शराब पीते थे। इतनी पीकर आते थे कि बेहोश रहते थे, घर जाकर फिर पीते थे। अक्सर नालियों में पाये गये। हुस्ना उन्हें हमेशा समझाती थी। लेकिन वे अफसर थे और वह बेचारी दबती थी। एक रोज नदी में नहाती गिरिजा कुमार पांडे की बीवी सरयू को देखकर दारोगा जी ने हुस्ना से कहा

कि किसी तरह सरयू उनके हाथ लगे। हुस्ना कोई ऐसा काम करे। हुस्ना ने ऐसा करने से इनकार कर किया। दारोगा जी की नाखुशी वहीं से शुरू हुई। लेकिन उनका आना-जाना जारी रहा। उधर किसी तरह से सरयू को उन्होंने फाँस लिया और एक दिन जाग रहते ही रात में उसके घर पर चढ़ गये, जिस पर वह नाराज हुई। उसने इज्जत बचाने को शोर किया। आप भाग आये। उसी तरह हुस्ता के घर शराब पी और उसे छेड़ा। मगर वह महीने से थी। उसने इनकार किया। दूसरे दिन और नशा किया और उन्होंने हुस्ना के घर पर उससे जिना बिल जब्र किया और वहीं सरयू के खत गिरा आये। रात को खत मँगाने पर हुस्ना घर नहीं थी। उसकी माँ ने इस विषय में अपनी अनभिज्ञता प्रकट की। दारोगा जी ने सुना तो नशे में क्रुद्ध हो उठे। उसको मार डालने के इरादे से आधी रात को उसके घर में आग लगवा दी और उसका माल फुँकवा दिया।

गवाहों की लम्बी कतार लग गयी। हुस्ना का काम सुबह-शाम खुशामद हो गया और उसके शरीर पर वह लोग अपना हाथ रखने लगे जो कल तक उसे ऊँचा समझते थे।

लेकिन बहस में ही सफाई के वकील ने ऐसा काटा कि मामला कुछ भी नहीं बन सका। हुस्ना का वेश्या होकर अच्छी नसीहतें देना, गिरिजा कुमार पांडे की पत्नी के हाथ के पत्रों का पेश होना जिसे लिखना छोड़ पढ़ना तक नहीं आता था, जिसकी गवाही रामदीन पांडे जैसे गाँव के मुअज्जिम आदमी ने दी है, तथा हुस्ना वेश्या जो पेशा करती है उसका बलात्कार का हल्ला मचाना, जैसे वह कोई इज्जतदार औरत थी, एक के बाद एक ऐसी बातें थीं जिन पर उपस्थित भीड़ कई बार हँसी। हुस्ना के गवाहों की हैसियत देखी गयी। कोई भी भला आदमी न था। उधर बदमाशों ने एक इज्जतदार पर्दानशीन औरत को बदनाम करने का मौका ढूँढ़ निकाला। आग खुद लगायी। सिपाही तो पहरा हमेशा हर वक्त घूमकर देते ही हैं। यह तो कोई बड़ी बात नहीं है। वे तो आग लगी देखकर भागे-भागे आये थे। बातें सब ठोस थीं। डिप्टी साहब ने मुकदमा खारिज कर दिया।

दूसरे ही दिन हुस्ना पर हतक इज्जत, झूठी रिपोर्ट, झूठा मुकदमा, झूठी शहादत पेश करना इत्यादि अनेक जुर्म लगाकर दारोगा ने मुकदमा दायर कर दिया। उधर गिरिजा कुमार ने भी बदनामी का केस बनाकर उस पर इस्तगासा ठोंक दिया।

हुस्ना ने सुना और उसके होंठ काँप उठे। सरयू का उसने भला करना चाहा था, वही उसके विरुद्ध हो गयी थी पर क्या वह अपनी बदनामी के मोल पर हुस्ना का भला कर सकती थी? वह पर्दानशीन जो थी। हुस्ना रो पड़ी। उसका सब रुपया समाप्त हो चला था।

शाम धुँधली हो चली थी। जीत की खुशी में गंगा के पवित्र तीर पर रामदीन

और गिरिजा कुमार भँग छान रहे थे लेकिन सरयू पर पर नहीं थी। गिरिजा कुमार भँग के नशे में था। खाट पर जाकर घर में पड़ते ही उसका मन उड़ने लगा। आधी रात के समय जब सरयू लौटी उसके पाँव लड़खड़ा-से रहे थे। वह मुखर और प्रसन्न थी। आते ही बिना हिचकिचाये गिरिजा कुमार की खाट पर बैठ गयी। पति ने देखा, वह झूम रही थी। वह नशे में थी। आज उसके मुख से हल्की-हल्की शराब की गन्ध आ रही थी। ऊँट करवट बदल चुका था...वह दारोगा के पास से आ रही थी...

('51 से पूर्व)

बच्चा

गोविन्द सिंह बच्चे की याद में रो पड़ा। उसका कोई बालक जीवित नहीं रहता था। कई हो चुके थे, पर परमात्मा को एक को भी रहने देना मंजूर नहीं था। भाग्य पर किसी का बस नहीं चलता, पति-पत्नी इसी निर्णय पर पहुँचते। पर जलेबी पर किसी का ध्यान न था, जो हैजे की जड़ थी, और सदैव ही खिला दी जाती थी। अन्त में उसने पत्नी से सलाह करके तय किया कि कुछ दिन के लिए बाहर चला जाय। और जब लौटें, तो अनाथालय से एक बच्चा लेते आयें। बात साफ थी। पत्नी ने सुना और अपने अभाग्य के प्रति उसका जो असन्तोष था वह क्षण-भर को मिटता हुआ दिखायी दिया। उसने माथे के घूँघट को पीछे सरकाते हुए, उसके चिन्तातुर मुख की ओर देखा और फिर अविश्वास करते हुए पूछा—"बात तो ठीक ही-सी लगती है, पर क्या ऐसा बच्चा हमें मिलेगा?"

"मिलेगा क्यों नहीं?" गोविन्द सिंह ने कहा।

पत्नी की जबान पर बात आकर लौट गयी। भला वह अपशकुन की बात कहती भी कैसे? लेकिन प्रश्न यही था, कि जब परमात्मा को ही मंजूर नहीं तो क्या मनुष्य का चल सकेगा! पर वह यह कहकर पति का हृदय दुखाना नहीं चाहती थी।

गोविन्द सिंह रोटी खाकर लेट रहा। उसके दिमाग में अनेक प्रकार की आशंकायें आ रही थीं, जैसे चाँद को घेरने वाला कोई काला बादल कभी बढ़े, फिर फैले, घना होने लगे। किन्तु भविष्य की सुदृढ़ इमारत के लिए जिस नींव की अत्यन्त आवश्यकता थी, यह बालक के रूप में मन में फिर-फिर बैठने लगी।

सुबह जब वह उठा तब उसके पाँवों में शक्ति थी। उसने देखा कि पत्नी बहुत पहले ही जागकर गृहकार्य में लग गयी थी। इस समय उसका मन आशाओं से भरा हुआ था। किन्तु हठात् कोई काम कर डालने के पक्ष में वह कभी भी नहीं था।

उसने पत्नी को बुलाकर कहा—"खबर फैलानी होगी।"

पत्नी ने आँख उठाकर उसकी ओर देखा। गोविन्द सिंह उसकी ओर बिना देखे ही कहता गया—"एकदम तो बच्चा मिल नहीं सकता। उसके लिए पहले से

तुझे स्वाँग रचना पड़ेगा कि कुछ होने वाला है, वर्ना बिरादरी उसे सहज नहीं अपनायेगी।''

पत्नी कुछ शर्मायी। यह काम वास्तव में कठिन था।

गोविन्द सिंह ने कहा—''भोला की माँ ही से कह दो। अपने-आप सब ठीक हो जायेगा।''

भोला की माँ मुहल्ले में एक जीता-जागता और मुँह से बोलता अखबार थी। काम फिर भी कठिन ही लगता था। पत्नी ने गोविन्द सिंह की ओर देखा। उसने सिर झुका लिया। पत्नी के मुख पर असहायता थी।

तब सामंजस्य का पथ निकला—कहीं बाहर न चले चलें कुछ रोज के लिए। यहाँ तो लोग कहेंगे कि कुछ दीखा ही नहीं। भोला की माँ से क्या छिप सकेगा?

गोविन्द सिंह ने रोजगार की नजर से देखा। चारों तरफ से ठोंक-पीटकर बात का निरीक्षण किया। पत्नी ने अपनी स्वीकृति की शर्त पेश कर दी थी। उस पर हस्ताक्षर करना आवश्यक था।

आखिर यह भी हुआ, और वे दोनों सामान बाँधकर चल दिये। चलते वक्त भोला की माँ को समझाया गया और बात की पुष्टि के लिए उसे कुछ पैसा भी दिया गया। पत्नी का मन हल्का हो गया।

गोविन्द सिंह ने रेल में बैठते हुए कहा—''कुछ मनौती मानी है?''

''हनुमान जी को पाँच सेर लड्डू चढ़ाने की मैंने सोची है।''

गोविन्द सिंह पत्नी की धर्म-बुद्धि पर प्रसन्न हुआ।...

यह नया कस्बा था।

(2)

गोविन्द सिंह ने इक्केवाले से पूछा और दोनों ने एक धरमशाले में जाकर सामान धर कर शान्ति की साँस ली। स्नान-भोजन के उपरान्त जब वे सुस्थिर होकर बैठे तब उन्हें हवा में उड़ती आवाजें सुनाई देने लगीं।

हिन्दू-मुस्लिम दंगे की तनातनी थी। शहर में एक पीपल का पेड़ था जिसके नीचे शिवलिंग स्थापित था। मुसलमानों के ताजिये उधर ही से निकलते थे। इस वर्ष ताजिया कुछ ऊँचा बन गया था। जब पीपल के नीचे आया तो मुसलमानों ने पीपल कटवा देने की माँग की। हिन्दू पीपल को देवता मानते थे। उन्होंने राह बदल देने की राय दी। झगड़ा बढ़ चला। खून बहने की नौबत आ गयी। किन्तु भगवान की कुछ और ही मर्जी थी। डिप्टी कलक्टर ने हल खोज निकाला। सड़क खोदी गयी और सतह नीची की गयी। दोनों का मान रह गया। न पेड़ कटा, न ताजिया झुका। किन्तु मन की गाँठ न खुली। दोनों ओर अफवाहें फैलने लगीं।

धर्मशाला में पड़े-पड़े दोनों सोचते यह क्या बला आ गयी। परिणामस्वरूप दोनों ही मुसलमानों की निन्दा करते, क्योंकि उन्हें यह विश्वास ही नहीं होता था कि वे भी किसी की जान ले सकते हैं। और धर्मशाला को उस कोठरी में जीवन की निर्भय श्रद्धा पत्नी के नयनों में जागती रही और पति अपना सर्वस्व उस पर न्यौछावर करता अप्रत्यक्ष रूप से सम्बल बनकर अभय देता रहा।

पत्नी ने कहा—"अगर काम जल्दी हो जाय तो फिर कुछ दिन किसी दूसरी शान्त जगह में चलकर रहेंगे। यहाँ तो वही मार-काट की बातें सुनने में आ रही हैं। जाने क्या होने वाला है?"

वह सोचने लगा। उसने सुना था कि यहाँ आग न थी, केवल उसको गर्मी थी। बड़े-बड़े शहरों में से लपटें उठ रही भीं। जमकर लड़ाई हो रही थी। कल तक सब ठीक था। आज अचानक ज्वालामुखी की भाँति देश को फूटते देखकर वह विचलित हो रहा था।

उसने कहा—"कल जरूर जाऊँगा।"

पत्नी ने मन-ही-मन भगवान को याद किया। गाँव की लड़की थी। जो पढ़ा था, सो मामा से ऐसे ही कुछ सीख लिया था। पति के तीन अक्षरों में कितना बड़ा इतिहास था यह उससे छिपा नहीं रहा। कुछ देर तक गोविन्द सिंह उसे आश्वासन देता रहा। वह जीवन के प्रति विश्वास रखने वाले आदमियों में था। पत्नी सन्तुष्ट हुई और वह उठकर बाहर ड्योढ़ी पर जा बैठा।

उस मध्यकालीन नीरवता में आज सदियों पहले की सनसनाहट गूँज रही थी। गोविन्द सिंह ने देखा कि कई आदमी बातें कर रहे थे। वे सदा उत्तेजित से दिखायी देते थे। वहीं एक साइकिलवाले की दुकान थी, जहाँ देश-विदेश की बातों पर चर्चा हो रही थी, जिसमें गालियाँ बीच-बीच में वन्दनवार के समान टँगी थीं। भीतर घुसने वाले को उन्हीं के नीचे से गुजरना पड़ता था। कभी-कभी कोई छैला औरतों के बारे में भद्दी-भद्दी बात छेड़ देता, जिनसे प्रसन्न होकर सब हँसते और उसे बढ़ावा देते।

इधर-उधर की बातें उसको अधिक देर तक नहीं लुभा सकीं। बार-बार उसे अपने काम की याद आने लगी। सामने ही हलवाई की दुकान थी। वहाँ उसने लस्सी पीते हुए लोगों से पता लगा लिया कि अमुक स्थान पर एक पुराना बाजार है, जिसके पास ही एक अनाथालय है। यहाँ उसने कहा कि उसका बच्चा खो गया है, और वह उसे ढूँढ़ता फिर रहा है। सबने उससे सहानुभूति प्रकट की।

दूसरे दिन जब दोपहर बीत चली और थकान अनुभव होने लगी तो उसी दुकान से एक कुल्हड़ लस्सी लेकर पी और फिर चल पड़ा। इस समय उसका मन आशंका के वेग से काँप रहा था। आज वह अपने जीवन का एक बहुत अनहोना काम करने जा रहा था। क्या उसकी पत्नी सचमुच किसी दूसरे की स्त्री के बालक को अपना

समझकर पाल सकेगी? यह विचार तो उसे नहीं छोड़ सकेगा कि वह उसके अपने पेट का जाया नहीं है। उँह, उसने सोचा अनाथालय से हर हालत में वह अच्छा ही व्यवहार पायेगा। घर, घर है। फिर मैं तो हूँ ही। अगर घर लाऊँगा तो क्या उसे तकलीफ होने दूँगा?

जब वह अनाथालय में पहुँचा तो धूप उतरने लगी थी। यह एक पुरानी इमारत थी जिसके एक द्वार से भीतर का आँगन दिखायी देता था। चारों ओर की दीवारों को देखकर जर्जरता का आभास होता था। ऊपर केवल एक रोशनदान था जिसमें से उजाला बहुत कम और धीरे-धीरे आता था। दीवारों में बहुत-से आले थे और प्रायः सब में बहुत-सी धूल जमा थी, जिससे वहाँ की सुव्यवस्था प्रकट होती थी।

खूसट मैनेजर से उसकी बातें होने लगीं। यह ऊपर से नीचे तक खद्दर के कपड़े पहने था। गले में एक रामनामी दुपट्टा था। लम्बी-लम्बी, खिचड़ी मूँछों ने उसका ऊपरी होंठ ढँक रखा था।

गोविन्द सिंह ने कहा—"इधर से लौट रहा था। सोचा, बच्चों को देखता चलूँ। मेरे कई बच्चे हुए, पर सब मर गये। एक बचा था सो भी परमात्मा ने छीन लिया। बाबू जी, खो गया वह। ऐसा सुन्दर बच्चा था, कि आँखें देखकर उलझ जाती थीं।"

मैनेजर ने देखा, गोविन्द सिंह का रूप देखकर कोई उससे ऐसे सुन्दर बालक की आशा नहीं कर सकता था। फिर उसने सोचा कि बच्चा शायद माँ को पड़ा हो। पर 'खो गया' सुनते ही, वह चौंक पड़ा जैसे उसका अपना बच्चा खो गया हो। मुँह में से खेद भरा स्वर फूट पड़ा—"राम, राम! राम...राम! बड़ा बुरा हुआ। चाँद हाथ में आकर निकल गया! कैसी कड़ी चोट पड़ी आप पर!" और अपनी बात का प्रभाव देखकर वह मन-ही-मन मुस्कराया।

गोविन्द सिंह अविचलित था, क्योंकि बच्चा था ही कहाँ, जो जाता। मैनेजर ने बात समाप्त की—"पर भाई, परमात्मा की मर्जी के खिलाफ किसकी चलती है? वह जैसे सुख देता है, और उसे लेते हो, तैसे ही उसके दिये दुःखों में उसे बुरा न कहो। उसकी लीला विचित्र है। वह अनादि है, अपरम्पार है। जानता हूँ, कहना आसान है। पर भाई, उसे ही झेलनी पड़ती है जिस पर आ पड़ती है।"

गोविन्द सिंह ने अनाथालय देखने की इच्छा प्रकट की।

"चलो, देख लो!" मैनेजर उठ खड़ा हुआ। उसने आवाज दी—"हरी! ओ हरी!"

हरी ही नहीं, तीन-चार बालक और भी आ गये, और सहमे-सहमे से आगन्तुक की ओर देखने लगे। मैनेजर ने प्रेम से हरी के सिर पर हाथ फेरकर कहा—"नमस्ते करो! बाबू जी अनाथालय देखने आये हैं। गाने का प्रबन्ध करो। अच्छा?"

नमस्ते करके लड़के चले गये। तब मैनेजर उठ खड़ा हुआ। गोविन्द सिंह देर तक उसके साथ भीतर का दृश्य देखता रहा। खाकी कमीजें-नेकर तथा खाकी टोपी

पहने, करीब पचपन लड़के थे। कुछ लड़के बैंड बजाने का अभ्यास कर रहे थे, कुछ पेन्सिल और स्लेटों से लिखा-पढ़ी कर रहे थे। एक बूढ़ा उनकी निगरानी कर रहा था। कुछ पुरानी कुर्सियाँ पड़ी थीं। और कुछ भी नहीं था। मैनेजर ने बताया कि दूसरी तरफ रसोई है। कुएँ से पानी खींचकर लड़के अपना सब काम खुद करते थे तथा जीवन में अपने पैरों पर खड़ा होना सीख रहे थे। इसके बाद आठ लड़के एक पंक्ति बनाकर खड़े हो गये। हाथ जोड़ कर उन्होंने प्रार्थना गायी जिसमें परमात्मा की कृपा और मनुष्य की दया पर जोर दिया गया था।

जब वे लोग लौट गये तो गोविन्द सिंह गम्भीर हो गया। उसके कानों में अभी तक बालकों की करुण आवाज गूँज रही थी। वह सोच रहा था यदि उसकी पत्नी होती तो वह रो पड़ी होती। एक ओर वह था, जिसके घर बालक न था, और दूसरी ओर यहाँ लावारिस बच्चों की भीड़ थी।

मैनेजर ने देखा कि उसके ग्राहक के चेहरे पर जीवन की परिश्रान्त उदासी छा रही थी। वह सफल हुआ था। यही लड़के बैंड बजाकर घर-घर से अनाथालय के नाम पर भीख माँग लाते थे। कुछ लड़के काफी ट्रेनिंग पा चुके थे, कुछ अभी इस काम में कच्चे थे। उन पर मार पड़ती थी। कभी-कभी उन्हें खाने को भी नहीं दिया जाता था। वह सनातन धर्मवर्द्धिनी सभा इसी प्रकार अपना जीवन बिता रही थी।

उसने कहा—''क्या तय किया भाई? देखो? आदमी के बच्चे को तरसता देखकर किसे दया नहीं आती है? किसके सीने में दिल नहीं होता? सो भी हिन्दुओं के बच्चे। आप छोड़ दीजिये तो क्या इन्हें मुसलमान कलमा न पढ़ा लेंगे। आप ले जाइये न इनमें एक-आध लड़का। आपका काम खूब करेगा।''

गोविन्द सिंह ने कहा—''बात यह है कि ये लड़के बड़े हैं। मैं तो एक छोटा-सा बच्चा ले जा सकता हूँ। मेरी पत्नी इतने बड़े लड़के को घर में नहीं रख सकेगी। उसको तो उसी बच्चे की याद आया करती है। इनमें से कोई भी उसकी जगह नहीं ले सकेगा।'' गोविन्द सिंह के स्वर में एक विवशता थी। मनुष्य के जीवन को लेकर मोल-तोल करने में जो उसे अपना स्वार्थ देखना पड़ रहा था उससे स्वयं संकुचित हो रहा था। उसके हृदय में तो इच्छा हुई थी कि यह उन सब अनाथ बालकों को घर ले जाय। पर यह विचार नितान्त निर्बल था। यह उसकी शक्ति के बाहर की बात थी। उसे मैनेजर के प्रति हृदय में श्रद्धा हुई, जिसने अपना जीवन उन्हीं की सेवा में लगा दिया था। अपनी बात कहकर उसने मैनेजर की ओर देखा।

''अरे तो'' मैनेजर ने कहा, ''उनको पालना क्या आसान है? पहले तो छोटे बच्चों का मिलना ही बहुत कठिन है, फिर उसमें कोई फायदा भी नहीं। एक काम हो सकता है। बच्चों को पालेगा कौन? सोचता हूँ कि एक विधवाश्रम खोल दूँ। लेकिन

विधवायें मिलना आसान होते हुए भी यह काम खतरे से खाली नहीं है। आप तो जानते ही हैं, जहाँ औरत रहती है, उसी द्वार पर चिक डालने की जरूरत पड़ती है। बच्चे पल सकते हैं पर जितना खर्च होगा, उतना उससे मिलेगा नहीं। भाई, इसमें नुकसान का डर है। मैं ऐसे खेल नहीं खेलता।'' मैनेजर के होंठ फैल गये। वह चुप हो गया।

गोविन्द सिंह की आँखें फैल गयीं। सारी श्रद्धा मिट चली। उसने तीक्ष्ण दृष्टि से मैनेजर की ओर देखा। उसे लगा कि सामने एक रँगा हुआ सियार बैठा था, जो ऊपर से कितना महान् और त्यागी दिखायी देता था।

''तो यह आपका रोजगार है?'' गोविन्द ने हठात् पूछा।

उसके शब्दों का व्यंग्य मैनेजर के मुँह पर बजा, फिर उस पुरानी इमारत की ईंटों से टकराया और ऐसे खो गया जैसे उनं ईंटों ने उसे जज्ब कर लिया हो।

''नहीं तो क्या कोई मुझे तनख्वाह देता है?'' उसने पलटकर कहा, ''मुझे किसी चीज की कमी थी? देश के लिए, धर्म के लिए ही मैंने अपनी जिन्दगी लगा दी है। आज इन अनाथों के सिर पर एक छत तो है।''

गोविन्द सिंह का मन खट्टा हो गया। संसार कितना बुरा है, कितना कलुषित! वह सोचने लगा—ये बच्चे जो आज भीख माँग-माँगकर रहे हैं, जिन्हें मैनेजर को पैसा लाकर देना पड़ता है, जिनके नाम पर चन्दा लोग मुफ्त खाते हैं, यें बड़े होकर धर्म और देश के लिए भीख माँगने के सिवाय क्या कर सकेंगे?

मैनेजर समझ गया कि पंछी उड़ चुका है। अब उसे व्यर्थ बिठाकर बात करना समय नष्ट करना है। उसने कहा—''तो कुछ निश्चय किया आपने?''

'' जी हाँ, कर चुका!'' कहते हुए गोविन्द सिंह उठ खड़ा हुआ। उसने हाथ जोड़े।

मैनेजर अब की बार उठकर खड़ा नहीं हुआ। उसने बैठे-ही-बैठे उत्तर दिया—''हम सदा आपकी सेवा में यहीं बैठे मिलेंगे। जब कभी आवश्यकता हो, तो अवश्य याद कर लें जय हिंद!''

गोविन्द सिंह का मन भीतर-ही-भीतर घुटने लगा। वह पुरानी इमारत जैसे एक भूत थी, जिससे वह पीछा छुड़ाना चाहता था। यह समस्त आदर-सम्मान एक खेल था। इस विरक्ति में वह अपने मूल कारण को बिल्कुल भूल गया।

जब वह बाहर आ गया तो इससे पहले कि वह होश सँभाल पाता, उसने देखा कि सड़क अब बिल्कुल सुनसान पड़ी थी।

तभी सड़क पर हल्ला मचने लगा। जो दिखायी देता था, उसकी भौं खिंची हुई थी, नाक और होंठ फड़क रहे थे। दंगा हो गया था। सब अपने-अपने घरों की ओर भागे चले जा रहे थे।

वह एक ओर हटकर चलने लगा। सड़क के दोनों ओर कहीं-कहीं जो दुकानें थीं, वे बन्द हो गयी थीं। कभी-कभी उनमें से कोई सिर बाहर कर झाँकता था, और फिर द्वार बन्द होने की आवाज आती।

पैर जल्दी-जल्दी उठ रहे थे, उसने एक व्यक्ति से पूछा, "भैया, इधर से किसकी बस्ती है?"

सुनने वाले ने उसे घूरकर देखा और कहा, "हिन्दू हैं सब! जल्दी निकल जाओ!"

वह व्यक्ति किसी गली में घुस गया। गोविन्द ने देखा कि सामने से एक स्त्री एक बालक को गोद में लिए एक आदमी के साथ जा रही थी। वे मुसलमान थे। स्त्री बेपर्दा थी, और साड़ी पहने थी। वे लोग डरते-डरते चल रहे थे। पुरुष पुकार रहा था, "दुहाई है, हिन्दू भाइयो! हम बेकसूर हैं। हम तुम्हारी गाय हैं!"

कहीं कोई ठहाका लगाकर हँसा। फिर आवाजें गूँजने लगीं, "जय बजरंग बली की!"

"चिड़िया आ रही है!"

"जय बम भोले!"

गोविन्द सिंह स्वयं काँप रहा था। उसे आश्चर्य हुआ कि स्त्री कौन है? उसके साथ क्यों है?

उस सुनसान सड़क पर हठात् कुछ लोग बाहर आ गये। एक ने कहा—"क्यों बे, इस औरत को कहाँ ले जा रहा है?"

इससे पहले कि पुरुष कुछ कहे, स्त्री ने कहा, "मैं मुसलमान है। इसकी बीवी हूँ।"

तड़ाक से उसके गाल पर चाँटा पड़ा। तभी किसी ने पुरुष के छुरा भोंक दिया और वे भाग गये।

स्त्री उस मूर्छित और पृथ्वी पर गिरे पुरुष के पास बैठकर रोने लगी। वह नीली कुर्ती पहने थी। उसके माथे पर किसी चोट का बड़ा निशान था। उसी समय वे लोग लौटे। स्त्री को उन्होंने जबर्दस्ती उठा लिया और उसी गली में खींच ले चले। उसके मुँह खोलते ही, एक ने उसमें कपड़ा ठूँस दिया। आवाज घुट गयी।

गोविन्द सिंह डरकर काँपने लगा। उसे ऐसी आशा नहीं थी। किन्तु एक विक्षोभ उसे भी हुआ। कैसी औरत थी वह कि हिन्दू होकर भी मुसलमान के साथ जा रही थी और कहने में तनिक भी लज्जित न हुई!

पुरुष पृथ्वी पर कराह उठा। उस घायल की अन्तिम हल्की आवाज जीवन के न जाने कितने तारों को झनकारने की सामर्थ्य रखती थी। निकट जाकर देखा। उसकी पसलियों से खून बह रहा था। किसी अनाड़ी नहीं, सधे हुए हाथ का भरपूर वार था जो पीछे से किया गया था। उसने भीतर की अँतड़ियों तक को फाड़ दिया था।

बच्चा छीना-झपटी में वहीं पड़ा रह गया था। उसके कहीं भी चोट नहीं आयी थी। अधिक नहीं, शायद तीन महीने का ही था। वह चुपचाप पड़ा था। घायल ने गोविन्द की आँखों में झाँका। गोविन्द उस दृष्टि से सिहर उठा। वह उसकी आत्मा के अन्धकार में मशालों की तरह उतर गयी।

उसका मन नहीं हुआ कि वह हट जाये। पायल मुसलमान ने अपने बच्चे का हाथ ढूँढ़ा। वह पास ही था। उसने उसका हाथ छोड़कर गोविन्द का हाथ पकड़ लिया, और अपने बच्चे के शरीर पर रख दिया। गोविन्द ने देखा वह पुरुष अब शिथिल हो चला। अन्तिम बार उसके होंठों पर मुस्कराहट आयी। वह मर गया, और साथ ही उसका मुख विकृत हो गया। बालक बिल्कुल उसी जैसा था। अब वह शून्य की ओर देख रहा था। गोरा-गोरा, मुलायम-मुलायम, अच्छा-अच्छा-सा। गोविन्द ने उस पर हाथ फेरा। निहायत गुदगुदा लगा, जैसे गुलाब का फूल। और मन भीतर चिल्लाने लगा। उसने बालक को गोदी में उठा लिया। वह कुछ भी सोच नहीं पा रहा था। सड़क सुनसान पड़ी थी। द्वार और खिड़कियाँ सब बन्द थीं। गोविन्द सिंह ने इधर-उधर देखा, और उस बालक को छाती से चिपकाकर वह भाग चला। उस समय वह सब कुछ भूल चुका था। पाँव उड़ रहे थे। हृदय आशंकाओं से घिरा हुआ था। जीवन की अनन्य साधना जैसे सफल हो गयी थी। अब उसे ध्यान आया कि वह एक बच्चे को ले आया है।

जब वह धर्मशाला पहुँचा, तब पत्नी घबरायी हुई उसकी प्रतीक्षा कर रही थी। क्षण-क्षण पानी पीती थी और तुरन्त होंठ सूख जाते थे। पति को देखते ही वह हर्ष से विह्वल हो उठी। उसने गोविन्द सिंह के कन्धे पकड़कर कहा—"मैं तो बेतरह डर गयी थी। जाने क्या होने वाला है। भगवान ने रक्षा कर ली!"

किवाड़ बन्द करके गोविन्द सिंह ने अपनी कहानी सुनायी। पत्नी की आँखें फटी-फटी-सी रह गयीं। उसने बालक को अपनी गोद में ले लिया और देखा दुधमुँहा आँख मींचकर सो रहा था। छोटी-छोटी मुट्ठियाँ बँधी हुई थीं, और गोल-गोल अंगों पर गोरापन अत्यन्त स्निग्ध दिखायी देता था।

गोविन्द सिंह ने कहानी में बच्चे का मुसलमान होना छिपा लिया था। वह जानता था कि पत्नी को यह सुनकर अरुचि हो जायेगी।

उसने कहा—"अब क्या कहती है? भगवान ने आखिर सुन ही ली।"

किन्तु पत्नी चिन्तित थी। उसने कुछ देर तक बालक को घूरा, और फिर उसने पति को आँका। फिर धीरे से कहा—"तुमने मुझसे कुछ छिपाया है?"

गोविन्द अत्यन्त संकुचित हुआ। उसने कहा—"नहीं तो।"

"अच्छा बताओ, वे हिन्दू बस्ती में क्यों मारे गये?"

पत्नी का प्रश्न ठोस था। उसे मजबूर होकर पूरी कहानी बतानी पड़ी।

"हाय राम!" पत्नी ने सुनकर कहा—"मुझसे छिपाते थे? वे तो मुसलमान थे। जैसे तुम्हें धर्म का कुछ विचार ही नहीं रहा। वे इधर से ही तो गये थे। वे कहते थे कि पड़ोस की रियासत से बचने को औरत साड़ी पहनकर आयी थी। वहाँ औरतों को उठा ले जाते हैं। बड़ी आफत है। सुनते हैं कि हिन्दू औरतों को मुसलमान उठा ले जाते हैं। यह कैसी लड़ाई है? पत्नी ने खीझकर, मन-ही-मन डरते हुए कहा—बच्चों और औरतों से बदला लेना तो जंगलीपन है। बिल्कुल राक्षस हैं सब! तो मार दिया उसे? राम-राम! और औरत को उठा ले गये! चिल्लाने तक न दिया।"

वह सिहर उठी फिर उसने बच्चे को देखकर कहा—"यह भी तो उसी मुसलमान का बच्चा है। क्या यह हमसे पल सकेगा?"

इस नितान्त निर्बल प्रश्न का भी गोविन्द उत्तर नहीं दे सका। बहती हुई ममता खून की तरह जम गयी थी। उसका स्पन्दन नष्ट हो चुका था। गोविन्द चाह कर भी इस बात को नहीं छिपा पाया। पत्नी के सामने झूठ पकड़े जाने से वह विक्षुब्ध हो उठा। क्यों उसे स्वयं इतना अधर्म सूझा? यह बालक क्या कभी अच्छा बनेगा? क्या वह हिन्दू बन सकेगा? सोचते-सोचते उसे लगा जैसे सारी दुनिया घूम रही थी। उसके हृदय में उल्टे भाव उठने लगे। अब वह धीरे-धीरे बालक के प्रति कठोर हो चला। दोनों हाथ फैलाकर उसने पत्नी से कहा—"बच्चा इधर दे दे। ला मैं इसे फेंक आऊँ। यह मुझे पानी देगा? मलेच्छ!" उसके होंठों पर व्यंग्य का नीलापन काँप रहा था।

उसने आश्चर्य से सुना। पत्नी कह रही थी—"बड़े निष्ठुर हो तभी तो! दुनिया में औरत न होती तो तुम लोग तो साँपिन की तरह अपने अंडे अपनी भूख मिटाने के लिए आप ही खा गये होते। मैं नहीं दूँगी इसे! भगवान ने इतने दिन में मेरी गोद भरी है! कितना सुन्दर है। इसमें क्या है जो मुसलमान है? बेचारा अबोध, नादान।. ..चलो, उठो, नहा लो। इसे भी गंगाजल से नहला दो। शुद्ध हो जायेगा।" पत्नी के स्वर में आवेश था, ममता थी।

गोविन्द पराजित-सा देख रहा था। स्त्री उस बालक को दोनों हाथों पर झूला झुला रही थी। पति को देखकर वह हँस दी।

गोविन्द सिंह ने देखा—बच्चा बिना दाँत का फले-फूले गाल, निष्कलंक, पवित्र, अजातशत्रु, निर्मल!

उसने पत्नी की ओर देखा। वह प्रसन्न थी। उसकी आँखों में स्नेह उमड़ रहा था। बच्चा रह-रहकर पिल्ले की तरह आँखें खोल देता और फिर रोशनी की चौंध से उन्हें मिचमिचाकर बन्द कर लेता। इस समय वह मुस्करा रहा था।

मिल गया बच्चा!

('51 से पूर्व)

नयी जिन्दगी के लिये

हम नौ लड़कियाँ थीं। मेरी उम्र उस समय करीब पन्द्रह साल की थी। मैं समझदार थी। अब जब मैं स्वयं तीन बच्चों की माँ हो चुकी हूँ, मेरा दृष्टिकोण बहुत बदल गया है, पर तब नयी उमर थी। तब क्या मैं इतनी अकल रखती थी कि असलियत को समझ पाती। लेकिन तुम्हें उसी समय की बात सुनाती हूँ। पन्द्रह साल में ही मुझे काफी काम करना पड़ता था। मेरी माँ को मुझसे बहुत अधिक स्नेह था।

माँ के एक और प्रसव होने वाला था। उनके नौ बार लड़कियाँ हो चुकी थीं। और एक-दूसरी बहिन में समय का इतना कम अन्तर होता था कि उन्हें सँभालना काफी कठिन हो गया था। कौन जाने घर में अब भी वही चार साल पुरानी हालत चल रही हो।

मुहल्ले में किसी-किसी के ही घर में नल था। हम सड़क से पानी भर लाया करती थीं। जब मैं नल पर पानी भरने लगी तो ठकुराइन ने पूछा–"क्यों, तेरी माँ के कुछ होने वाला है?"

मैंने सिर हिलाकर स्वीकार कर लिया। ठकुराइन भला चुप होती! पूछ बैठी–"कितने दिन रहे।" मैंने दबी जवान से कहा–"जल्दी ही।"

ठकुराइन मुस्करा दी। मैं उससे डरती थी, क्योंकि उसको लड़ने का अच्छा अभ्यास था और चिल्ला-चिल्लाकर मुहल्ले को उठा लेती थी।

शायद सामने की खिड़की में बैठे हुए लड़के ने मेरी बात सुन ली, क्योंकि वह हँस रहा था। मुझे बस लाज लगी, हालाँकि बात कोई नहीं हुई थी। मैंने झट से दरवाजा बन्द कर लिया और भीतर आ बैठी।

माँ खाट पर पड़ी सो रही थी। बच्चियों में कुछ सो रही थीं, कुछ खेल रही थीं।

सुखदा मुझसे दो बरस छोटी थी। वह कहीं गयी थी। उसके कपड़े आँगन में ही पड़े हुए थे।

बाबू जी दफ्तर में नौकरी कर रहे थे। उनकी तनख्वाह अस्सी रुपए से ज्यादा की नहीं थी। मैंने उन्हें कभी प्रसन्न नहीं देखा। उनके माथे पर गहरी लकीरें पड़ी

रहती थीं। मूँछें काली और लम्बी थीं। लोग कहते हैं, मैं उन्हीं पर गयी हूँ।

जब वे दफ्तर से लौटते तब भी वे थके-माँदे दिखायी देते, जब जाते तब भी उनमें फर्क दिखायी नहीं देता था। उस थकान के कारण उनके होंठों पर एक कालापन छाया रहता और उनकी आँखों में एक टिमटिमाती-सी चमक दिखायी देती थी। दफ्तर से आते ही वह हमें एकदम डाँटने लगते। मैं रोने लगती।

हृदय भीतर से घुमड़-घुमड़कर आँखों की राह निकलने लगता, पर उन पर इस सबका कोई असर नहीं होता। छोटी-छोटी बच्चियाँ अपने छोटे-छोटे हाथों से मुझे सहलाकर सान्त्वना देतीं। उनका मूक आश्वासन बहुत सहायक होता। सच, वे बहुत कठोर थे। मैं सोचती, हे भगवान! दिन-भर काम करती हूँ। सब घर सँभालती हूँ, पर ये नहीं ठीक रहते। मैं सखी-सहेलियों की ओर देखती, जिनके पिता उन्हें प्रेम करते थे। तब मुझे लगता कि मेरे पिता मनुष्य नहीं थे। शायद उनमें हृदय नहीं था। कभी-कभी क्रोध बढ़ने पर मार-मारकर वे बेहोश कर देते और बच्चियों की कोमल देहों पर नीले दाग पड़ जाते। जब उनका उठा हुआ हाथ चलता ही जाता और बच्चियों की आह से घर फटने लगता, घर में कुहराम मच जाता तब पड़ोस की बुढ़िया दादी का स्वर सुनाई देता—'कन्या पर हाथ उठा रहा है चिरंजी? यह तो कोई रीत नहीं है। अरे तेरे घर में जनम लिये हैं निष्ठुर। निर्दयी बनकर क्यों हत्या कर रहा है?'

उस स्वर को सुनकर पिता जैसे चौंक उठते और लौट पड़ते और उनका सिर झुक जाता और वे सूनी आँखों से देखने लगते।

इधर माँ की हालत पहले से भी खराब हो गयी थी। वे बाबू जी की मनोव्यथा से पूर्णतया परिचित थीं। आजकल कभी-कभी उन्हें उल्टी हो जाती, कभी जी मितलाने लगता। सिर का दर्द बढ़ गया था। हाथ-पाँव पीले पड़ चले थे। और मैं जब उन्हें देखती, सदैव उनकी आँखों में एक भय ही दिखायी दिया करता था।

बाबू जी दिन-भर पूजा करते। दफ्तर में भी मुँह में हनुमान गुटका रखते जो बाबा साँवलदास ने उन्हें पुत्र होने के लिए दिया था। उन्होंने कहा था, 'इस मन्त्र से कुछ भी बढ़कर नहीं। अगर यह भी काम नहीं देता तो समझ ले तेरे भाग्य में आटे का लड़का भी नहीं लिखा है।' पिता जी ने इसे देववाक्य समझकर मन में धारण कर लिया था।

शाम को जब पीपल की खड़खड़ाहट सुनाई देती, जब अँधेरे में मन्दिर का गन्ध-भरा धुआँ गली में लौटने लगता और घर के बाहर के उस तिकोने चबूतरे पर छा जाता। एक छोटे-से नीवाड़ के खटोले पर मैं बैठी अपनी आठवीं और नवीं बहन को पुचकारती हुई खिलाया करती। कभी-कभी तो मुझे फुरसत मिलती थी। बस उन्हें बुलाया नहीं कि एक छोटे-छोटे पैरों चलती हुए आती और दूसरी घुटनों के बल सरकने लगती। मुझे दोनों अत्यन्त प्रिय मालूम देतीं। बेचारी! उन्हें कोई स्नेह तक देने वाला

न था।

नींद मुझे इतनी गहरी आती कि जरा-सा लेटते ही सारी सुध-बुध खो जाती, फिर कोई कितनी ही आवाजें दे, सहज में नहीं उठती थी। ठकुराइन मुझसे कहती थी—'क्यों पैदा हो गयी हो कमबख्तो! क्या बाबू जी को जिन्दा ही मार डालोगी?'

जब मैं यह सुनती तन-मन रुआँसा होने लगता। इसमें हमारा क्या दोष था पर जब मैं माँ को देखती तो लगता यह सब झूठ था। माँ की आखों में दुख-ही-दुःख था, पर जब मुझे देखतीं तब उनमें एक याचना होती। मैं उस दृष्टि की दयनीयता को देखकर माँ की गोद में सिर रखकर उन्हें हँसाने लगती थी, मैं समझती तो थी, पर बात की असलियत को मुझे अभी तक तोलना नहीं आता था।

ठकुराइन कहती थी, "मारता है? अरे मारेगा नहीं! नौ-नौ बाघ जिसे पालने पड़ें उसकी बुद्धि भ्रष्ट नहीं हो जायेगी? एक नहीं रहोगी। उमर आने पर सब चल दोगी। बेचारे बूढ़े को कंगाल कर जाओगी और उसकी देख-रेख करने वाला तक कोई न रहेगा। कहीं किसी ने उसका मुँह ही काला कर दिया तो बेचारे को डूबने तक की ठौर नहीं मिलेगी। राम-राम! एक हो, दो हो। पूरी फौज है। बाप रे, कन्यादान करते-करते ही बेचारे के घुटने टूट जायेंगे।"

जब ठकुराइन मुझसे ये बातें करती तो मैं घर में आकर चुपचाप खाट पर पड़ जाती। तब क्या हमें मर जाना चाहिए।

सदा की भाँति इस बार भी बुआ के घर से पहले ही से कुर्ता, टोपी आ गये, जिन्हें देखकर मैं समझती, निश्चय ही अबकी बार मेरे एक भाई पैदा होगा। मैंने माँ को दिखाये शाम को पिता जी घर आये तो मैंने खुशी-खुशी जाकर कहा—"बाबूजी!"

उन्होंने गरजकर कहा—"क्या है? अब सुना है।"

माँ से बाबू जी की एक दिन-रात की बात मैंने सुन ली।

बाबू जी कह रहे थे—'अगर तुझ जैसी अभागिन मेरे घर न आती तो क्यों मेरी जिन्दगी हराम होती। अब वह बुढ़िया तो जिन्दा नहीं है, जिसने पहली दो बहुएँ मरने पर हाय-हाय करके खा डाला था कि बेटा! ब्याह कर। वर्ना घर का दीप बुझा जाता है। अब जल रहे हैं न चिराग? दिन में भी नहीं बुझते!"

उनके स्वर में क्रोध था। माँ ने धीरे से कहा—"यह तो किसी के बस की बात नहीं। जो भगवान देता है वह तो सब लेना ही पड़ता है। अगर ऐसा ही है तो दो-चार का गला घोंटकर अपने को आजाद कर लो। उनकी जिन्दगी भी हराम करने से क्या मिल जायेगा?"

बाबू जी कभी यहाँ दौड़ते, कभी वहाँ। वे हाँफ रहे थे। उनका मन विकृत हो रहा था। मुझे उनको देखकर एक भय होने लगा। ऐसा लग रहा था कि आज वे किसी के चंग पर चढ़े हुए हैं। क्या होने वाला था, मेरी समझ में बिल्कुल नहीं

आया। तभी पिता जी का स्वर सुनाई दिया। उन्होंने पुकारकर कहा—"दाई आ गयी है।"

एक बूढ़ी ने भीतर प्रवेश किया। मैं उसे जानती थी। वह हमारे घर अक्सर आती थी और हमारे परिवार की अच्छाइयों और बुराइयों से परिचित थी। बिना मेरी सहायता के ही उसने अपनी राह ढूँढ़ ली और भीतर के अँधेरे कमरे में चली गयी जहाँ टिमटिमाता दीपक जल रहा था।

मैं कभी भीतर जाती, कभी बाहर। मेरा दिमाग बिल्कुल बेकार-सा हो गया था। दाई ने मुझे देखा तो कहा—"जा बेटी? थोड़ी देर जाकर सो रह। तुझे इतनी मेहनत की क्या जरूरत है। जब जरूरत होगी जगा लूँगी।"

मैंने उसमें देवी का अंश देखा। वह मुझे अत्यन्त करुणामयी दिखायी दी। डरती-डरती मैं अपनी कोठरी में आकर खाट पर पड़ रही। थकान से शरीर चूर-चूर हो रहा था। पड़ते ही मुझे नींद आ गयी।

एकाएक घर में बड़े जोर का शोर हुआ। नींद में पहले तो मैं समझ नहीं सकी। पर जब कोई आकर मेरी खाट से टकराया और गिर पड़ा, हठात् मैं जाग उठी। एकदम आँख खोलने से पहले तो मुझे कुछ भी दिखायी नहीं दिया। पर धीरे-धीरे मैंने पहचाना। वह सुखदा थी। एक-एक करके सब बच्चियाँ मेरे पास इकट्ठी हो गयी थीं।

मैंने फटी हुई आँखों से देखा। जैसे अभी-अभी उन पर हमला हुआ था, सुखदा फूट-फूटकर रो रही थी। बाकी बच्चियों में से कोई सिसक रही थी, कोई डर से चुप हो गयी थी। मेरे सिर में दर्द होने लगा। बड़ी कठिनता से मैंने उनको धीरज बँधाया। जब वे चुप हुईं तब मैं उठकर कमरे के बाहर आयी। जो देखा उससे जैसे मुझ पर भयानक चोट हुई। हृदय टूक-टूक हो गया।

बाबू जी दहलीज पर सिर तोड़ रहे थे। मुझे लगा कि काटने पर भी मेरे शरीर से लहू नहीं निकलेगा। घर में एक भयानकता छा गयी थी। मैंने माँ के कमरे की ओर पग उठाया। दाई ने मुझे हेरा और दया से मेरी ओर देखा। मैं कुछ भी नहीं समझी। मैंने पूछा—"क्या हुआ?"

सुना, मेरी एक और बहिन हुई थी।

('51 से पूर्व)

दया के ठिकाने

उन दिनों मैं प्रेस में नौकर था। जब फुरसत मिलती तो हम सब लोग बीड़ियाँ पीते। कुछ देर तक गप्पें होतीं जिनमें हम अपने भाग्य को रोते हालाँकि हमें कोई राह नहीं दिखायी देती। जमाने की रफ्तार ने इतना जरूर बता दिया था कि जो कुछ हो रहा है वही ठीक हो ऐसा कहना अपनी निर्बलता का निशान है।

मंसूर नया मशीनमैन था। उससे हरीकिशन अक्सर नाराज रहता। कारण केवल इतना था कि वह मुसलमान था और हरीकिशन को इस बात से एतराज था कि उससे कुछ खाया पिया नहीं जा सकता। लिहाजा वह बेकार है। हम सब हरीकिशन को पंडित जी कहा करते थे। क्योंकि यह धुला-पुँछा आदमी था। नीची धोती पहनता था। माथे पर चन्दन लगाता था। सिर के बाल माँग निकालकर कढ़े होने पर भी छोटे थे और उसे देखकर यह निश्चय हो जाता था कि आदमी है पुराने ढर्रे का जिसे हर नयी चीज पर अविश्वास होना स्वाभाविक है।

सामने लाला के बड़े-बड़े गोदाम थे। और उधर पास ही जमुना बहती थी। लाला के गोदामों के आगे की मिट्टी में एक कालापन था जिसमें एक तरह की गन्दगी बारहों महीने बनी रहती। ढेलों का ताँता बँधा रहता।

अपने साथ एक और आदमी था। उसे हम सब बादशाह कहते थे, यहाँ तक कि उसका असल नाम सिर्फ एक या दो आदमी ही जानते थे। उसे देखकर यह बताना भी मुश्किल था कि वह हिन्दू था या मुसलमान या ईसाई। हाँ सिक्ख वह नहीं था।

हमारा मालिक कॉलेज से एक नया छूटा हुआ रंगरूट था। रंग गोरा। आँखें चुन्दी थीं, पर जब काला हरा चश्मा लगा लेता था तब समझता था कि उससे सुन्दर आदमी शायद सारी दुनिया में नहीं है।

कल तक क्या, वह अभी तक दिल्लगी करता था, विशेषकर उसे इस बात की बड़ी फिक्र थी कि जवानी में आदमी औरतों के बारे के जरूर कुछ-न-कुछ बात कर किया करे, वर्ना उसकी राय में आदमी बुड्ढा था, यानी अधमुर्दा था। मुझे देख-देखकर उसकी जवानी पर तरस आता था। जब वह सीना निकालकर खड़ा होता था, पीठ

खोखली हो जाती और कूल्हे बिखर जाते थे।

और हम सब लोग खुश थे। निहायत खुश इसलिये कि वह अपने-आपको हमारा दोस्त कहता था। कभी-कभी जब वह सिगरेट सुलगाता तो हमें भी पिलाता और फिर धुआँ छोड़कर दिलचस्प बातें करता।

लेकिन हमारा यह सपना ज्यादा दिन नहीं चला। छापेखाने में कुछ राजनैतिक कार्यकर्ता आने लगे। वे अपने को मजदूरों का हितैषी कहते थे। उनमें से कुछ हमारे मालिक के साथ पढ़े थे। पहले वह छपाई कराते थे, अब हमें मेम्बर बनाने लगे। बातें समझाने लगे। अब दिलों में फर्क बढ़ने लगा। हमने देखा कि हमारा मालिक अब कुछ सतर्क रहने लगा था जैसे हम सब उसके खिलाफ कोई साजिश कर रहे थे। जब हम लोग इकट्ठे बैठते तो वह गम्भीर हो जाता, फिर किसी एक को आवाज देता, और हम सब धीरे-धीरे उठने लगते।

मैंने देखा कि अब वह असल में मालिक था। वह कहता था कि मजदूरों का राज्य होना आवश्यक है। वह तो होना ही है। उसे क्या कोई रोक सकता है? बस यूनियन मत बनाओ। तुम मुझे अपने से अलग क्यों समझते हो? जब क्रान्ति होगी तब मैं भी मुनाफा लेना छोड़ दूँगा। भाई आखिर तुम यह तो नहीं चाहते कि मुझे भूखा मार दो। अपनी सोचते हो, मेरी भी तो कुछ सोचो।

तब हम सोचते ठीक हैं। जब क्रान्ति होगी तब बिचारा अपने-आप छोड़ देगा। पर क्रान्ति होगी यह हमने अपने-आप मान लिया था। क्रान्ति क्यों होगी, कौन करेगा, कहाँ होगी, जब हम यह सोचते तो फिर हमें अपना संगठन बनाने की अत्यन्त आवश्यकता दिखायी देती।

तब मंसूर ने ही कहा—"वे चाहते हैं कि हम इसी तरह लूटा करें।"

बादशाह ने मेरी ओर देखकर आँख मारी। मैं समझ गया। हरीकिशन ने तड़प कर कहा—"जिसमें खायें उसी में छेद करें?"

लेकिन वह मुखबिर था। हम सब उससे डरते थे। अगर बादशाह की बात सच थी तो मंसूर भी यही काम करता था ताकि निकाल न दिया जाये।

बादशाह को इन बातों से कोई मतलब नहीं था। वह मस्त रहता। मौके-बेमौके मालिक से जो सिगरेट मिल जाती उसे ही फूँक लेता और ठहाके लगाता।

वह जाकर बाहर छज्जे पर बैठा था। मैं उसके समीप जाकर बैठ गया। उसने सिगरेट मेरी ओर बढ़ायी जिसे मैंने चिलम की तरह हाथ बाँधकर थाम लिया और देखने लगा। सामने ही लाला के छज्जे से दान हो रहा था। अनेक झाँसी की तरफ के भिखारी वहाँ भीड़ जमाये हुए थे। हफ्ते में एक बार इसी स्थान पर चने बँटा करते थे जहाँ अनेक-अनेक भिखारी दिन-रात पड़े रहते। उफ! वे कितने गन्दे थे।

हठात् बादशाह ने मुझे कुहनी मारी और मैंने देखा कुछ दूर एक लड़की खड़ी

थी। बड़ी-बड़ी आँखों से भीड़ देख-देखकर सहम रही थी। बादशाह ने एक बार बनकर खाँसा और फिर सिगरेट छीनकर दम मारा। जवान लड़की करीब आकर खड़ी हो गयी। अभी तक वह जैसे मुर्दा थी। इस खाँसी को सुनकर जैसे वह जिन्दा हो गयी। उसके होंठों पर मुस्कराहट छा गयी और उसकी आँखें नाचने लगीं जैसे उसका शरीर फड़क रहा था।

बादशाह उससे बातें करने लगा। मैं लाज से भीतर उठ आया। मेरी इस आदत के कारण बादशाह मुझे अनेक नाम देकर पुकारता है जिनके सुनते ही मुझे क्रोध चढ़ आता है। पर मैं जिसे हया और शर्म कहता हूँ वह बादशाह के छू तक नहीं गया। उसे मेरी बातों का मखौल उड़ाने में थकते हुए कम-से-कम मैंने तो कभी नहीं देखा। औरत देखकर वह खुश हो जाता था। मालिक की तबियत पायी थी उसने।

अभी ज्यादा वक्त नहीं बीता था कि सामने से एक साइकिल आती दिखायी दी।

मैंने बादशाह का अन्तिम वाक्य सुना—"भीड़ से डरती हो तो मैं ले आऊँ तेरे लिए?"

लड़की मुस्कराने लगी थी।

बाबू जी के आते ही सब फिर काम में लग गये। जिस 'केस' पर मैं खड़ा रहता हूँ वह बादशाह के पास ही है। यह अब भी दबी नजरों से उसे घूर रहा था। लड़की इसे जानती थी।

लड़की अब दुकान के छज्जे पर बैठी पर अपने गन्दे शरीर को खुजलाती रही और फिर अपने कपड़े हटा-हटाकर जुएँ बीनती रही। काफी उम्र की थी और इस तरह उसका सड़क पर उघाड़े बैठना निस्सन्देह अच्छा लक्षण नहीं था। पर वह निश्चिन्त थी जैसे उसे कोई परवाह नहीं थी। किन्तु मुझे बहुत गन्दा मालूम दिया।

उधर दान का हाथ पीछे खिंचने लगा था। चने खत्म हो चले थे पर भिखारियों की लाइन बढ़ती जा रही थी।

तभी आवाजों की कर्कशता कानों को भेदने लगी। अब आसीस और दुआ देने की जगह भिखारी चिल्लाने लगे क्योंकि दरवाजे बन्द होने लगे थे। लाला को भी शायद इतने आशीर्वाद की जरूरत नहीं थी, क्योंकि यदि वे सब सत्य होते तो लाला को बिरला सेठ बना देने के लिए काफी थे।

शाम हो गयी थी। जब हम प्रेस से निकले धुँधला-सा छा गया था। अभी तक सड़क की बिजली की बत्तियाँ नहीं जली थीं। बड़ी-बड़ी मोटरों से बचते हुए जब हम गली की तरफ मुड़े तो बादशाह चौंक उठा। उसको देखकर मैं आश्चर्य से डोल गया।

हठात् बादशाह ने मेरा हाथ पकड़ लिया और आगे की ओर कुछ इशारा करने

लगा। मैंने देखा और जो देखा वह अत्यन्त कुतूहलजनक था।

विश्वास शायद नहीं किया जा सके लेकिन यह एक सत्य था। और कठोर सत्य था। बाँसों के दरवाजों के पीछे जहाँ किसी लाला का अहाता था, वही भिखारिन लड़की चुपचाप बैठी थी। कोई उस पर ध्यान नहीं दे रहा था लेकिन वह शायद किसी इन्तजार में बैठी थी क्योंकि कभी-कभी सिर उठाकर देख लेती थी।

नदी से नहाकर उसी समय एक पंडित जी आये जिनको देखकर लड़की चुपचाप उठकर चली आयी और सड़क के किनारे-किनारे जाने लगी। पंडित ने क्षण-भर उसे देखा और फिर आवाज दी—"समझ गयी न?"

लड़की ने मुड़ कर सिर हिलाया और आगे बढ़ गयी। बादशाह ने फिर वही नकली खाँसी खाँसकर...उसका ध्यान अपनी ओर खींचा। उत्तर में वह केवल मुस्कराकर चली गयी।

मेरा मन बहुत भारी हो गया। अब मैं घर लौटना चाहता था! इसलिए मैंने कहा—"यार सड़क पर निकल चल।"

"क्यों आ गयी याद घर की?" बादशाह ने उपेक्षा से कहा और मेरे साथ मुड़ चला।

सामने हड़ताल करने वाले मजदूरों की भीड़ जमा थी। मिल में कोई झगड़ा था। कई दिन से यह हड़ताल चल रही थी। मजदूरों में अटूट एका हो गया था। उनमें फूट डालने की चालें बेकार हो गयी थीं लिहाजा अब हड़ताल को बढ़ाया जा रहा था।

हम देखने लगे। झुंड-के-झुंड मजदूर खड़े थे। उनके मुखों पर एक उद्विग्नता छा रही थी, जैसे वे कुछ करना चाहते थे, पर बेबस थे, लाचार थे। उनके घुटते हुए अरमानों का अपमान उनकी आँखों में क्रोध बनकर छलक रहा था। एक हलचल हो रही थी। तभी पुलिस आ गयी। बड़ी-बड़ी गाड़ियों से बन्दूक और डंडे लिए नौजवान कूदने लगे। उन्होंने मिल के फाटक पर घेरा डाल दिया। मेरा हृदय काँप उठा। बादशाह ने व्यंग्य से उन खाकी वर्दियों को देखा और मुस्कराया। इधर-उधर के अनेक दर्शकों की वह व्यर्थ भीड़ अपने-आप तितर-बितर हो गयी। मुझे लग रहा था कोई गड़बड़ होने वाली थी। पर कुछ नहीं हुआ।

धीरे-धीरे सब मजदूर बिखर गये। पुलिस खड़ी रह गयी। तभी बादशाह को उसके गाँव का कोई आदमी मिल गया। वह दूधवाला था। मामा की लड़की के गौने से लेकर चम्पा छिनाल तक का विशद वर्णन होने लगा। दोनों अत्यन्त मग्न थे। मुझे देर हो रही थी। अब सड़क की एकाध बत्ती भी जलने लगी थी जिसकी रोशनी अभी धुँधली और निष्प्रभ दिखायी देती थी। दूधवाला दो आने की नयी भजनावली की चर्चा कर रहा था जिसमें तर्ज राधेश्याम के गीतों के अलावा कुछ सिनेमा की

लय के भी गाने थे।

मैं क्या करता। ऊब चला। मैंने चेत कर कहा, "मैं जा रहा हूँ बादशाह..."

बादशाह ने हँसकर कहा—"यार तुम भी आदमी हो। ढाई मन के लुगाई के गुलाम!"

"आगे-पीछे कोई होता तो बत्तीसी चटख जाती।"

किन्तु उस पर कोई प्रभाव नहीं पड़ा। उसने उसी तरह हँसकर कहा—"तो तुम चलो भाई। मेरा घर ही क्या है! जहाँ छत वहाँ घर।"

उस समय धुँधला और छा गया था, बल्कि अँधेरा बढ़ चुका था। मैं लौट चला। बड़ी सड़क पार करके फिर छोटी सड़क पर आना पड़ा और तब मैं घर की ओर राह बना सका।

चलते-चलते एकदम मेरे पाँव रुक गये। मैंने देखा और पहचाना। गली में फुसफुसाहट सुनकर मैं चौंक उठा।

कोई कह रहा था—"कल आयेगी?"

उत्तर मिला—"हाँ। अपना वादा भूलोगे तो नहीं? अक्सर लोग झूठ बोल जाते हैं।"

"अरी कभी ऐसा हो सकै है?" उत्तर में कुछ स्नेह प्रदर्शन था।

देखा वही लड़की गोदाम में से निकल रही थी। उसके निकलते ही पीछे से द्वार बन्द हो गया। लड़की मुझे देखकर सहम-सी गयी। निश्चय ही उस समय मेरी आँखों में कुछ ऐसा था जिसे देखकर वह मुस्करायी।

मुझे कुछ-कुछ जिज्ञासा हुई। मैंने पूछा—"यहाँ क्यों आयी थी लाला के गोदाम में?"

"यों ही तुम्हें मतलब!"

उसके स्वर में एक निर्भयता थी। मैं वहीं खड़ा रह गया किन्तु लड़की बढ़ चली। जब वह गली के मोड़ पर पहुँची मुझे एक उत्सुकता ने ग्रस लिया। मन-ही-मन मैंने सोचा। गोदाम में तो इस वक्त पंडित रहता है। और लड़की अब ओझल हो चली थी, मैं अब पीछे हो लिया। लड़की ने एक भी बार मुड़कर नहीं देखा। उसका सिर झुका हुआ था, जैसे वह किसी गम्भीर चिन्ता में मग्न थी।

मैं नहीं जानता था कि क्यों जा रहा हूँ, कहाँ जा रहा हूँ, पर वही स्त्री मुझे खींचे लिए जा रही थी।

उस गन्दी बस्ती में जाकर देखा वह लड़की अत्यन्त परिचित पथों पर बढ़ने लगी। हमारे छोटे-छोटे घरों में भी इतनी गन्दगी नहीं होती जितनी उस जगह थी। लड़की एक झोपड़ी में घुस गयी। मैं कुछ देर खड़ा रहा, फिर दरवाजे की सन्धि में से झाँकने लगा। एक मद्धिम दीपक जल रहा था। खाट पर एक आदमी बैठा था।

उसके निकट ही लड़की भी बैठ गयी।

एक अधेड़ स्त्री कह रही थी—"वहाँ बड़ी भीड़ रहती है। मैं तो घुस गयी, पर इसे तो कुछ नहीं मिला।"

लड़की मुस्करा दी। अधेड़ स्त्री ने कहा—"अच्छा? फिर मिला था?"

"तभी तो देर लग गयी!" फिर मुड़कर पुरुष से कहा—"भैया!" पुरुष ने देखा। वह कहने लगी—"मुझे चार कम्बल देने की कही है।"

"किसने?" अधेड़ स्त्री ने टोककर पूछा।

"पंडित जी ने।"

"कब तक मिल जावेंगे?" उसने 'क्यों' नहीं पूछा।

लड़की ने उत्तर नहीं दिया—शायद उसे स्वयं निश्चय न था।

"एक आज ही ले आती, अधेड़ स्त्री ने फिर कहा।"

"कहा है तो देंगे नहीं!" लड़की ने सिर उठाकर पूछा।

"अभी तू नादान है!" स्त्री ने मुस्कराकर कहा—"इन्हें तू अभी नहीं समझती। उसने कुछ ऐसा मुँह बनाया जैसे जिसका यह वर्णन कर रही थी वह कोई अत्यन्त घृणित समाज था, जिस पर विश्वास करना अत्यन्त मूर्खता थी। उसने फिर पूछा—"न देगा तो क्या कर लेगी?"

उसका मजदूर भाई चुपचाप देख रहा था। लड़की ने हठात् कहा—"बाजार में हाथ पकड़ लूँगी।"

"जूते लगवा देगा।" अधेड़ स्त्री ने सिर हिलाकर कहा! जवान लड़की का सिर नीचा हो गया। उसने अधीर होकर पूछा—"तुम्हारी हड़ताल का क्या हुआ?"

भाई ने निराशा से सिर हिलाया जैसे कुछ नहीं, और शायद कुछ होगा भी नहीं। लड़की कुछ सोचने लगी। अधेड़ स्त्री बड़बड़ाने लगी थी।

मैं लौट पड़ा।

दूसरे दिन मैंने देखा मालिक कल से भी अधिक डाँट रहा था, क्योंकि मिल पर गोली चली थी। लेकिन उस भिखारिन लड़की को दो बार चने मिल रहे थे... लाला की की ओर से नहीं, लाला के मुनीम और पंडित की ओर से...आज दान नहीं था...दया थी...!

('51 से पूर्व)

आकर्षण

आज पन्द्रह बरस बाद 'उसको' अपने सामने देखकर वकील साहब चौंक उठे।

उसको कस्बे में प्रायः सभी पहचानते। उसका नाम था सुखदास और वह अधेड़प्राय होकर भी अपने आधुनिक विचारों के कारण समाज में अपना यह महत्त्व प्रदर्शित करने में अनजाने ही समर्थ हो गया था। सुखदास का दोहरा, बदन, काला-सा रंग और मुँह, गाल, होंठ सभी कुछ चौड़े-चौड़े से थे। मूँछें, नाक तथा कान कुछ-कुछ चपटे-चपटे से लगते थे पर छाती से नीचे उतरते ही गोलाइयाँ शुरू हो जातीं, जो उसके फटे तलुवों तक भिन्न-भिन्न परिस्थितियों में भिन्न-भिन्न आकृतियाँ ग्रहण करते हुए देखने वाले के दिमाग में यह विचार छोड़ जाती कि यह व्यक्ति अपनी उम्र के लिए अभी काफी मजबूत है, जब कि सच्चाई कुछ और ही थी। वह अभी चालीस के करीब ही होगा, पर सिर पर जो आगे की तरफ के बाल उड़ गये थे वे न केवल उसके सिर की ऊलजलूल पैदावार को पीछे फेंक गये थे, वरन् उसकी उम्र को भी पीछे ठेल चले थे।

बारह-पन्द्रह हजार आदमियों का कस्बा, जिसकी सीमा में ही खेत शुरू हो जाते थे और गाँवपन उसमें छाया हुआ था, वहाँ सुखदास की प्रसिद्धि वास्तव में कोई बड़ी बात नहीं थी। कस्बे का हलवाई भी उतना ही ज्ञात था जितने सुखदास, लेकिन सुखदास की याद में जो लौहभार था वह और किसी के साथ न था।

कुछ बीघे जमीन, अपना रहने का घर तथा दो अन्य मकान—अपनी इस सम्पत्ति के कारण सुखदास अपने को सदैव संसार में रहने योग्य पाता। पर उसी ने उसका सन्तुलन जमाने की बहती हवा में डगमगा दिया। कुछ की राय में वह फिसलकर गिरा, औरों ने कहा कि वह सँभलकर चला, जबकि हुआ सिर्फ यह कि अपना ब्याह कर लिया।

ब्याह संसार में एक बहुत बड़ी बात नहीं है, मगर उसका विवाह था। चम्पा एक बाईस बरस की विधवा थी। गोरी थी, सुन्दर थी, बड़ी-बड़ी आँखें थीं, कुछ-कुछ बदनाम भी थी, और गरीब होकर भी गरीबों की तरह नहीं रहती थी। जाने कैसे,

बिना मेहनत-मजदूरी के उसके यों ही दो साल बीत गये थे। उसका पहला पति श्यामाचरन था जो मुँह से झाग पटककर मरा था। उस मृत्यु के प्रति लगभग पूरे कस्बे में ही एक रहस्य की भावना व्याप्त हो गयी थी। नये-नये दारोगा जी ने तफतीश के सिलसिले में उस घर के कुछ दिन चक्कर भी लगाये। फिर भी कुछ ज्ञात नहीं हुआ। कुछ लोगों ने इसकी भी दवी जबान से चर्चा की पर मामला दब गया, क्योंकि दारोगा जी का तबादला हो गया।

उस समय कस्बे की घिस-घिस जिन्दगी पर एक हलचल हुई जैसे घोड़ों के टापों की आवाज से वह नीरवता गूँज उठी। चम्पा ने सुखदास को देखा, फिर उसकी आँखों में चमक, लाज, वेदना और आत्म-समर्पण सप्ताह के एक-एक दिन आकर घूम गये। इधर सुखदास पर उसका अनजाना प्रभाव हुआ। सौतेला भाई बकता रह गया, उसकी 'गिरस्ती' अर्थात् स्त्री देखती रह गयी, पर चम्पा सुखदास के घर आर्यसमाजी विवाह के द्वार से आ घुसी। उसने उन्हीं कजरारी आँखों से देखकर 'भाभी' को, (हालाँकि लालदास की पत्नी जानकी उससे रिश्ते में छोटी थी) प्रणाम किया। विधवा फिर सुहागिन हो गयी, हाथों में चूड़ियाँ पड़ गयीं, जैसे खेत की मेंड़ बाँध दी गयी हो। जानकी को लगा जैसे घर के टूटे कमरे में कोई जहरीला साँप आ घुसा, क्योंकि वह सुखदास को एक टूटा कमरा ही समझती थी।

घर अलग हो गये, यह शादी का पहला फायदा हुआ। स्त्री को पुरुष से अधिक जगह चाहिए, अधिक विभाजन की रेखायें चाहिए। दूसरा फायदा बोलचाल बन्द होने का हुआ। सौतेले भाइयों का पड़ोसियों की तरह रहना हुआ। इस सबके लिए सुखदास बुरा कहलाया, क्योंकि बड़ी-बड़ी आँखों की पनियाली दृष्टि वाली उसकी स्त्री तो परदेसिनी थी ही और कस्बा हँसा कि बुढ़ऊ पर रंग छाया है।

इधर सुखदास के बाल एक-एक करके दिमाग के भीतर चलती आँधियों से उखड़कर बाहर गिर रहे थे, उधर चम्पा के यौवन की रात अब गहरी होती जा रही थी और फूलों में दुगुनी महक भर रही थी। कँटीली झाड़ी पर उगा फूल हवा के झोंकों में जब झूमता है तब हवा इस रुख से बहती है कि फल काँटों से छिदे नहीं। सुखदास समाज-सुधार के गर्व में भूला हुआ आदमी था, उसे इस हवा की कुछ भी खबर न थी जिसका ठोस रूप लालदास की 'घर से' जानकी ने लेकर अपने पंख पसार दिये थे।

शाम को जब सुखदास अपने खेतों की देखरेख से लौटा तब उसने चम्पा को घूर कर देखा जो रोटी बनाकर चारपाई पर थकी-माँदी-सी लेटी थी। सुखदास कुछ भयानक बातें सुनकर आया था। किन्तु चम्पा बेफिक्र थी। उसने धीरे से कहा—"किसी वैद्य से दवा ला देना।"

सुखदास ने सुना। जीवन के एक नये अध्याय का प्रारम्भ हुआ था। वह अपनी

शंकाएँ भूल गया। चम्पा की बड़ी-बड़ी कजरारी आँखें देखकर उसे अच्छा लगा। उसने मन-ही-मन कहा—"भगवान! बच्चा इसी पर जाये, कहीं मुझ पर न जाये! गोरा-गोरा कितना सुन्दर होगा!"

सौन्दर्य की यह भूख व्यक्ति की पिपासा बनकर सिमटी और जब फैली तो शायद भगवान ने उसकी फरियाद सुन ली। बच्चा हुआ और हू-ब-हू माँ पर गया। सुखदास प्रसन्न हो गया, किन्तु लालदास की बहू ने चौंककर देखा और उसकी चुन्दी आँखों में पपीते के बीज-सी पुतलियाँ स्थिर हो गयीं। बदनामी का एक नया मौका मिल गया था। उसने घर जाकर अपने 'ऐ जी' लालदास से फड़कते हुए कहा—"सुना तुमने?"

लालदास सौतेले भाई से नाराज थे। पहले उनका ख्याल था कि सब जायदाद आखिर में उनके लड़के को मिलेगी, लेकिन अब वह आशा मिट्टी में मिल गयी।

उन्होंने कहा—"सच? और बुलाया तक नहीं?"

"तुम न जाना", जानकी ने कहा—"मैं देख आयी हूँ। 'भाभी' पर ही गया है।" भाभी शब्द का प्रयोग व्यंग्य से करती, क्योंकि यह उम्र में बड़ी थी। रिश्ते का छोटापन उसने स्वीकार नहीं किया, क्योंकि यह सुखदास का विवाह कायदे का नहीं मानती थी।

लालदास खाट पर लेट गये। तब जानकी ने उन्हें एक कड़वी दवा भी पिला दी।—"कुर्ता टोपी न दोगे? तुम्हारी भाभी ने घर में उजाला किया है। बूढ़े जेठ के घर बरखा हुई है!"

लालदास ने व्यंग्य समझा और फिर उसके पीछे की निहित गन्दगी समझी। क्या सचमुच ऐसा हो सकता है? किन्तु वह जायदाद के पीछे इन हथकंडों पर उतरने के विरुद्ध था। उसने बिगड़कर कहा—"तुझे तो सदा ऐसी ही सूझती है। तेरा दिमाग बिगड़ गया है।"

जानकी पति पर क्रुद्ध रहती। कितनी बड़ी सामाजिक स्वीकृति की पृष्ठभूमि थी उसके विवाह में, गृहस्थी में! लेकिन उसे लालदास ने आज तक वह स्नेह, आदर, श्रद्धा, विश्वास तथा आत्मीयता नहीं दी, जो सुखदास अपनी चम्पा को देता है। वह चिढ़कर कह उठी—"तो क्या कह दिया है मैंने? तुम्हें तो खुश होना चाहिए। भैया का नाम चल गया!"

वह व्यंग्य से मुस्करायी। होंठों पर फैला हुआ वह विष पहले लालदास के दिमाग में उतरा, फिर बातों के रूप में अपने झाग उसके मुँह से उगलकर कान रूपी लहरों पर बहा और बदनामी की छाया डोल गयी यहाँ तक कि सुखदास व्याकुल हो गया।

जानकी चम्पा के घर पर आँख रखने लगी। आँख गढ़ाकर देखने पर जहाँ कुछ नहीं होता वहाँ भी कुछ-न-कुछ दिखायी देने लगता है। फिर वहाँ जो था, वह

क्यों न दिखायी देता। चम्पा ने भी देखा। जानकी तुली बैठी थी कि शाम को आवाज आसमान फाड़ देगी, जरा सुखदास और लालदास आयें तो सही! आज उसने चम्पा का यार देखा है।

लेकिन जब लालदास आया और सुनकर सुखदास को सुनाने चला, तो उसने देखा सुखदास पागल-सा घर में पुकार रहा है और चम्पा अपने बच्चे को लिये उड़ गयी है। जानकी आसमान फाड़ने चली थी, पर कजरारी आँखों वाली चम्पा ऊपर से थेगली लगाकर चली गयी थी।

लालदास ने क्रोध से फूत्कार की—"छिनाल! उसके लिए तुमने इतना किया पर उसने एक भी अहसान नहीं माना..."

सुखदास खाट पर बैठकर फूट-फूटकर रो उठा। न जाने कितनी ममता; स्नेह भाई के प्रति की गयी उपेक्षा का स्मरण और जगहँसाई, अपमान, पुरुष की सबसे बड़ी लांछना उसको गर्म शलाकों से दागने लगीं। वह विह्वल होकर पुकार उठा—"लाला!"

लालदास ने आगे बढ़कर उसका हाथ थाम लिया। जानकी की आँखों में जेठ के प्रति आदर उमड़ा।

वह बोली—"अगर ऐसे ही रह लेतीं, तो बड़े-बूढ़ों ने सोच ही कर नेम बनाये थे, ब्याह-बरात की क्या जरूरत थी!"

यही बात कस्बे में फैल गयी। तीसरे ही दिन सुखदास ने आत्मसमर्पण किया और अपने को उसने संसार से दूर करना चाहा। सारी जायदाद भतीजे के नाम लिखा दी, संन्यास लेना चाहा, किन्तु उस समय लालदास बीच में आ गया।

जानकी ने रो-रोकर कहा—"वह चली गयी, पर हम तो नहीं मर गये! ऐसी कौन थी वह? भाग था उसका, कुछ दिन का कर्जा चुकवाने आयी थी। कौन जाने पुरबिले जन्म में क्या-क्या किया था!"

आखिर घर के लोग निकट आये। कैसे भी आपस में लड़े, पर अब कस्बा एक मुँह होकर हँस रहा है। सुखदास अपनी किस्मत को रोता। घर ठुकरा दिया, समाज की लांछना सही। किसलिये? समाज का सुधार करने! पर बात बुर्जुगों की साबित हुई!

लालदास कहते—'औरत की जात का क्या भरोसा? आज रही कल नहीं रही!"

जानकी तर्क करती—"सब एक-सी नहीं होत। घर-गिरस्ती की बात और है, बाजार अपना कभी नहीं होता।"

ममता और विक्षोभ के बीच में प्रताड़ित सुखदास आत्मा के अचेतन में वासना की अतृप्त कचोट से भीतर-ही-भीतर हुँकार उठता, जिसे पौरुष का अपमान खंड-खंड कर देता। वह सचमुच अपने को शीशे में देखकर खीझ उठता। वह बूढ़ा था—चालीस बरस का और वह सिर्फ बाईस बरस की अल्हड़ छोकरी थी!

जिस दिमाग में समाज-सुधार का कीड़ा घुस चुका था वह ठोकर खाकर रूढ़ियों से शीघ्र ही पराजित नहीं हुआ। क्या उसने सुधार के नाम पर स्वयं एक गलत काम नहीं किया था? वह खुद कहता था कि औरत जानवर नहीं है, उसे रोटी-पानी के अतिरिक्त कुछ और भी चाहिए। किन्तु आज वही कुछ और कितना भयानक था जिसके कारण उसे कहीं मुँह छिपाने को भी ठौर न था!

(2)

वकील साहब ने आश्चर्य से पूछा—"कहो न सुखदास? अब तो बहुत दिन बाद आये?"

सुखदास एक पास रखी रंग उड़ी कुर्सी खींचकर बैठ गया। वह अब बिल्कुल गंजा था। देह में और भारी हो गया था। उम्र ने उसे और गहरा कर दिया था। क्षण-भर वह चुपचाप कुछ सोचता रहा, फिर निर्भय बनने के रूप में बोल उठा—"क्या बताऊँ, मेरा दिमाग ही खराब हो गया था।"

दिमाग खराब होने के कारण को वकील साहब आज से पन्द्रह बरस पहले ही जान गये थे जब उन्होंने उसके भतीजे के नाम उसकी जायदाद की रजिस्ट्री की थी। सुखदास से सहानुभूति जताते हुए बोले—"अ जी छोड़ो भी उसे। गई-गुजरी बात हुई, वह औरत ही खराब थी...।"

सुखदास ने अविश्वास से सिर हिलाकर कहा—"औरत तो खराब नहीं थी। वह तो भाई और उसकी बहू की चाल थी। अब मैं ताड़ गया हूँ।"

वकील साहब चौंक उठे। उन्होंने कहा—"क्या मतलब?"

" जी हाँ" निडर होकर सुखदास कहता रहा—"क्या बताऊँ! मुझे तो बिल्कुल उल्लू बना दिया।"

"आखिर?" वकील साहब ने पूछा—"आपको यह मालूम कैसे हुआ?"

"आ गयी है न वह!" सुखदास ने फड़ककर कहा!

"कौन?" वकील साहब ने चश्मे से घूरा।

"लाला की भाभी।" उसने आराम से उत्तर दिया। जैसे कुछ नहीं हुआ।

वकील साहब आश्चर्य में डूब गये।

"लौट आयी है," सुखदास कहता रहा—"मैं सचमुच चाल में आ गया था, वकील साहब! अब एक ही गुन चाहता हूँ। मेरी जायदाद, जो मैंने पागलपन में भतीजे के नाम लिख दी थी, वह मेरे लड़के के नाम करा दीजिये। मैं नहीं देख सकता कि मेरा लड़का दर-दर की भीख माँगे और दूसरों की औलाद गुलछर्रे उड़ाये...उसके शब्दों में असूया थी। यह कहता गया—जिन्दगी में मैंने अपनी बहू पर भरोसा न करके सबसे बड़ा नुकसान उठाया है, इन्होंने मुझे पागल बना दिया..."

वकील साहब के मन में आया कि वह पूछें कि यह पन्द्रह बरस कहाँ रही?

क्या उस स्त्री में इतनी शक्ति है जो बूढ़े को चाहे जैसे नचा सकती है? किन्तु मतलब उन्हें अपनी फीस से था। बेमतलब अगर वे इसे छोड़ देते हैं तो यह किसी दूसरे वकील के पास चला जायेगा, जो भाइयों को लड़ाकर खूब छीछालेदर करायेगा।

सुखदास कह रहा था—"स्वार्थ के लिए इन्होंने मेरी भी भरी गिरस्ती को उजाड़ दिया, मैं भी कितना बेवकूफ था...।"

एक बात थी, एक ही आवाज थी। यही रट—वही शिकवे, वही पागलपन। ...वह कह रहा था और वकील साहब मुँह बाये सुन रहे थे।

('51 से पूर्व)

चौथा तरीका

मैंने जब मिडिल पास किया तब मैं कुछ-कुछ दुनिया को समझने लगा। उन दिनों मुझे लगता था कि सारा संसार मेरे लिए ही बना हुआ है। प्रत्येक विषय में मेरी दिलचस्पी थी। घर से स्कूल जाने में करीब-करीब गाँव का काफी हिस्सा मेरे रास्ते में पड़ता। मुझे उस रास्ते की हर चीज अभी तक ऐसे याद है जैसे अभी-अभी मैं वहीं से चला आ रहा हूँ।

हमारे पंडित जी पढ़ाया करते थे कि संसार में तीन तरह के दंड साधारण रूप से हर आदमी काम ला सकता है। पहला तरीका था बुद्धि-सुधार का प्रयोग, दूसरा दुष्ट-दलन का, तीसरा मस्तक-भंजन का। बुद्धि-सुधार वे छड़ी को कहते थे, दुष्ट-दलन का अर्थ था डंडा तथा मस्तक-भंजन स्पष्ट ही वह तेल पीकर लोहा हो चुकने-वाला कान तक ऊँचा लट्ठा था, जिसके दोनों ओर पीतल ठुँका होता है। पंडित जी यह भी कहा करते थे कि जिसकी जितनी अधिक शक्ति होती है वह उतनी ही बड़ी चीज का प्रयोग करता है। मैं बुद्धि सुधार से घबड़ाने वाला प्राणी, जब कभी यह सोचता था कि दूसरे और तीसरे तरीके से पिटने वाले प्राणी कैसे होंगे, मेरे प्राण कंठ में आ जाते और आँखें मींचकर मन-ही-मन हनुमान चालीसा दुहरा लेता, बल्कि कभी-कभी शाम को जाकर भैरो के मन्दिर के सामने दीपक भी जलाता कि भगवान इन दो चीजों से अवश्य मेरी रक्षा करते रहें।

इन्हीं दिनों गाँव में नये थानेदार आये। वे ठाकुर थे। उनकी मूँछें बिच्छू के डंक की तरह तनी रहतीं, आँखों में एक सुर्खी छांयी रहती। आँखें थीं बड़ी और जैसे झिलमिलाती रहतीं। देह के भारी-भरकम, जब वे वर्दी से लैस होकर चलते तब सिपाही उनके पीछे उनके गधों की तरह चलते। उनकी आवाज में वह कड़क थी कि सुनकर गाँव के दबंग आदमी भी सिहर उठते। उनको जमींदार साहब की छोटी हवेली रहने को मिली थी, क्योंकि केवल थाने में वे रह नहीं पाते थे। उनकी स्त्री अलग रहती थी और वे घर उसे ही मानते जहाँ उनकी पत्नी थी। किन्तु दूसरा अड्डा नाच-गाने से दिल बहलाव के लिये था जहाँ हमारे जमींदार साहब भी जाते और वहाँ

घर की खींची शराब भी पी जाती। जाने क्यों दारोगा जी को देखते ही हम सब स्कूल के लड़के मन-ही-मन डरते और तुलसीदास जी की रामायण जब रात को सुनते तब मेघनाथ की कल्पना सरल हो जाती और दारोगा जी रावण के पुत्र के रूप में उतर आते। हमें बड़ा सन्तोष होता।

आप शायद नहीं जानते हों। मैं गाँव के एक गरीब किसान का लड़का हूँ। मेरी जाति अहीर है। यह जो कुछ पढ़ा-लिखा है, आपकी दुआ से, शहरों में आकर अपनी ही किस्मत से, और आप जैसे दोस्तों की कृपा से। खैर साहब! तो मैं आपको अपनी आँखों देखा वह हाल सुनाता हूँ जो मुझे उन दिनों अत्यन्त अजीबोगरीब दिखायी दिया। अब जब याद करता हूँ तो सब मेरी अक्ल में साफ उतर आता है। पर वे दिन बचपन के दिन थे। दारोगा जी के राज्य में एक चौथा तरीका सीखा, जिससे उनकी ऐसी धाक जमी कि सात-सात गाँव तक किसी ने भी सिर उठाने की फिर उनके रहने तक हिम्मत नहीं की।

गाँव से साइकिल पर टंकी बाँधकर कुछ लोग अँधेरे ही दूध पहुँचाने शहर की ओर चल पड़ते और सन्ध्या के समय लौट आते। उनमें और गाँववालों में थोड़ा-सा फर्क था। वे सिर पर बाल रखते, उन्हें तेल लगाकर काढ़ते और कमीजें पहनते तथा उनकी चाल-ढाल, बातचीत में एक ऐसा नयापन आ गया था जो बस्ते लेकर स्कूल जाते वक्त हम देखते तो ऐसा हमें वे आदर्श प्रतीत होते। तब हम यह नहीं जानते थे कि ये लोग शहर में फिर भी देहाती समझे जाते थे और उनका वह शहरी अधकचरापन केवल गाँववालों के लिए आधुनिक था। उन्हीं में श्यामा था जो सिर के बालों को खूब तेल डालकर चिकना रखता, शहर के नये ढंग के गीत गाता, जिन्हें सुनने का हमें बहुत चाव था। उसकी देह सुती हुई थी और पाँव में वह अँग्रेजी बूट पहनता था।

हमें यह देखकर अत्यन्त प्रसन्नता होती कि गाँव के ज्यादातर जवान लोग उससे ठिठोली करते और हम यह भी देखते कि गाँव की छोरियाँ जब सिर पर मटके धरकर, चलतीं और यह अपना गीत गाता रहता, वे उसके विषय में बातें करती रहतीं।

पर यह सब भी हमें अधिक याद नहीं रहा। हमें कोयल की बोली की नकल करने तथा निबौली बीनकर खाने या पुराने जमाने की बड़ी बावड़ियों में नहाने से ही फुरसत नहीं थी।

अब जब सोचता हूँ, किस्सा कुछ यों जुड़ता है कि मुंशी दीनदयाल बूढ़े हो चले थे। उनकी नयी तीसरी शादी हुई थी, जिसके कारण एक दिन दारोगा जी और श्यामा में कुछ कहा-सुनी हो गयी। गाँववालों ने कहा कि दारोगा था ही बुरा आदमी, पर कहा सबने दबी जुबान से। मुंशी दीनदयाल का पेशा झूठी गवाहियाँ देना था।

पृथ्वीराज चौहान शब्द सुनकर बाण मारता था, पर मुंशी दीनदयाल बिना किसी तरह की भी जानकारी के मुद्दई को पार करा देते थे। .

हमने देखा, कुछ दिन वे झेंपे-झेंपे से चले। एक दिन काका घर पर बातें कर रहे थे कि दीनदयाल दारोगा के पास गया और कहा, मेरी बदनामी हो रही है, उसे किसी तरह रुकवा दीजिये। देखें, क्या होता है?

इसके बाद जब हम घूमने चले तब सोचा, आज जमींदार की बगीची में से पानी पियेंगे। इसमें कोई विशेषता नहीं थी, पर अब भी सोग शहरों में यह खब्त रखते हैं कि हम तो बनारस वाले का ही 'पवित्र' पान खायेंगे।

वहाँ हम पानी तो नहीं पी सके, क्योंकि जमींदार साहब जो किसी भी तरह दारोगा जी से डील-डौल और रोब-दाब में कम न थे, दारोगा जी से ठहाके लगाते हुए बातें कर रहे थे। जमीन पर मुंशी दीनदयान उकड़ूँ बैठे थे तथा कुछ हटकर तीन सिपाही आपस में बातें कर रहे थे। हमें डराने को इतना काफी था।

तभी जमींदार साहब ने हमें आवाज दी और कहा कि एक लड़का हवेली के भीतर जाकर पान लगवा लाये। सबने एक-दूसरे की तरफ देखा। अन्त में मैं ही गया। ठकुरानी ने धीरे-धीरे पान लगाया, धीरे से फुस-फुसाकर कहा—"इलायची तो ले आ, बेटा! ले..."

उन्होंने मुझे पैसे दिये। मैं दौड़कर गया बाजार में। श्यामा बैठे गीत गा रहे थे। इलायची ले भीतर गया और पान लाकर पेश किये।

दारोगा जी ने पान उठाया और दाँये हाथ से तम्बाखू की चुटकी उठाते हुए कहा—"ठाकुर साहब, जमाने को आग लग गयी है। पर आप अगर मेरे साथ हों तो मैं अभी मजा चखा दूँ।"

कैसी बात करते हैं हुजूर! मैं छोटा-सा आदमी—जमींदार साहब ने कहा, "आपके खिलाफ जा सकता हूँ। फिर दीनदयाल तो मेरा अपना आदमी है। आपकी बदनामी मेरी बदनामी है। मैं तो उस साले श्यामा को दस जूते खड़े-खड़े लगवा देता, पर आप ही फिर तकलीफ करते।"

दारोगा जी हँसे। कहा, "तो फिर आप देखिये।"

उन्होंने पान मुँह में धर लिया। मैं इस समय अच्छा लड़का था। बूढ़ों के पास ही बैठ गया। यहाँ मैंने बड़े-बूढ़ों को इस तरह बैठते देखा था। सो इन बड़े आदमियों के निकट जब मैं बैठ गया, मुझे बिल्कुल याद नहीं रही कि मेरे और साथियों का क्या हुआ? वे कुछ देर शायद मुझे ईर्ष्या से देखते रहे और फिर चले गये।

उसके बाद दारोगा जी ने सिपाहियों को कुछ हुक्म दिया और जब सिपाही चले गये, जमींदार साहब और दारोगा जी ठठाकर हँसे। जमींदार साहब ने मुझसे कहा—"जरा मलकुआ को तो बुला।"

मलकुआ बैलों की सानी करने गया था। लिहाजा मुझे हुक्का भरवाकर लाने का काम सुपुर्द हुआ। जब मैं हुक्का भरवाकर लौटा, गाँव के तीन-चार नामी आदमी आकर एक खाट पर बैठ गये थे और मुंशी दीनदयाल कह रहे थे—"मैं इस गाँव में नहीं रहूँगा। गाँव के दो आदमी राजा होते है। जमींदार और दारोगा। जब इनमें जोर नहीं और..."

जमींदार साहब ने डाँटा—"क्या बक रहे हो मुंशी जी?"

गाँव के प्रतिष्ठित आदमी जिनमें बौहरे, तथा अन्य खाते-पीते लोग थे। सब मूँछों में मुस्करा रहे थे। मुंशी जी ने रुआँसे स्वर में कहा—"मालिक, मेरी इज्जत का सवाल है। इस गाँव के शोहदे और लफंगे..."

श्यामा ने क्रोध से चिल्लाकर कहा—"खबरदार मुंशी जी, जमाना जानता है कि असल बात क्या है। पंच बैठे हैं। आप बोलें। साँच को आँच नहीं।"

उसे दो सिपाहियों ने पकड़ रखा था। वह उनसे छूटने का प्रयत्न कर रहा था, पर, हरचरण हलवाई के यहाँ का मुफ्त का अधसेरा कुल्हड़ रोज चढ़ा जाने वाले सिपाहियों से छूट जाना कोई खेल न था। वह तो सिर्फ दूध बेचता था। गुस्से से उसका मुँह तमतमा रहा था।

मुंशी जी ने काँपते हाथ हिला-हिलाकर गिड़गिड़ाते हुए कहा—"देखा सरकार, देखा आपने कैसा टूटता है..."

गाँव के नामी आदमी खामोश बैठे रहे। उसी समय चन्दन नाई आया। शायद वह बुलवाया गया था। पेटी उसके साथ थी। आते ही उसने पालागन कर और ठाकुर साहबों की पाँवचप्पी करने लगा। उसने एक बार पंगत को जूठी पत्तल उठाने के लिए इनकार किया था उस दिन उस पर बुद्धि सुधार का प्रयोग हुआ था।

जब कुछ देर यह तू-तू, मैं-मैं होती रही और बन्द नहीं हुई तब जमींदार साहब ने कड़ककर कहा—"क्यों बे श्यामा तेरी यह मजाल साले! हुक्मरान के खिलाफ बगावत करता है? अबे, सात पुश्तों से इस हवेली ने जवाब नहीं सुना आज तेरी चमड़ी उधेर कर धर दूँगा।"

और सचमुच ही श्यामा की आवाज बन्द-सी हो गयी। कुछ देर उसके होंठ फड़कते रहे, उसने सब तरफ देखा, सब लोग चुप थे। मुझे लगा अब वह रो देगा। किन्तु वह रोया नहीं। केवल जमीन पर बैठ गया जैसे चक्कर आ गया था। उसने रिरियाकर कहा—"मालिक, ऐसा अन्याय..."

पर उसकी आवाज अधिक नहीं चली। जमाना कैसा भी नया हो। यहाँ तो वही हाल था। मैंने देखा, श्यामा की तरफ कोई न था।

जमींदार साहब को उठते देखकर दारोगा जी ने उनका हाथ पकड़कर बिठाते हुए कहा, "आप भी क्यों नाराज होते हैं, छोड़िये वह बदजात है। आप बदमाशी करेगा नतीजा पायेगा। हमें उसी आखिरी दिन के लिए तनख्वाह मिलती है, क्यों बौहरे जी?"

बौहरे जी ने सिर हिलाकर मंजूर किया। उसके सिर का भारी पग्गड़ हिला। स्कूल के मास्टर साहब ने कहा—"श्यामा! पागल हो रहा है?"

श्यामा इस समय हार चुका था। उसने कातर नयनों से देखा। मुझे उस पर बड़ी दया आयी।

तभी दारोगा जी ने कहा—"जमाना ही बिगड़ गया साहब। पहले छोटे आदमी औकात से रहते थे। अब ये साइकिल पर चढ़कर शहर क्या जाने लगा, अपने को लाट समझता है। गाँव में हम बदमाश, जमींदार साहब बदमाश, बौहरे खून चूसता है, मास्टर साहब हमारे खुशामदी हैं, गोया जो न्याय और धरम की मूर्ति है वह इनके अलावा कुछ नहीं।"

मैंने देखा, सब चौंक उठे। सबने श्यामा को सशंकित नयनों से देखा। दारोगा जी कहते गये—"आज किसी की बहू को छेड़ता है, कल गाँव की बेटी को छेड़ेगा। आप जानते हैं क्यों?"

सबने अचरज से देखा।

"क्योंकि"—दारोगा जी कहते रहे—"शहर जाता है, शहर में बाजारू औरतों के पास जाता है..."

श्यामा फिर बुड़बुड़ाया। पर उस पर किसी ने ध्यान नहीं दिया।

जमींदार साहब जो दिन-रात गाँव की बेड़नियों का नाच देखते थे, इस समय नाक सिकोड़कर बोल उठे—"राम राम, राम राम!"

"सुनिये साहब"—दारोगा जी ने फिर कहा—"सिर पर बाल रखकर, तेल डालकर क्यों काढ़ता है? गाँव में कोई और भी इस तरह रंगीन है। गाँव की लड़कियों पर डोरा डालना भी इसका काम है। पूछिये इससे। बाल रखता है? बाल रखेगा, तो छिनाला करेगा। उसमें बड़े आदमी को कभी चैन है? उसके लिए पैसा चाहिए। उसके लिए दूध चाहिए। दूध पियेगा, टंकी में पानी मिलायेगा। पैसा नहीं मिलेगा तो जुआ खेलेगा। जुए में हारेगा, चोरी करेगा। कहाँ से? आपके घरों में सेंध लगायेगा। मंजूर है?"

एक सन्नाटा छा गया। किसी में भी कुछ बोलने की जैसी हिम्मत नहीं रही थी।

दारोगा जी ने फिर कहा—"मैं इस लौंडे को घंटे-भर में दुरुस्त कर सकता हूँ। पर मैं ऐसा नहीं चाहता। यह क्या मेरी बराबरी का है? दूधवाला।" वे व्यंग्य

से हँस उठे। उन्होंने फिर कहा—''जब आपमें से कोई इसकी रिपोर्ट करने आयेगा तब मुझे वक्त मिलेगा कि मैं आप पर भी हँस सकूँ।''

जमींदार साहब सुन रहे थे। तड़पकर कह उठे—''कमाल किया दारोगा जी। एक हमारा मददगार सामने दीया लिये खड़ा रहे और हम फिर भी कुएँ में जा कूदें! आदमी तो चमकती बिजली से रास्ता बनाता है। आज मैं इस झगड़े की जड़ ही जो मिटवा दूँ। क्यों बौहरे जी?''

बौहरे जी का पग्गड़ से ढका सिर झुक गया। मास्टर साहब की मूँछों में होंठ फिर मुस्कराहट से चौड़े होने लगे थे।

इसके बाद जमींदार साहब ने चन्दन नाई से कुछ धीरे से कहा और सिपाहियों ने दारोगा जी का इशारा पाकर बैठे हुए श्यामा को पकड़ लिया। मैंने अचरज से देखा कि वह रो रहा था और चन्दन अपनी उसी मस्ती से उसके सिर पर पानी लगा-लगा कर उल्टा उस्तरा फेर रहा था।

कबूतर के परों की तरह धीरे-धीरे बालों के गुच्छे नीचे गिरने लगे। देखते-ही-देखते उसकी घुटी हुई हल्की सलेटी खोपड़ी निकल आयी और मैंने देखा, उसका मुँह स्याह पड़ गया था। केवल एक मात्र दृष्टि अटकने की चूहे की पूँछ जैसी पतली चुटिया थी...

जब चन्दन ने उसकी मूँछों पर हाथ लगाया, बौहरे पुकार उठा—''है, है, चन्दन अभी तो उसका बाप जिन्दा है...''

चन्दन का हाथ रुक गया। उसके बाद जमींदार साहब ने उसकी घुटी चाँद पर हाथ फेरते हुए कहा—''समझे बेटा, अच्छी राह पर चलो, बुरा बनने में कोई तारीफ नहीं है।''

सारा गाँव हँसता था। पर श्यामा कहता था—"जहाँ पच पोंच हों, मुझे काहे की सरम, बालों का क्या, वे तो फिर आ जायेंगे, पर नाम बार-बार नहीं आता...''

कोई भी ध्यान नहीं देता। चौथा तरीका नायाब था, श्यामा की घुटी चाँद, चूल्हे की बुझी राख के रंग की तरह दूर से चमका करती।

('51 से पूर्व)

मुफ्त इलाज

(1)

नाटा कद, छोटी आँखें, छोटे-छोटे मगर मोटे हाथ पाँव यहाँ तक कि हथेली की उल्टी तरफ भी माँस, जिसके कारण हाथ की उंगलिया और भी छोटी दिखायी देतीं, शरीर पर अधमैले, या घर के धुले जैसे साफ कपड़े—सिर्फ एक कमीज घुटनों तक, एक ढीला पाजामा, पाँव में स्लीपर और सिर के मशीन फिरे बालों पर ऊँची बाढ़ की टोपी। हाथ और गले में काले डोरों के गंडे। घिरघिरी आवाज, मुँह पर करीब-करीब रुपये की मोटाई जितनी दाढ़ी। दाँतों में पानों की पीक का रंग, वही नवाब था। उसके चेहरे पर सदैव मुस्कराहट छायी रहती जैसे जीवन की परेशानियाँ उससे बहुत दूर थीं।

बिना किसी तकल्लुफ के जब वह चलता, उसके होंठों से गीत फूटता और वह- वह चुनी हुई गजलें गायी जातीं जिनको सुन लैला और मजनूँ के अमर किन्तु बाज में सस्ते बना दिये गये प्रेम की याद आ जाती। नवाब गाते-गाते मस्त हो जाता। वह यह भूल जाता कि वह सड़क पर है और फिर कान पर हाथ रखकर गाता और उसकी मोटी, भारी, चपटी आवाज पहले गुर्राती और फिर हिलती और अन्त में हवा की पर्तों में ऐसे सिमट जाती जैसे कुत्ते की टाँगों में उसकी पूँछ जिसका मुख्य अर्थ सामर्थ्य की कमी और भय होता। और, नवाब जब खुलकर जमकर गाता तब हारमोनियम पर उसकी वही मोटी उँगलियाँ चलतीं और घंटों स्वर उठता...काँपता, खो जाता।

(2)

नीम के दो पेड़ों की छाया में सड़क की तरफ पीठ किये, अर्थात् सड़क के किनारे के घरों के पीछे खपरैलवाले एक छोटे-से घर के सामने दो-तीन गधे बँधे हुए हैं। किसी-किसी लात उठाने वाले गधे के पैर—एक आगे का एक पीछे का मजबूत रस्सी

से बाँध दिये जाते हैं। तो उस कुम्हारों के घर में आज इसी बात का कुहराम मचा हुआ था। अधेड़ उम्र का बाबू जिसका आधा सिर गंज से चमक रहा था और जिसके चारों ओर घुँघराले बाल खूब बड़े-बड़े होकर छतरी की तरह फैल गये थे, अपने गधे के पीछे बेतहाशा पड़ा हुआ था। उसके पड़ोसी सुक्खा कुम्हार ने देखा तो हँसा और मजाक करता हुआ बोला—"आज तो बाबू पिछड़ी अगाड़ी बाँधने में लगे हो?"

बाबू को खीझ आ रही थी। उसने हँसकर कहा—"अमां! ये तो अपना पुराना काम है...!"

किन्तु बात पूरी नहीं हुई। सामने से आवाज अर्रा उठी, "आदाब बजा लाता हूँ भाई साहब।"

गधे की टाँगें बाँधने की रस्सी स्वाभाविक रूप से ही बाबू के कन्धों पर चली गयी और उसने दाँत निकालकर कहा—"अक्खै! म्याँ तुम हो? आखिर सुध आयी। कैसे पटक रिये ओ? इत्ते दिन कहाँ रहे? अबे भाई सुक्खे! चचे को पहचाना?"

सुक्खा की पड़ी हुई पतली मूँछें; एक कुर्ता और ऊँची धोती कसे थे। उसने मुस्कराकर कहाँ—"चचे सलाम। अब तो आना-जाना ही बन्द कर दिया?"

उसके स्नेह-सिक्त स्वर को सुनकर नवाब हँसे। उनके चौड़े दाँत उनके फैले हुए होंठों से निकल आये जैसे कागज पर चिपके हुए टीन के बटन दर्जी के यहाँ पड़े रहते हैं।

इसके बाद जान-पहचान के और थोड़े से लोग एकत्र हो गये। और नीम के पेड़ की छाया में नवाब के सामने हारमोनियम रखा गया। हारमोनियम तब की खरीद थी जब शायद वह चला था, यह उसके बाद किसी कबाड़िये के यहाँ के नीलाम से खरीदा गया था, क्योंकि नवाब को उसके ताल-सुर ठीक करने में उतनी ही देर लगी जितनी किसी संगीत के आचार्य को तानपुरे के तारों को कसने इत्यादि में लगती है।

नवाब गाता रहा। पान, बीड़ी, सिगरेट, सब उसके सामने मुहय्या थे। वह कभी-कभी पान खाता और पीक थूकने को गरदन मोड़ता, या फिर सिगरेट को सबसे छोटी उँगली और अनामिका के बीच दबाकर चिलम की तरह हाथों को बाँधकर दम खींचता और फिर गाने में उलझ जाता। चारों ओर प्रशंसक बैठे थे, वे हिन्दू थे, वे मुसलमान थे—बल्कि यह अँग्रेजी ढंग छोड़कर कहना चाहिए, वे मिट्टी ढोने वाले, मटके-कुल्हड़ बनाने वाले कुम्हार थे।

इसके बाद नवाब धर्म के गीत गाने लगा। जब उसने मर्सिये गाये, मुसलमानों की आँखों से पानी बहने लगा, हिन्दू लोग करुण और विचलित दृष्टि से देखते, अपने साथियों को समझाने का प्रयत्न करते और स्वर उठता जाता, जिसमें गधों की लीद की बदबू खो गयी और घर के बीचों-बीच गुजरने वाली खुली नाली का पानी भी

गायब हो गया। औरतें अन्दर सिसकने लगीं। बच्चों के मुँह खुल गये। एक लड़का एक के ऊपर एक रखे मटके से टकराया और दोनों ही चीजें गिरीं। किन्तु न नुकसान का किसी को ज्ञान हुआ, न लड़के ने ही रोने का साहस किया। इस समय बाबू की तर आखों में से जीवन का समस्त उद्वेग पिघल-पिघलकर बहा जा रहा था।

'हाय हसन...' की करुण दिल दहलाने वाली आवाज कलेजे में डंक मारती हुई, लपट की फूँक मारती हुई, बाहर निकलकर टकराकर नवाब के गाने को और-और उकसाती, और देखते-देखते नवाब पागल-सा हो उठा। उस पर उद्वेग और श्रम के चिह्न संगीत की भौंटी धारा में गिड़गिड़ाहट बनकर प्रकट होने लगे।

सारी सभा झूमती रही।

(3)

शाम के वक्त छोटी-सी खाट पर नवाब उसी नीम के नीचे बैठा था। यह थक गया था। थोड़ी-थोड़ी देर बाद सिगरेट का दम खींचता और धुआँ वेग से बाहर फेंकता। इस समय उसे एक रुपया छः आने मिल चुके थे। इसके अतिरिक्त कैंची की सिगरेट के दो पाकेट भी थे। बाँये गाल में पान दबा था। वह कुछ गम्भीरता से सोच रहा था। सुक्खा अपने हाथ के काम समाप्त करके आ गया और खाट पर ही बैठ गया। बाबू गया हुआ था। जिस वक्त वह कन्धे पर सड़क के नल से भरा हुआ घड़ा लेकर भीतर दालान में घुसा उसकी बीवी ने धीमी आवाज में पूछा, "रात को खाना खायेंगे?" नवाब और सुक्खा ने भी सुना। दूरी ही कितनी थी!

"अमे क्या करता है?" नबाव कह उठे, "जाके जरा-सी बाजार से कलेजियाँ लेते आओ। चले जाओ यार तुम सुक्खे! बस ज्यादा नहीं जरा आपके लिए...समझे!"

बाबू ने कहा—"खा भी तो यार क्या बात है? आज बिना खाये न जाने देंगे।"

उस स्नेह से नवाब गद्‌गद हो गया। भीतर से बाबू की माँ ने भी दाद दी। नवाब ने प्रसन्न होकर कहा—"इस कहे में जो मजा है, जो मुहब्बत है, वह क्या मुझसे छिपी है, पर आज तो म्याँ कले जी चलने दो, समझे कलेजी।"

तब सुक्खा चला गया। उसको प्रतीक्षा में बाबू भी अपना पजामा घुटनों तक बढ़ाकर बैठ गया। और जब बोतल नहीं खुली तो इधर-उधर की बातें होने लगी। महँगाई बढ़ गयी है। नवाब उसमें पिस गया है। अब लोग पुराने ताल्लुकों को ताक पर रखकर बेमुरव्वत हो गये हैं। किसी से दो आने उधार लेने का भी जमाना नहीं रहा। सुक्खा के बच्चे अब कई हो गये हैं। किसी तरह गाड़ी खिंच रही है। और नवाब ने निकाह कर लिया है।

बाबू ने चौंक कर कहा, "और मुँह मीठा तक न कराया? कहाँ हुई? कब हुई। बताया तक नहीं?"

"गाँव में। हुई क्या, उधर पीर की शान में मेला जुड़ता है, वहीं, एक दिन मैं गया था। गाने का बुलव्वा मिला था मुझे। जिस वक्त मेरा गाना खत्म हुआ नकद साढ़े सात रुपये मिले। वैसे अब गाने की कीमत घट गयी है तो वह वहीं मिली।"

"हाँ" बाबू ने कहा। स्वर में उत्सुकता थी। "फिर?"

"फिर क्या?" नवाब ने कहा—"न उसके कोई आगू-पीछे, न हमारे कोई पीछे-आगू। हमने कहा कि चल शहर में रहेंगे। पहले तो कहती रही कि दो बार ऐसे ही धोखा उठा चुकी हूँ। मरद छोड़ जाते हैं।"

बाबू की आँखें अस्थिर हो चलीं। उसने बायें हाथ से खोपड़ी की गंज को सहलाया जैसे वहाँ की खाल खिंच गयी थी। नबाव कहता रहा—"मैंने कहा कि मरद मिले होंगे तुझे बस। पर आदमी एक न मिला होगा। वह नहीं समझी। मैं उसे समझाता रहा। तू बैयर तो है पर इन्सान भी है। दहूकानी है वह, समझी नहीं। पर फिर चली आयी।"

"क्या काम करती थी वहाँ? जिसके पहले बैठी रही होगी उसे कुछ खर्चा देना पड़ा होगा?"

"कुछ नहीं जी, वह तो आजाद औरत थी, नाचती थी, गाती थी, कमाती थी, खाती थी...!"

तभी एक चिढ़ा हुआ स्वर सुनाई दिया, 'बेड़नी होगी!' बाबू की माँ ने भीतर के खटोले पर बैठे-बैठे कहा था।

"हाँ अम्मी वही, वही," नवाब दाँत निकालकर हँस रहा था।

पेड़ की डाली से अब चाँद कट गया था। हवा के झोंकों में कभी-कभी पत्ते सुरसुराते और फिर झूमते हुए कुछ देर में खामोश हो जाते, जैसे कुछ देर हवा में झाड़ू-सी लगती और फिर चाँद दिखायी देता, जैसे साफ-सुदरा आयीना हो। गधे चुपचाप कान खड़े किये सो रहे थे। उनके शरीर का कोई भी हिस्सा इस समय हिल नहीं रहा था। पड़ोस की बातचीत की आवाजें अभी डूबी नहीं थीं और चारों तरफ के मकानों से घिरा वह स्थान अब चाँदनी में नहाने लगा था। केवल कच्ची-पक्की भीतों की जड़ों में अँधेरा पानी की तरह मर जाना चाहता था।

(4)

उसी समय कोलाहल मच उठा। पर वे उड़ती हुई आवाजें थीं जिनका कोई तारतम्य नहीं था। कुछ सुना अनसुना-सा। वह कोलाहल मनुष्य के चिरन्तन हाहाकार का प्रतीक बनकर कुछ समय तक उठता रहा। फिर झुकने लगा और फिर उसमें कोई नवीनता नहीं रही।

नवाब ने बोतल उठाकर आतुरता से सूँघ ली। बाबू ने कहा, "जरा और ठहर

लो।'' तभी सुक्खा ने प्रवेश किया। उसके हाथ में कलेजियाँ थीं। उसने लाकर खाट पर धर दी और बैठ गया। अपने लिए निकालकर अलग दोने में रख लीं और बैठकर साँस पूरी करने लगा।

कुल्लड़ आ गये। नवाब ने हँसकर कहा, ''सुक्खे! यार! आज बहुत दिनों में मौके पर आये हो वर्ना वो जमाने जब जवानी थी, जब रोज नयी-नयी चीज सुनाई जाती थी, रोज पउवा खुलता था...!''

बोतल अब खुली। उसके खुलते ही एक तेज गन्ध आयी जिससे नथुने फूल उठे।

''सेर छाप है'' सुक्खा ने कहा।

''तब तो तेज होगी।'' बाबू ने दाद दी।

''कैसी भी हो म्यां, जिसने कलेजे में चीरा न लगा दिया, जिसने गले में लकीर न उतार दी, वह क्या कोई पीने की चीज है? आजकल मुझसे रोज सिर्फ अद्धा जुट पाता है, जिस पर यह बदजात घर में दिन-रात लड़ती रहती है,'' नवाब हँसा, ''और तुर्रा यह कि मैं लाया नहीं कि अच्छी तरह पहले आधी पी पायेगी, तब कहेगी, तुम शाहंशाह आदमी हो, तुम राजा हो...?''

वे लोग पीने लगे। तेज चीज थी। ऐसी पड़ी दिमाग पर जैसे गर्मी में पत्थर की सड़क पर दौड़ते हुए घोड़े की जोर की टाप, जिसकी रगड़ से आग-सी निकल आती है...!

कोलाहल बढ़ता जा रहा था।

''ए मुओं को क्या सूझी है?'' बाबू की माँ भीतर से बर्रा उठी, ''झगड़ा करने को दिन काफी नहीं था!'' वह स्वयं एक झगड़ा-सा कर रही थी। यह नित्य का-सा कोलाहल नहीं था। इसमें जीवन के किसी पहलू पर भीषण वाद-विवाद था। तभी सुक्खा के एक लड़के ने हाँफते हुए आकर कहा—''दादा ओ दादा!''

''क्या है बे?'' बाबू ने पूछा। वह नशे की गुलाबी में झूम रहा था।

''एक औरत अपना बच्चा...!''

लड़का कह भी न पाया कि बाबू की माँ गालियाँ देने लगी। यह नयी बात थी। तीनों उठे और उस भीड़ में खड़े हो गये। देखा। एक घूँघट काढ़े स्त्री। लड़की-सी। शायद पंजाबिन थी।

किसी ने चिल्लाकर कहा—''ले जा अपना बच्चा यह कोई हस्पताल है? बड़े आदमी हो के ऐसे काम करते हैं? फिर बदनाम करने को हमारे बाड़े हैं? जब पाप किया था तब न सोचा था कि...''

उसने कुछ फोश बका।

नवाब ने मुँह की भाप एक व्यक्ति के मुँह पर छोड़कर—''अमें कौन है?''

''पंजाबिन है। शरणार्थी। इसका पेशा ही यह है। मैं जानूँ इसे।''

सुक्खा और बाबू ने देखा नवाब लड़खड़ाता हुआ आगे बढ़ा और उसने जमीन पर पड़े हुए बच्चे को उठा लिया। सब चकित से देखते रहे। नवाब उस बच्चे को देखकर कहने लगा, ''क्यों बेटे? अम्मा तो छोड़ चली अब किसके नाम को रोयेगा?''

उसका व्यवहार बिल्कुल पागलों का-सा था। लोगों को उस पर श्रद्धा थी। वे सब शराब के नशे में धुत्त समझे हुए चुप हो गये। स्त्री रो रही थी। नवाब ने उससे मुड़कर कहा—''इसे मुझे दे दो।''

स्त्री लड़खड़ाकर बैठ गयी जैसे वह सब कुछ सह सकती है। किन्तु यह नहीं सहा जाता।''

''मैं समझता हूँ बीवी जी मैं समझता हूँ। माँ का दिल बहुत नर्म होता है।'' और उसने आवाज उठाकर उपस्थित लोगों से कहा, ''अबे यारो! तुमने यह तक न सोचा कि यह कितना कठिन काम कर रही है। लड़की ही तो है बिचारी। गलती हो गयी? हो गयी, हो गयी।''

उसकी बात सुनकर सबको विस्मय हुआ।

''बा भाई बा'' मजीद कानमैलिये ने कहा, ''अब दुनिया में ये भी ठीक समझा जायेगा? हाय जमाने!''

''हाय जमाने'', नवाब ने लड़खड़ाते हुए कहा, ''जमाने की न कहो प्यारे गुलबदन। जमाने में रोटी सोने के भाव बिकती है, बेटे। समझा? नया जमाना है। क्या कहने? अब बच्चे सड़कों पर मिलने लगे। वाह! जाओ बीबी। तुम जाओ। तुम्हारा काम हो चुका। तुम्हारी शान बच गयी जाओ। पर एक बात बताती जाओ,'' उसने झुककर धीरे से पूछा, ''शौकिया था या मजबूरन?''

औरत काँप उठी। उसने सिर झुका लिया। आज...वह शायद मर जाना चाहती थी। उस समय नवाब की काँपती आवाज उठी—''अबे जाओ अपने-अपने घर। समझे? क्या समझे? जाओ अपने-अपने घर। अब पुलिस नहीं आयेगी। समझे? हाँ, नहीं आयेगी। यह बच्चा मेरा है। या खुदा? मैं समझा था, मेरे औलाद नहीं थी। पर किस्मत में अभी तक इतना जोर था कौन जानता था?''

तभी किसी ने कहा, ''वा उस्ताद? बच्चे के साथ माँ को भी लेते जाओ तो बिचारी का भला होगा।'' सब हँस दिये। जब सब चुप हो गये तब नवाब ने फिर कहा—''बेवकूफ! गलती किससे नहीं होती। और भागी हुई तबाह औरत के पास चारा ही क्या था? अच्छा तो यह नहीं हुआ पर मजबूरी का नाम सब्र है। क्या किया जाये? जमाना ही ऐसा है समझे? औरत की कोई जात होती है? जिसका बाप और खाविन्द मर गया वह क्या करे? अबे यह इलाज है, हर्र लगे न फिटकिरी...मुफ्त...''

वह कुछ और कहना चाहता था, पर जैसे उसके पास शब्द नहीं थे। लोगों ने समझा वह नशे में धुत्त था। किन्तु उसके भीतर तूफान चल रहा था। हाथों पर

नयी जिन्दगी का बोझा उठा लेना क्या सहज है? यह मांस का लौंदा कल बढ़ेगा और इसके साथ की बदनामी इसके साथ भूत बनकर मँडराया करेगी और यह बेकुसूर सदा के लिए कुत्तों की तरह देखा जायेगा। नवाब ने फिर कहा—गनीमत है इसने बच्चे की लाश नहीं फेंकी। वर्ना वह गुनाह होता। वह इन्सान का खून होता। अबे सोचो। तुम्हारा बच्चा, क्या ऐसा ही बेगुनाह नहीं होता...!

पंजाबिन ने उसके पाँव पकड़ लिये। "हैं, हैं," करता हुआ नवाब पीछे हट गया छूती हो...!

और शराबी झूमने लगा था। सुक्खा और बाबू बची-खुची कलेजियाँ खाने के लिए आतुर हो रहे थे। भीड़ छँट चली थी। औरत उठी, उठकर चली और भीड़ उसे राह देती गयी। वह कुछ देर में गली से निकलकर ओट में हो गयी, गायब हो गयी। कोई नहीं पहचान सका वह कौन थी। सुक्खा और बाबू ने देखा नवाब बच्चे को हाथों में लिए अब जा रहा था। वे लौट आये।

(5)

आधी रात के वक्त जब नवाब ने अपने घर का द्वार खटखटाया उसकी बीवी ने बड़बड़ाते हुए द्वार खोला। वह ऊँघ रही थी। किन्तु ज्यों ही नवाब ने बच्चे को चुमकारा वह चौंकी। और फिर कपाल पर हाथ मारकर बोली—"अये हये शराबी! ये किस कटखनी का जना ले आये?"

वह और भी बड़बड़ाती रही किन्तु नवाब ने मुस्कराकर कहा—"एक बेबस जान और सही।"

बीवी की शंकाएँ काफी बढ़ चुकी थीं। नवाब ने उसे झूमते हुए सारा किस्सा सुनाया। सुनकर स्त्री ने कहा—"लाओ! मुझे दो बाहर फेंक आऊँ।"

नवाब चिढ़ गया। उसने चेत कर कहा—"अरी छुट्टो बीवी! हाजमे की गोली का मजा वह जाने जिसे कभी कब्ज हुआ हो। तुम तो मरद हो समझीं? कभी तुम्हारे हुआ है कुछ? बच्चा नहीं जायेगा। आदमी के बच्चे इज्जत से पलते हैं। सात घर तो बिल्ली के बच्चे बदलते हैं। वह हँसा। उसने फिर कहा, "तुझे क्यों आग लग रही है?"

"आग लगे तुम्हारे मुँह में," स्त्री ने फिर कहा, "कहीं की ईंट, कहीं का रोड़ा, भानमती ने कुनबा जोड़ा।"

"ऐसे ही सही, मेरे नये बच्चे की माँ! एक दिन तुझे लाया था, आज इस बच्चे को ले आया हूँ। जिसे अपना मान लिया, वही अपना है।"

वह शराब के नशे में चूर-चूर झूम रहा था, हँस रहा था।

दूसरे दिन जब बाबू और सुक्खा नवाब के घर पहुँचे उन्होंने देखा बच्चा चिथड़ों

में पड़ा है। गोरा रंग है। गदबदा है। अच्छा है। वे बैठ गये। सुक्खा ने कहा—"तो ले ही आये?"

"किसके बिरते छोड़ आता?" नवाब ने कहा, "अपने घर में कौन बिरादरी है, कौन सरकार है? गुल्लू की माँ ही...!"

"गुल्लू कौन?" बाबू ने बीड़ी सुलगाते हुए पूछा।

"यह पड़ा तो है गुल्लू," नवाब ने मुस्कराकर कहा, "इसका नाम मैंने गुल्लू रखा है। ठीक है?"

घर-बार हीन अधेड़ की वह तृष्णा अत्यन्त दयनीय थी। बाबू ने पूछा—"इसकी माँ भी यहीं है?"

नवाब हँसा और हसरत की नजर से अपनी स्त्री की ओर देखने लगा।

('51 से पूर्व)

सतयुग बीत गया

मन्दिर का फर्श पक्का था। एक-दो दिन नहीं, जब से मुहल्ला है तभी से उसका जीवन है और बढ़ती के साथ सन्तुलन चला है। मुहल्ले के दो वर्ग हो गये। उगते हुए मध्यमवर्ग मन्दिर या तो निम्नवर्ग के लिए छोड़ दिया, या पुराने विचारों के रईस उसमें दिलचस्पी लेते रहे। पीपल के पैरों पर चितकबरे उलझे हुए छाया के बनाये काले दागों से वह फर्श ढँक-सा जाता और उस पर अनेक पीढ़ियों के व्यक्ति आये थे, ठहरे थे, चले गये थे...

सामने शिवलिंग पर दिन-रात पानी की बूँद टपका करती। यह अमर स्नान था। उस धुँधलके में एक मध्यकालीन वातावरण था, जिसका आज के उजले युग से सरलता से कोई मेल हो सकना तनिक कठिन काम था।

और नल पर नहाते आदमी जब हर-हर महादेव का नाम लेते हुए अपने धर्म की रक्षा में उद्यत रहते, तब ऐसा लगता जैसे वह शब्द मुहल्ले की रक्षा में रत हिन्दुओं के लठ्ठ बनने के समान था। धर्म की रक्षा का यह कार्य आज बहुत दिन से चल रहा था। मुगलों के राज्य में भी, अँगरेजों के में भी, और अब जवाहरलाल के राज में भी वही हाल था।

धुआँ उठने लगा था। कुछ कंडे और लकड़ियाँ जल रही थीं। उन छोटी-छोटी लकड़ियों से घुमड़ता हुआ धुआँ उठता और सिन्धी तथा पंजाबी शरणार्थियों की तबाही मुसलमानों के अत्याचार, हिन्दुत्व के नये विलायती पोशाक पहनने वाले राष्ट्रीय स्वयं सेवक संघ के लड़कों के प्रचार के ऊपर, पूँजीपतियों के मार्केट की तरह बढ़ता हुआ उठता और कसैलापन लिए छत से टकरा जाता।

बाबा बैठे थे। ऊपर से नीचे तक एक लम्बा चोगा पहनते। उनके कान फटे हुए थे जिनमें बड़े-बड़े कुंडल थे। उनके चेहरे पर रौनक थी। वे हट्टे-कट्टे आदमी थे जिन्हें देखकर भारत देश में धर्म के सम्मान का उदाहरण मिलता था। उनके चारों तरफ आते-जाते, काछी, कोली, ठाकुर, बाँभन इत्यादि अनेक जातियों के सूखे-साखे, व्यक्तियों को देखते ही ज्ञात होता था कि उनके स्वास्थ्य और शक्ति का स्रोत कहाँ

है, जहाँ से अनेक धाराओं ने बहकर उन्हें अथाह मर्यादा और गाम्भीर्य दे दिया था, जैसे वे समुद्र थे, अपने-आप में अनन्त पर्याप्त।

कनफटे जोगियों की समाधियाँ शान्त और नीरव एक किनारे बनी हुई थीं। आज भी गीतानाथ के बारे में मुहल्ले के लोगों में निम्न वर्गों में विश्वास था कि गीतानाथ ने जिन्दे में समाधि ली थी और चुनाई हो जाने के हफ्ते-भर बाद वे बम्बई में दलाल श्रीगोपाल को मिले थे। उस दिन से मन्दिर का महत्त्व बढ़ गया था।

तभी बुड्ढे जीवा ने खाँसा। बुढ़ापा आया था तो देह सुत गयी थी, ऐसी कि पसलियाँ दिखायी देती थीं। लेकिन शरीर में स्फूर्ति थी। वह देश-देश घूमा हुआ आदमी था। अनेक यात्राओं के वर्णन सुनाता, जिनमें काफी दिलचस्पी होती। काँग्रेस के आन्दोलन को हजारों की भीड़ में नान-वायलैन्स (अहिंसा) का मन्त्र हृदय में धारण करके बम्बई में चौपाटी पर गिरफ्तार भी हुआ था और एक-डेढ़ हफ्ते बाद छूट आया था। उससे पुरानी स्मृतियाँ उसे अँगरेजों के निकट ले जाती थीं जब वह किले में अँगरेज टामियों की हजामत बनाता था।

भाँग का जोश था, वर्ना उसकी उम्र के लोग, जिनके उसी के समान दाँत गिर गये थे, बाल सफेद हो गये थे, इस समय बैठकर ठसके वाली खाँसी खाँसते और उनकी जीवन के प्रति ममता संकुचित हो चुकी थी जबकि जीवा की तृष्णा फैल रही थी।

आसमान में घटा छा रही थी। पीपल के पत्तों पर बैठकर वह उमँग रही हैं। ठंडी-ठंडी हवा चल रही है। शरीर सुखिया रहा है। भीतर तक मन को तरावट पहुँच रही है। तभी साँपवाले की बीन का स्वर सड़क पर सुनाई दिया। शायद बिच्छूनाथ जा रहा है।

'अहाहा' जीवा ने सिर उठाकर कहा, 'यहाँ अभी सँपेरे की आवाज सुनाई देती है। वह शहरों में बस मोटर, और सफेद-सफेद बाबू और सूखी-मरी औरतें। अपना घर स्वर्ग है। ऐसी बात और कहाँ? क्या दल-के-दल बादल छा रहे हैं? क्यों खलीफे?'

कैलाश का मेला जमा हुआ था। इक्के, ताँगे, पैदल, सबकी भीड़ चल रही थीं। औरतों के झुंड को देखकर लगता कि सतरंगा बादल कड़कड़ाता हुआ चला आ रहा है। बे भारी रंगीन लहँगे पहनतीं और गाती हुई निकल जातीं। उनके साथ एक ढोल बजाने वाला आदमी चलता।

चारों ओर सनसनी-सी छा रही थी। बरसात की उमंग थी।

खलीफे ने कुछ नहीं कहा। केवल चिलम बगल में बैठे भोपा की ओर बढ़ा दी जो भैंस के स्वर में ढोला गाता था, अपनी मशकवाली बीन बजाकर, जिस पर औरतें उलझ जाती थीं...

शहर के छैल सफेद धोती, कुर्त्ते, बास्केट, टोपी पहने घूम रहे थे! लेकिन आँखों

का सुरमा, गले का गंडा और हाथों में लटकती फूल-मालाएँ साफ प्रकट करती थीं कि वे हैं छोटी जातियों के ही लोग, जैसे धोबी का लड़का कैसे भी साफ कपड़े पहने दूर ही से धोबी का लड़का लगता है और बाबू गर्व करते हैं कि यह कभी भी उन जैसा नहीं लग सकता।

औरतें गा रही थीं।

'जो मैं होती जाली का कुर्ता
लगी रहती रे
बाबू तेरे सीने से'

सुनने वालों ने ठहाका लगाया। जीवा 'बाबा' कहलाते थे और रसिक बूढ़ों की परम्परा में आने के कारण अपने दाँतों और बालों को खूब कोसते कि दिल अभी जवान ही है। लाल चुन्नीलाल ने पालथी लगाते हुए कहा, ''अब क्या होगा?''

''होगा क्या?'' सेठ ने कहा, ''बड़े लोगों की बात कोई सहज समझ सकता है? आयी-गयी पूरी हुई।''

व्यंग्य तीव्र था। चुन्नीलाल परचूनिया उस चूहे के समान लगते थे जो एक हल्दी की गाँठ पाकर पसारी बन बैठा था।

''क्यों सब दब गया?'' जीवा ने पूछा।

''क्यों न दबता? पुलिस को घूस दी। लौंडिया के घरवालों को धमका दिया। हो गया काम,'' सेठ कह उठा।

सिल को धोते हुए जीवा कहने लगा, ''इसका नाम दुनिया है, वो तो होता ही रहता है।''

और दुनिया फिर आँखों में आ गयी। घटा अब करवटें लेती है, कभी अँगड़ाई लेती है और पीपल के पेड़ पर ऐसी बैठी ललक रही है जैसे बाजार में बैठी कोई तवायफ। यह है उन युगों की भूखी कल्पना। वह दिन ही और थे जब औरतें-औरतें थीं, मरद-मरद थे। अब वे दिन कहाँ?

तब रंगीनी थी, कि जिन्दगी अपनेपन में डूबी हुई थी सराबोर, जब कवित्त होते थे, ख्याल होते थे, पगड़ी बँधती थी, वह अब भी है, पर वह बात नहीं है।

और फिर औरतों का यह गीत धीरे-धीरे अब अपने संकोच छोड़कर शरीर की वासना का मन में उतरा हुआ वेग मिटाने लगा। अब वे रीतिकालीन कविता गाने लगीं, जिनमें राजसी प्रभाव नहीं था, किन्तु एक सीधा खुलापन था जिसे फूहड़ कहा जा सकता है। गीत इतना गन्दा था कि कभी-कभी दो-एक हिम्मतवर औरतें ही गातीं बाकी संकोच से चुप हो जातीं और उस कठिन शब्द के पार होते ही सब स्वर मिलातीं। वो हँस रही थीं। कुछ लोग आवाज कसते थे, पर ऐसे जैसे झाड़ी के इधर-उधर लठ्ठ मार रहे हों। कुछ देर बाद वे चुप हो गयीं।

अब कुछ लड़के हाथ उठा-उठाकर चिल्ला रहे थे। उनके हाथों में रसियों की किताबें थीं। चार-चार पैसा, नया आल्हा, नया बिरहा...

लोग खरीदते। यह प्रचार का नया साधन था। इसमें चोरबाजारी, सरकार की लैतलाली, खद्दरपोशी की आड़ में चलती पोलों को ले-लेकर गीत बनाये गये थे।

लड़के किताबें जल्दी से बेचकर भीड़ में मिल गये। उस वक्त सिपाही और एक आदमी उस जगह चक्कर लगाने लगे। उन्होंने पैरों के निशान सूँघ लिये थे।

चुन्नीलाल ने देखा और वे समझे, किन्तु इतनी अ-महत्व की बात पर उसका ध्यान नहीं गया।

जीवा ने कहा—''बात कुछ और है। पैसा ही सब कुछ नहीं होता, हाँ, क्या कई।'' उसने झटके से सिर उठाया। वह नाई था, वह बातें करने में उस्ताद था। सारे संसार के नाई बकबक करने में उस्ताद होते हैं। पैसा कमाना उसके लिए दो हाथ इधर, दो हाथ उधर का खेल था, या फिर जिजमानी का जरिया था। नयी दुनिया में दूसरे काम की वही कद्र थी, जो बाँझनों की पुरोहिताई की थी या ठाकुर की जमींदारी की। सब ही की हेच समझा जाता था। वे जो पहले भाग्य मानते थे अब कभी-कभी अविश्वास से सिर हिलाते थे। लौंडे तो बिल्कुल ही बिगड़ चले थे, बस ब्याह के वक्त सब ठीक था, वर्ना कौन पूछता है। सो उसने अपनी बात को यों समझाया। "देखो भाई, सुनो! धनी और रईस तो अलग-अलग चीजें हैं। धनी वह जिसपै पेशा हो; रईस वो जिसपै दिल होता है। धनी की दौलत बढ़ती है और लोगों में उससे घिन बढ़ती जाती है, लेकिन रईस वह जो अगर दिन-पर-दिन गरीब भी होता जाये लोगों को उससे हमदर्दी बनी रहे। रईस हाथ में बेंत रखता है, मुँह के बीच पैसा भींच घिघियाता नहीं। रईस वह जो मर जाये पर सूँघता रहे। और काम कराये, पर करे नहीं। समझे? हाँ। यह नहीं कि परसों बाबा गोबर थापते थे, दादी दाई का काम करती थी, आज बेटा नाती की आँखें आसमान पर चढ़ गयीं...आँखों में सील और पानी चाहिए...''

और जीवा को नये पूँजीवादी की तुलना से प्राचीन सामन्तीय-संस्था प्रिय थी, वह उसके गुणगान में लगा रहा।

सेठ की तोंद कुछ निकली हुई थी। आदमी वैसे भारी नहीं था। कुछ खिंची हुई आँखें थीं। गोरा रंग था। दिन में कन्धे पर कपड़े के थानों का गट्ठर लेकर कटपीस आवाज लगा-लगाकर बेचता था। मुहल्ले के बाबू बनने वालों रईसों के पुरखों का प्रारम्भ इसी रूप में हुआ था। वह अब हँसा। उसने कहा, ''लेकिन एक बात है। एक बार बड़े ठाकुर ने कड़ककर पूछा—'कौन है?' नाई ने मूँछों के घमंड पर कहा—'मैं नाई ठाकुर', सुनते ही तो ठाकुर चिल्लाया—'चल बे हरखू पटक दे साले को। इसका ठाकुर-ठाकुर एक ओर कर दे, नाऊ-नाऊ अलग कर दे।' सो बिचारा ठीक हो गया।

तो अब तुम अपने को कुछ कहो। कोई कुछ कह सकता है?''

तो, जीवा ने कहा, ''कहें तब जब कहने का बखत हो, अब वो खुद तो अकड़ ले। पर पहले जो रिस-रिस कै मरन तो न था? सिर झुकाते थे, तो क्या हम अकेले थे?''

''सो तो है'' भोपा ने कहा, ''सब के दिन फिरते हैं। राजा नल ने क्या नहीं सहा—''

सेठ सुनाने लगा। उसके चेहरे की झुर्रियाँ हवा से काँपती हुई-सी लगती थीं। वह निस्सन्देह पहली सदी का आदमी लगता था। उसने कहा—''रईसी की बात करते हो? यही बाप-बेटे में सरत होती थी कि देखें तू ज्यादा पीता है कि मैं। और फिर दोनों बग्गी जोतकर सहर की अव्वल तवायफ के नाच देखने जाते थे, बाप अलग, बेटा अलग। बड़े-बड़े खेल होते थे। बाप की बात कि दबंग आदमी। शेर की तरह गरजता था। घूँघट काढ़े देखो तो अपने हाथ से पलटकर कहे—'हरामजादी, हमीं हैं तुझे नखरे दिखाने को, और जो मुँह खोलकर चले तो सिर हो जायें कि कुतिया बनी डोलती है? ऐसा दबदबा छाया था हाँ। हर किसी की बहू-बेटी पर हाथ डाल देता था। और जब मरा तो लड़के ने कतल करवाया। किसके लिये? जैजात के लिए। क्या ले गया? ले गया कुछ छाती पर? खाली हाथों आया था, खुले ही गया। था तो खाली? और घर में रखैल थी। थी ऐसी कि निभा गयी। विदर घर में बहू ने रो-रो उमर गँवा दी। होटलों में किस्से सुनाता। माँग-माँग कर बचा-खुचा साग लाता। तबाह हो गयी सब जी, हाँ। और जब मरा है, तब की देखो। कफन को नाम नहीं था, घर में धेला नहीं था, बिरादरी आ गयी काम बखत मौके पैं। बहू आयी तो पहली सरत धरी। रंडी मेरे मरद की लास नहीं छुयेगी। दरद था। उमर-भर की जलन थी। पर क्या हुआ? कुछ मिला बिसे? बस नाश हो गया, बंस...''

उस कथा को प्रायः सभी जानते थे, पर बार-बार सुनने की प्रवृत्ति हर एक में कुछ अंश तक होती है। सो भी अपने परिचितों के विषय में। वे बाप-बेटे मन्दिर के खास आदमियों में से थे।

जीवा मुखर हो चला, ''काश्मीर में? डांन चौंग घुस-पुस चेन-फेन...यह है वहाँ की बोली। कोई क्या समझेगा? कुछ नहीं। पर वहाँ लोगों के कैसे-कैसे हुसन हैं, सेव जैसे गाल...''

सुनने वाले हँसे। बुड्ढा चेता। जब वह अपने मन की बात कहता है, लोग उसे टोक देते हैं। उसने चुप रहने में ही गनीमत समझी।

तभी लाला ने किसी पुड़िया के फेंके हुए कागज को उठाकर पढ़ा। खबरें सनसनीखेज और मजेदार थीं। जोर से पढ़ गया—''571 आदमी मरे, कोलम्बिया में बाढ़, आगरे का ताजमहल बिक गया।''

"क्या हुआ? क्या हुआ," सब पूछ बैठे। "पढ़ो लाला पढ़ो जरा।"

"पुरानी खबरें हैं," लाला ने अपना ज्ञान दिखाया।

"हैं तो खबर। आज की न सही, कल की सही," सेठ ने कहा। लाला पढ़ने लगा। रास्ता बन गया। सेठ हँसे।

बोले, 'खूब ठगा साले ने। कोई खबर है भला? ठाकुर देखा तुमने?"

जीवा चौंके। उसे अपनी काश्मीर-यात्रा में देखी भयानक बाद याद आ गयी थी जिसमें औरतों के हाथ ठिठुर गये थे कि उन्होंने अपने बच्चे फेंक दिये थे। पुरानी बात है। सात दिन उसने छोलदारी में बैठे बिता दिये थे। चीड़ की लकड़ी के धुएँ से बदन में बदबू गयी थी।

"इकन्नी ले गया...वाक्य पूरा भी नहीं हुआ। जीवा ने काटकर एकदम पूछा, "इकन्नी ले गया? क्यों।"

"यों कि किसी ने ताजमहल की साँचे में बनी पत्थर की नकल किसी को बेच दी। इनको पैसा कमाने का जरिया हो गया।" वह मुस्कराया।

"बाबू पैसा-पैसा कमाता है। आदमी की अब कोई पूछ नहीं," जीवा ने झटके से कहा और अपना पोपला लम्बा-सा मुँह कुत्ते की तरह उठाकर बोला—"इनमें एक बार छपा था कि एक औरत के दो बछड़े पैदा हुए। थी। चंडूखाने की खबर। बखत की बात है..."

वह हँसा। नीचे के दो दाँत कटे खेत के शेष ठूँठों की तरह दिखायी दिये और फिर भाँग के इन्तजाम में लग गया। अब उसे याद आने लगी। उसकी भाँग मामूली नहीं होती थी। जो कोई पी ले तो सात कलामंडी खा जाये। लेकिन वह जहरी हो गया था। उनके बारे में मशहूर था कि एक बार उसे एक बिच्छू ने काटा और स्वयं मर गया।

और काश्मीर की वह ठंडी रातें उसकी आँखों के सामने से गुजर गयीं। वह जवानी के दिन। और तब उसका छोटा भाई बच्चा था। उसने उसे गोद में खिलाया था। आज वह दिन आ गया है कि दोनों अलग रहते हैं। वह और बात है। काले सिर वाली चीजें साथ नहीं रह सकतीं। पर भगवान ने भी कैसा चक्कर बनाया है कि उसके बिना कोई काम नहीं चलता। छोटेलाल बड़ेलाल पानवालों का पर देखो। मिल के रहते हैं। कभी झगड़ा नहीं हुआ।

और उजड़े यौवन वाली यह कहारिन सामने से घुसी। मन्दिर में उसे देखकर बाबा मुस्कराया। थी कहारिन पर लगती थी खटकिन। कुएँ का पानी भरकर लायी थी कि महादेव जी पर चढ़ाकर लौट चली। जीवा ने टेढ़ी आँख से उसे देखा और जोर-जोर से बोल उठा—"महादेव की जड़ी, जिसके भाँग में पड़ी।"

और भी न जाने कुछ कहा, जो था तुकबन्दी में, पर वह उतना ही अशिव

था जितने शिव जी के गुण हुआ करते थे। व्यंग्य था कि अब भक्ति भी सूझ रही है; बात यही कि जब रास हुआ था तब वह कहारिन दो रोज के लिए गायब हो गयी थी। अब इसे किसी ने रख लिया था। जब उसकी बहू ने इसे देखकर आँखें चढ़ायीं तो हँसकर कहारिन की तरफ दिखाकर कहा, 'क्या बात है? बुरी है कि कानी है। तेरे रहते ले आया यही न तेरे गुस्से का कारण है? तो लुगाई तो यह हुई नहीं। सो तो तू है। यह बेचारी गरीबनी है, खा लेगी, पड़ी रहेगी। तुझे भी तो एक टहलनी की जरूरत थी।'

अब कालेज के लड़कों के लिए हास्टेल के मेस में खाना पकाने वाला सफेद बालों वाला तनसुख बूढ़ा कहने लगा—"पहले यह सड़क पक्की थी, यहाँ सब जंगल था। पहले यहाँ भड़भूँजे, गड़रिये और घोसी रहते थे। दलालों ने उनकी तमाम जमीन हथिया ली। अब उनके पास कुछ नहीं रहा पर फिर कॉलेज खुला। प्रोफेसर लोग, बाबू लोग आ बसे। अब यहाँ पहले की-सी बात नहीं रही। अब तो शहर के उस तरफ हलचल है यहाँ कारखाने खुले हैं। भरोस कहता था। मिल में चौकीदार हो गया है। कॉलेज की फिल्ड पे पहले बरफखाना था। यह नहीं कि हर कोली चमार अब बरफ खाता है। तब बात और थी। जाड़े में जमा के पाले में गाड़ दी। गर्मी में खादी तो जमी हुई रईसों के लिए..."

अतीत की वे कथाएँ अपने साथ एक वेदनात्मक ध्वनि लिये थीं, कभी उस कुम्हारिन का जिक्र होता, जिसकी चाँदी की अँगूठी निकालने के लिए जीवा कुएँ में उतरा था, पर वह आखिर में मुकर गयी, या कि फिर बोधी के घर के उस साँप का, जो कहता था कि धन ले लो, पहलोटा का बेटा बहू दे दो, सो किसी ने नहीं लिया। अनन्त-चौदस को अब भी आवाज सुनाई देती है या फिर फुलरिया के मेले पर जो पानी पड़ा था, सैकड़ों घर बह गये थे उसकी करुण कहानी। और भी जाने कितने सुख-दुःख, जन्म-जीवन-मृत्यु की वह आबाद कथाएँ गूँजती रहीं, पीपल खड़खड़ाता रहा। हवा की ठंडक अब भी नीचे आकर झपट्टा मारती और देह को सिहरा जाती।

कैलास के मेले से लाला लोग बगीचियों में छान-छानकर अब तौंद सामने रखे ताँगों में लौट रहे थे, निर्विरोध जीवन, जिसमें जीवन का हाहाकार मौत की-सी जिन्दगी में हाँफ रहा था। एक मध्यकालीन उदासी जिसमें जिन्दगी नयी हलचल से घबराती है, पीछे लौट जाना चाहती है और घटा झूल रही है जिसका रूप कभी नहीं घटता।

बाबा ने आकर खेम ठोंके। यह मस्ती की निशानी थी। उन कर्रे हाथों की चोट से वे बलिष्ठ जाँघें गूँज उठीं। उसको देखकर लगता था कि शक्ति का प्रतीक था। उसने बम-बम-बम की आवाज लगायी और फिर मन्दिर के दीपक को ठीक करने भीतर चला गया।

सारा संसार, घरों, दुकानों, खेतों, कारखानों में बँटा है। कितने आदमी हैं, कितनी जिन्दगानियाँ हैं। सबके सब परेशान हैं। पर बाबा को चिन्ता नहीं। वह वास्तव में आदमी नहीं है। यह सबसे अलग है। सुलफा, गाँजा, चरस पीने में कोई उसकी टक्कर नहीं ले सकता। जीवा को उस पर अत्यन्त भक्ति है। अक्सर वह यहाँ आता है और कभी नारियल, कभी कुछ भेंट करता है। जब से उसका नगर प्रसिद्ध मास्टर मर गया है। मास्टर का चेला है, कब्रों में नंगा बैठा रहता है घुटनों पर एक कम्बल डाले, उसमें वह बात कहाँ?

और वह बाबा सबके बीच में निर्विकार खड़ा है। सबसे अलग सबसे ऊपर भारतीय संस्कृति का आश्चर्य है कि वह सर्वोपरि स्थान पर है। अब वह स्वप्न की तरह अपना सम्मान खो देगा। उसकी बात में कभी-कभी जो यह झलक दे जाती है, वह जीवा का हृदय कचोट उठती है।

'छान, छान, किसी की न मान' का ऊँचा स्वर उठा और सबके हृदय को छूता हुआ बह गया।

और जीवा कहने लगा—"आज बाजार क्या गया आफत हो गयी।"

"क्यों ठाकुर," किसी ने पूछा, "क्या हो गया?"

"हुई क्या? आबकारी महकमे के दो आदमी भाँगवाले की तलाशी लेने आये थे। साला कम तोलता था। हाँ जी इसी मेंहगी छीज और डंडी हमारे ही खिलाफ जाये। गलती हो गयी। ऐलो, कम्बख्त, कभी तुझे ही खिलाफ पड़ी! कभी नहीं। सो देखते क्या हैं कि वे दोनों आदमी चलने लगे। क्या कही। निरबत लेली थी। हका भारी बड़ी यारी। भइया मेरे। दुनिया का काम चलता है यों ही। पर लाला की जात सात..."

अभी वह कुछ गाली देने वाले थे, क्योंकि उनके होंठ फड़क रहे थे। झट से लाला चौंके। बोले—"सभी थोड़े होवें हैं एक से।"

जीवा ने परिस्थिति को समझा। बोला—"सो किसने गधे-घोड़ों को एक संटी से हाँका मेरे लाला! पर बहुत लोग इकट्ठे हुए और उन दोनों को घेर लिया। डाँटा, डपटा, तब कहीं..."

अब बाकी हिस्से में किसी को दिलचस्पी नहीं रही थी। पीटा होगा। और क्या? कोई रिश्वत तो रुकेगी नहीं।

"जरा गरम कर लो" भोपा ने कहा, "सत आ जायेगा। हाँ।"

अन्तिम शब्द पर जोर दिया तो उसकी झोंक में जीवा उठ गये और धूनी की आग पर कटोरा रख दिया। गर्म हो जाने पर उँगली डाली। जरा ताप आने पर उँगली हटा ली। उफान आ गया। कटोरा लाल धारी के अँगोछे से अलग लाकर भँग धोते हुए कहने लगे—"क्या बतावें? जलन हो गयी है जलन। आदमी में अब ईर्सा हो

गयी है। कोई किसी की बढ़ती नहीं देख सकता। बड़े लोग हैं, वे भी पहले से नहीं रहे। बड़े-छोटे पहले भी थे पर पहले आदमी-आदमी से बात तो करता था। अब तो मुँह से कहते हैं सब बराबर हो, पर फरक बढ़ता जा रहा है, जिसका नाम आदमी की कहीं पूछ नहीं रही, जिसे देखो पैसे के पीछे कुत्ता बना घूमता है हद हो गयी...''

हठात् जीवा विकृत स्वर से चिल्ला उठा—''नाश जाये इसका, बेईमान कुत्ता सिव जी के घर में डाका डाल रहा है...जरा देखो, कैसा कुकरम हो रहा है...'' सपने देखा भाँग में चने का साग मिला हुआ था। उन्हें लगा, आज सचमुच सतयुग बीत गया था। धरम की टाँग टूट गयी थी क्योंकि वे अपने को भँग से भुलाये जो रखते थे उस पर भी मुनाफा लिया जाता था...।

('51 से पूर्व)

नर्स

मेरिया चुप बैठी रहती। मैं उन दिनों सेना की सेवा में गाने के लिए भेजा गया था। मेरे साथ एक इतालवी स्त्री थी, जिसकी माँ अँगरेज थी। कुछ दिन उसे सन्देह के कारण जेल में भी रखा गया, किन्तु जब उसके घर की तलाशी में ऐसा माल बरामद हुआ, जिससे यह प्रगट हुआ कि वह बहुत दिन से ही मुसोलिनी के विरुद्ध संगठन करने वाले मजदूरों के साथ थी और तभी भागकर इंग्लैंड में बस गयी थी, उसे छोड़ दिया गया। और विस्तार से सब बातों को बताने में मुझे काफी देर लगेगी। अतः मैं केवल यही कहकर अपनी असली बात पर आ जाना चाहता हूँ कि वह अपने नाच के बल पर मेरी साथिन हो गयी और मेरे साथ ही रहने लगी। उसके बाद हमने विवाह कर लिया! घूमते-घूमते काफी दिन बीत गये। मैं अपनी पत्नी को सदैव 'लिली' कहता और वह किसी भी दूसरे नाम को भुला देना चाहती थी।

उस दिन लिली के नृत्य के बाद एक स्त्री ने उसके दोनों हाथ पकड़कर कहा—"अद्भुत! बहुत सुन्दर। तुम्हारे नृत्य में संजीवन है। घायलों को भी तुम्हारे नृत्य की आवश्यकता है।" लिली ने मेरी ओर कनखियों से देखा और बच्चों की भाँति हँस उठी।

"आप?" स्त्री ने कहा। "मैं, हूँ अन्तरराष्ट्रीय रेडक्रास की नर्स। आप?"

"मेरे", लिली ने कहा, और हँस दी।

मेरिया ने कहा, "सुन्दर! जोड़ी बहुत सुन्दर है।" लिली की आँखें हठात् सतर्क हो गयीं, क्योंकि नर्सों का चरित्र से ही कुछ सन्देह से देखा जाता है। किन्तु मेरिया के शेष वाक्य, "बिल्कुल ऐसा ही मेरा एक भाई था, युद्ध में चला गया, सदा के लिए—" से बात दूसरी हो गयी। मृत्यु ने लिली को उसके समीप खींच लिया।

और मैंने देखा मेरिया चुप बैठी रहती। और उस निस्तब्धता में एक रहस्य की भावना-सी दिखायी देती, जिसको न समझकर लिली मेरी ओर देख उठती। एक दिन उसकी उत्सुकता इतनी बढ़ गयी कि वह एकदम पूछ बैठी। मेरिया ने सुना और अपने गम्भीर स्वर से कहा—"ऐसा क्यों सोचा तुमने लिली! बताओ। मैं? चुप तो

नहीं बैठती। न कोई खास बात ही है। केवल एक बात सोच रही थी।''

''हम भी तो सुनें'' लिली ने झटके से सोलहवीं सदी के उस प्राचीन नाटक को बन्द करके किताब मेज पर रखते हुए कहा, ''तुम तो प्रायः समस्त यूरोप देख चुकी हो। उफ! कैसा है तुम्हारा हृदय। भयंकर युद्ध भूमि में जाकर घायलों को देख-रेख करना, उन्हें उठा लाना...''

''लिली।'' मेरिया ने कहा, ''मौत कितनी भयानक है, इसको भी तुम कभी सोचती हो? यह जो सौन्दर्य है, शान्ति है, नृत्य है, कला है, प्रेम, जो कुछ भी है, इस जीवन के ही अनेक पहलू हैं। लेकिन जिन्दगी क्या किसी कबाड़िये की दुकान है जहाँ हर बीज सस्ते दामों पर तो मिले, पर किसी की बर्ती हुई उतरन हो? तुम शायद नहीं सोचती होंगी। मेरे एक मामा हिन्दुस्तान में सेना में काम करके लौटे थे। वे बताते थे कि अपना सब सामान जब वे नीलाम कर रहे थे, तब हिन्दुस्तान में लोग बड़ी इज्जत से उनके सामान को खरीद रहे थे, क्योंकि वह सब उनके लिए काफी कीमती था।

''मैं भूल गयी हूँ। उनके पास एक किताब थी, जिसे मैंने पढ़ा था। एक बहुत पुराने जमाने में कोई धर्मयुद्ध हुआ था। उसमें एक पुराने योद्धा ने अपने मरने की तरकीब भी बता दी थी। यह कई दिन तक तीरों के बिस्तर पर लेटा रहा और अन्त में परमात्मा का ध्यान करता-करता मर गया। वह अखंड ब्रह्मचारी था। उस लड़ाई में सेना सेना से लड़ती थी। जनता पर कोई हाथ नहीं उठाता था। अब तो वैसा नहीं होता।

''तुम कारण बता सकते हो? तब राजा अपने राजवंश के लिए लड़ते थे। अब राजा या कहो राज्य बाजारों के लिए लड़ते हैं। मुझे यह देखकर बहुत खेद होता है। बताओ। मेरा भाई मारा गया। किसके लिए! मृत्यु की भयानक छाया जहाँ खेला करती है, वहाँ मुझसे कहा गया है कि मैं जीवन का वरदान बनकर क्षमा करूँ। माफी किसकी माँगूँ पहले पाप तो कर लूँ। क्यों मारता है आदमी को आदमी और फिर क्यों भीख दी जाती है जिन्दगी की।

''जिस समय मैंने झुककर दवा गले के नीचे उतारी, उस हिन्दुस्तानी सिपाही ने मेरे हाथ पकड़ लिए और कहा—'मेम साहिब! अब नहीं सहा जाता।'

''मैंने देखा। मुख की विकराल आकृति पर रक्त की कमी एक डरावनापन लेकर छा गयी थी। लगता था जीवन की चमक उस पर से ऐसे चली गयी हो, जैसे पत्थरों से ठोकर खा-खाकर पुराने जूते की। मैं काँप उठी। मैंने कहा, 'तुम ठीक हो जाओगे। घबराओगे नहीं तुम बिल्कुल ठीक हो जाओगे।' मेरे शब्दों में कातर करुणा थी।

''किन्तु वह अविश्वास से बुड़बुड़ा उठा—'नहीं, अब मैं जीवित नहीं रहूँगा।

अब मैं नहीं बचूँगा। मैं मर जाऊँगा।'

''कितनी बड़ी बात कह गया था वह। यानी अब उसके लिए जो कुछ दिख रहा है, वह सब नहीं रहेगा। अब इन आँखों में से एक ऐसा अँधेरा इसके भीतर उतर जायेगा, जो इसको उस मिट्टी से मिला देगा जिस पर हम चलते हैं, जिसमें उजाला नहीं घुसता। कहाँ हुआ था इसका जन्म। कहाँ आकर दम तोड़ रहा है। यहाँ सब अनजाने हैं। कोई आँसू बहाने वाला तक नहीं।

''मैं दहल उठी।

''और वह कहता रहा—मैं कायर नहीं हूँ। मेम साहिब, मैंने बढ़कर हमला किया था...मैंने दुश्मनों के छक्के छुड़ा दिये...। थककर उसने फिर कहा—लेकिन सब बेकार हैं, वह...मैं गरीब था...मेरे घर के लोग भूखे थे। बीस मील पैदल चलकर गाँव से शहर...भर्ती हुआ था मैं...वर्दी मिली थी...खाना... अच्छा था...उस दिन से लोग मुझसे डरने लगे थे...नहीं मेम साहिब... नफरत करने लगे थे...।'

और वह कराह उठा।

''कोई नहीं, कोई नहीं...अँधेरा...अँधेरा छा रहा है मेम साहिब। उफ! माँ! मेरे बच्चे...उनकी माँ...अब भूखे मरेंगे...जमींदार तो उनकी जमीन छीन लेगा...कौन देखेगा उन्हें...मेरे बच्चे...मेरे दुधमुँहे बच्चे...भगवान....आह...' और फिर एक दर्दनाक आवाज गूँज उठी, घहरती हुई, भीषण लिली! वह कह रहा था...'भगवान...क्यों दिया यह दंड...।'

''लिली, मेरे कान बहरे हो गये थे, हृदय विक्षोभों से फट रहा था। वह व्यक्ति। क्या वह एक भेड़ की ही भाँति नहीं था, जिसने कुछ लोगों के पेट भरने के लिए अपनी जान को दाँव पर लगा दिया! किसके लिए लड़ा था वह? किसका गर्व करे? आज मनुष्य का अभिमान और राष्ट्र का गौरव क्या कभी इसकी लाश पर खड़ा हो सकेगा जो एक विदेशी के लिए कुत्ते की मौत मर रहा था! लाचार! हिन्दुस्तानी! क्या यह थी तेरी बहादुरी की कीमत?

''मैं देख रही थी। यह एक निस्सहाय बालक-सा मेरे हाथ पर पड़ा था मैं देख रही थी। किन्तु सिपाही दर्द से बेहोश हो चुका था।

''घड़ी अपनी रफ्तार से आगे बढ़ रही थी! मैंने उसे तकिये के सहारे लिटा दिया।

''दूर एक बिस्तर पर कोई जैसे अपनी बेहोशी जैसी नींद से जाग उठा। उसने भर्राये गले से कुछ कहा।

''हिन्दुस्तानी सिपाही बेहोश-सा पड़ा था।

''मैं अधिक नहीं ठहर सकी। जागे हुए सैनिक के समीप चली गयी। वह कराह उठा था—पानी...पानी...।

''पास जाकर मैंने उससे कहा ठहरो। घबराओ नहीं।

''और पानी पिलाकर कहा; डरो नहीं। मन न हारो। भगवान सबका भला करता है। वह पानी पीकर कुछ जैसे स्वस्थ हुआ। उसने कहा, नर्स! तुम बहुत अच्छी हो...

''उसने मेरे हाथ पर हाथ फेरा। मैं जानती हूँ, उसमें विलास नहीं था। किन्तु उसमें पौरुष का जाग्रत स्पर्श था...

''उसमें अभिमान था। दास्य की वह भावना नहीं थी इसमें। मानो मैं इस पर दया नहीं कर रही थी। उसे अपना गर्व था जो मेरे कर्तव्य से अपने को कम समझने से इनकार करता था।

''मुझे उस फ्रेंच लड़की की याद हो आयी जो सिआमी से होलोलूलू चली गयी थी, जो नर्स थी, और हर शाम को सिपाहियों के साथ शराब पीकर सिनेमा देखती और रात को बगीचे में उनके हाथ अपने-आपको बेचा करती। नितान्त वेश्या-सी। क्या यह सैनिक मुझे भी वैसा ही समझता है? सैनिक जो है। जीवन को दाँव पर लगाकर सोचता है कि संसार के सुखों को इसने त्याग दिया है, तभी उसे हर उचित-अनुचित का अधिकार है। क्योंकि इसको पैसे के अतिरिक्त और मिलेगा भी क्या। किन्तु इसका यह स्पर्श...

''घृणा से मेरा मन तिक्त हो गया। किन्तु फिर सोचा। मातृत्व की वह भावना, जो हिन्दुस्तानी सिपाही ने मेरे प्रति दिखायी थी, कितना गर्व हुआ था मेरे जीवन को उस समय। किन्तु छिन्न-भिन्न वह स्वप्न एकदम उज्ज्वल इसकी दृष्टि में मैं सेवा के धर्म से आलोकित नहीं हूँ। और वह फ्रेंच लड़की जो छलते सिपाहियों को स्वयं छेड़ती थी...कभी-कभी अधनंगी होकर 'बाल' में नाचती थी...मैं वह सब नहीं सोचना चाहती...

''मैंने उससे कहा; तुम निराश क्यों होते हो? बड़े-बड़े घायल भी ठीक हो जाते हैं। एक आया था जिसके पेट को गोलियों से छलनी कर दिया था। भगवान की दया से वह भी ठीक हो गया...

''ठीक है नर्स! भगवान की दया मुझ पर...नहीं होगी। उसी दिन समाप्त हो गयी थी वह दया, जब भयानक बमबारी में ग्लैंसगो में मेरी माँ मर गयी थी। माँ! ब्लिट्ज! उफ! बच्चे दहलकर रो रहे थे। बर्बर...जानवर...असभ्य...निहत्यों पर वार...'' सिपाही कराह उठा; 'लेकिन मैं मजबूर था। मुझे फौज में जबर्दस्ती दाखिल कर लिया गया। मैं जानता हूँ उस समय मुझे कायरता ने घेर लिया था मैंने सोचा था, क्यों लड़ूँ? क्या मिलेगा मुझे? क्या मुझसे पूछकर लड़ाई शुरू की गयी है? किन्तु माँ की लाश देखकर मेरी आँखें खुल गयीं। पीछे जाने का वक्त न था। इंग्लैंड पुकार रहा था! हथियार उठाने लायक अपने हर बच्चे को देश पुकार रहा था।...मैंने सुना...

मैं जलती आग में कूद पड़ा। जर्मनी के खूनी पाँव मेरे देश को नहीं रौंद सकेंगे ...और फिर उसने दृढ़ स्वर से कहा, इंग्लैंड ने कभी सिर नहीं झुकाया...वह कभी सिर नहीं झुकायेगा...इंग्लैंड कभी दास नहीं होगा...एक भी आदमी जब तक जिन्दा रहेगा...समुद्र की लहरों पर...शासन करने वाला इंग्लैंड...

''मैंने सुना। गर्व से मेरा वक्षःस्थल फूल उठा! यह मेरे देश का गौरव! तब मैंने उसके पौरुष से प्रभावित होकर उसके हाथ पर हाथ फेरा। यह व्यक्ति देश के लिए मर रहा था। इसे सारे सुखों की आवश्यकता थी।

''किन्तु फिर अन्तरराष्ट्रीय सेवा! मैं तो इन सबसे ऊँची हूँ। वह निरीह हिन्दुस्तानी...सभी सैनिक अपनी घिरती निर्बलता में कराह उठे—इंग्लैंड बच जायेगा. ..लेकिन मैं नहीं रहूँगा...नर्स...इंग्लैंड आजाद रहेगा...पर मैं नहीं बचूँगा...मेरा जीवन नष्ट हो गया है...मेरे बच्चे बिना बाप के हो जायेंगे...

''मैं सुन रही थी। राष्ट्र के गौरव में व्यक्त अपने को निस्सहाय क्यों अनुभव कर रहा था...

''साँझ हो गयी थी। बाहर बरफ गिरने लगी थी। मैं उठकर औरों को दवा देने लगी। घड़ी टनटना उठी देखा। बत्तियाँ जलने के पहले एक अजीब उदासी हवा पर फैल रही थी।

''अस्थायी अस्पताल में चारों ओर हल्की-हल्की कराहें उठ रही थीं। नर्सों, डॉक्टरों की हलचल हो रही थी। सब अपने-अपने काम में लग रहे थे। डॉक्टर मिले! देखकर मुस्कराये! और अपनी सारी हँसी हँसकर कहा; नर्स! दुनिया एक पहिये की भाँति घूम रही है। एक मिनट का विश्राम नहीं है! लगता है दो-चार दिन में सारी दुनिया के नौजवान खत्म हो जायेंगे!

''मैं आगे बढ़ रही थी! सुना! पीछे से किसी ने दबी आवाज से कहा; तब जवान औरतों की परेशानियाँ बहुत बढ़ जायेंगी...

"थकान से मैं चूर-चूर हो रही थी। इस वक्त भी यह मजाक...जिस देश में स्त्री अपने को पुरुष के विलास की वस्तु समझती है, वह पुरुष अपनी स्वाभाविकता खोकर लोलुप पशु हो जाता है! क्योंकि स्त्री इस बात की शर्म करती है कि वह स्त्री है जैसे स्त्री होना भी, माँ होना भी, कोई छिपाने लायक, झेंपने लायक बात है...पड़ते ही नींद आ गयी, सारा कोलाहल, सारी चिन्ता-परेशानी खो गयी! बड़ी गहरी थी वह नींद! यह बेहोशी! लोग कहते हैं मरने के बाद इन्सान को यह बेहोशी जगा देती है! पर मेरा जीवन!

''लिली! मैं उस समय बेहद थक गयी थी! सोच सकती हो! इधर मैं बेहोशी के सुख में सोयी हुई थी, इधर लोग दम तोड़ रहे थे। कहाँ मेरे पास चेतना कि मैं सोचती कि उनको एक-एक करके घर के चित्र याद आ रहे होंगे। बन्दूकों की

नालियों के बीच जिन्दगी गुजारने वाले।

"हठात् मुझे किसी ने जगा दिया।

"सो रही हो? भयानक लड़ाई हुई है। तैयार हो जाओ। मैदान में से लाशें उठानी हैं।"

"कहने वाला चला गया। मुझे अत्यन्त बुरा लगा। अभी तो सोयी थी, पर काम तो काम था। काश मैं भी किसी की पत्नी... घर पर रहती। जिस समय मैं तैयार होकर पहुँची, डॉक्टर तैयार खड़ा था। वह हँस रहा था। मुझे उस पर अचरज हुआ। यह अजीब आदमी था। मैंने उसे कभी उदास नहीं देखा।

"बैठो-बैठो।" ट्रकों पर सामान इत्यादि लेकर चढ़ गये। डॉक्टर मेरी ही गाड़ी पर चढ़ गया। उसने कहा, सोचती होगी वे लोग अच्छे होंगे, जो घर रहते होंगे। कारखानों, खेतों में काम करते होंगे...वह हँस रहा था।

"गाड़ियाँ चल पड़ीं। अँधेरे में उनकी रोशनी ने घूँसा मारा और भारी चक्के से रबड़ के दाँतों वाले पहिये एक घर्र-घर्र करते नदी को गुंजाते हुए बढ़ चले। मैं चुपचाप आकाश की ओर देखती खड़ी रही। अनजान है यह पृथ्वी, यह हवा, यह मिट्टी...या जीवन...

"युद्ध भूमि से कराहों की आवाज कर्कश होकर गूँज रही थी। मैं काँप उठी। युद्ध भूमि में लाशों में से जिन्दा लाशों को ढूँढ़ना—यह काम मैंने पहली बार आज प्रारम्भ किया था। लाशों का इन्तजाम किया था...पर यह न देखा था कि जिन्दा आदमी लाश किस तरह बनता है, किस तरह चलती हुई गाड़ी के अन्दर पंजर ढीले किये जाते हैं, किस तरह दोनों सूइयों की तरह उसकी आँखें शून्य की ओर फैल जाती हैं...

"मेरा हृदय हाहाकार कर उठा। मैंने अनुभव किया कि मैं बहुत भयानक सत्य के बीच खड़ी थी। अच्छे थे वह जंगली गीदड़, कुत्ते...भेड़िये जो इन पर टूटकर अपनी भूख मिटा लेने का इन्तजार कर रहे थे...

"क्या चाहता है जर्मनी? यही है संसार को सभ्य बनाने की योजना? कि लाशों के अम्बार पर उसकी विजय का कल्याण चिह्न बनकर स्वस्तिक चमका करे। मैं स्त्री हूँ। उस समय मन किया रो पड़ूँ।

"मैं लाशों पर बढ़ने लगी। किसी का बदन दो टूक होकर पड़ा था। किसी का हाथ कट गया था। किसी का पाँव जाँघ से अलग हो गया था। माँस के उन लोथड़ों में मैं आगे बढ़ रही थी। पाँव बार-बार डगमगा जाते थे। किसी के मृत शरीर पर पाँव पड़ते ही हृदय का काँप उठता था। लगता था जैसे आज घोर अपराध हो गया था...

"पर यह मांस जो जीवन बनकर चलता था आज टुकड़े-टुकड़े हो गया था.

..अब यह व्यर्थ था। अब यह किसी भी काम नहीं आ सकता क्योंकि इसमें से रक्त बाहर बह गया है...

"उजाले में देखा। एक व्यक्ति मुँह के बल पड़ा था। बड़ी दया आ गयी मुझे। न जाने किसकी आँखों का तारा था। कैसा कीचड़ में पड़ा था। अबोध-सा, निर्बल।

"मैंने उसे अपने सहारे उठाकर बिठा लिया। देखा वह एक जर्मन था। यह उसकी वर्दी से जाहिर हो रहा था।

"वह होश खो चुका था। बक रहा था...हिटलर भगवान है...जर्मनी का लोहा... संसार दास होगा। हमारी हुकूमत...कमीने रूसी...इन्हें कुचल दो...अँग्रेज दोगले हैं...उन्हें मिटा दो। उनका साम्राज्य छीन लो। जर्मन युवकों। सारा संसार तुम्हारा है। उन्होंने वादा किया था। हिटलर ने वादा किया है...हम सारे संसार के शासक होंगे...

"फिर कुछ रुककर वह कह उठा—

"संसार असभ्य रह जायेगा। मैं मर रहा हूँ। जर्मनी के बिना...फ्री...तुम्हें कितना सामान भिजवाया था, वह गाँव में लूटा था। गाँव में आग लगायी थी...बच्चों को कुचला था...अब वे बड़े होकर भी बदला नहीं ले सकेंगे,...और वह हँस पड़ा।

"क्रोध से मैंने उसे छोड़ दिया। बर्बर! पशु। मृत्यु के समय भी इसे अपने पापों का प्रायश्चित्त करने का ध्यान नहीं। पर फिर सोचा। इसके दिमाग का सूराख बन्द हो चुका है।

"अरे मैं फिर उसको गर्म-गर्म ब्रैंडी पिलाने लगी, जिससे हाथ-पाँव ढीले हो गये, और वह पृथ्वी पर लेट गया।

"लोग अब स्ट्रेचर लेकर उठाने लगे थे। मैंने सोचा कि आवाज देकर उनमें से किसी को बुलाऊँ।

"उसी समय मेरा ध्यान टूटा देखा। एक व्यक्ति धीरे-धीरे हिल रहा था। उसमें कुछ जान बाकी थी। मैंने सोचा, यह भी कोई जर्मन ही होगा।

"समीप जाकर उसके सिर को थपथपाया। सैनिक को कुछ भी ज्ञात नहीं हुआ। मैंने उसे सीधा किया और उठाया। फिर उसके मुख को देखा। वह बहुत घायल हो चुका था। उनकी आँखें बन्द थीं।

"शीत बहुत भयानक थी। मैंने उसको दूर से आते आलोक की किरणें जब फिर इधर आयीं, देखा वह रूसी था। इन लोगों की अभी-अभी यहाँ जीत हुई थी। बहुत से जर्मनी भाग गये थे। बहुत से कैद हो गये थे। उजाला इधर-उधर चलते आदमियों से कह रहा था।

"ब्रैंडी पीते ही उसे कुछ होश आया। एकबारगी उसके नयन खुले। पर अंग हिले-डुले नहीं। मुझे इस समय ऐसा लगा, जैसे बच्चों को, घायल चिड़िया के बच्चे के मुख पर पानी डालकर उसे चैतन्य होते देखकर एक सुख-सा होता है।

''उसने अधमुँही आँखों से देखा। जैसे उसके शरीर में अब कुछ शक्ति संचारित होने लगी थी। उसके होंठ हिले, पर कुछ भी कह नहीं सका।

''थोड़ी-सी ब्रेंडी और पिलायी। शक्ति काँपने लगी।

''एकदम उसने पूछा, 'कौन जीता?'

''मैंने धीरे से कहा, 'तुम।'

''वह कहने लगा, 'सच?'

''सच। बिल्कुल सच!'

''विभोर होकर जैसे सिर झुका गया।

''फिर वह अपने-आप कहने लगा, 'मुझे विश्वास था...मुझे मालूम था...वह नहीं जीत सकते...वह कभी नहीं जीत सकते...वे लुटेरे हैवान...वे मजदूरों को कुचल देंगे, वे सामन्तों को खड़ा कर देंगे, फिर हमारे खेतों में काँटे उगा करेंगे, जिन्हें लोग कभी न खा सकेंगे, भूखे मरें...गद्दार...पैदा होंगे, वे अपने लिए दूसरों को चूस लेंगे...

''मैंने देखा। उसके हृदय में कितनी श्रद्धा थी। अपनी ऐक्य की कितनी संगठित भावना थी। वह मरते-मरते भी चेतना की शक्ति थी। उसके वे शब्द जैसे दुनिया-भर के गुलाम और शोषित सुन रहे थे...

''और वह आधा बेहोश-सा, आधा चैतन्य, विभोर होकर कह रहा था—मेरी नयी दुनिया...मेरे खेत...सारा...गाँव...याद रखना...हम सब एक थे...हमारे खेत...वे लहलहाते खेत...वे फूलों से भरे बागीचे...वे हरे-भरे मैदान...ट्रैक्टर...वे साँझ से उठते शोर, वे सब के गाये हुए गीत...वे सम्मिलित नृत्य...

''मैं सोच रही थी...आजादी, गुरिल्ला युद्ध, संग्राम के दाँवपेंच, बहादुरी, जासूसी देशभक्ति, हमले, जीवन और मृत्यु...कहाँ, किस देश में नहीं है...सब में यही है। शक्ति की भूख कहाँ नहीं है? पर यह भेद कहाँ है? तनख्वाह ले कर तो सब लड़ सकते हैं।

''उसने फिर कहा, 'निकोलाला...मेरी निकोलाला। मैं तुम्हारे पास कभी नहीं लौटूँगा। पर तुम्हारा जीवन कभी कलुषित नहीं होगा...'

''वह फिर बेहोश हो गया था। मुझे याद आया। वह हिन्दुस्तानी बीवी के लिए रो रहा था। वह अँग्रेज भी उसी की इज्जत के लिए लड़ा था। वह जर्मन उसे लूट का सामान भेजता था। और यह व्यक्ति मौत की गोद में भी उसी भावुकता से उसे याद कर रहा था।

''एक क्षण को जैसे उसमें चेतना लौट आयी।

मैंने कहा—जर्मन हार गये।

''सच कहती हो! वह तो पहले ही से हार गये थे। जो पाप करता है उसकी

हार वहीं से शुरू हो जाती है...

"वह हँसा।"

"यही तो...मैं जानता हूँ। मेरा देश अपार है...उसे कोई पार नहीं कर सकता...उसका हर आदमी चट्टान है...वहाँ कोई गद्दार नहीं...मैं जानता हूँ...जर्मनी नहीं जीतेगा।

"मेरे यहाँ का बच्चा-बच्चा आजाद है, जर्रा-जर्रा आजाद है...न मर्द भिखारी है, न औरत वेश्या है...

"मैं किसान का बेटा हूँ...निकोलाला मैं अपनी मर्जी से आया था। हम किसी के गुलाम नहीं हो सकते...तुम्हारी आखें। जीवन के ऊष्ण स्पन्दन...वह जिन्दगी...मैं जा रहा हूँ...पर तुम तो रहना...

"मेरे घर...मेरी नयी दुनिया...कोई नहीं...कोई नहीं लूट सकता तुझे। मेरा देश रूस... बाइलोरशा, कोहकाफ, साइबेरिया...सब-के-सब लोग मेरे लोग मैं सबका...सब मेरी याद करेंगे...ओह! मैं कितना दुःखी हूँ...वे जागीरदार, वे पूँजीपति...कभी नहीं, जनता नहीं मिटेगी...मैं नहीं मिटूँगा...

"और उस अन्धकार की भीषण डाढ़े अट्टाहस कर उठीं और हमारी जलायी हुई बत्तियाँ ऐसी लगीं जैसे उन जबड़ों में चमकते हुए दाँत हों जो धरती को चबा जाना चाहते थे। लिली! मैं अजीब-सी पड़ गयी। मैंने चौंककर देखा। इस समय गाड़ियाँ चलने लगी थीं। सैनिक लोग स्ट्रेचर लिए हमारी ओर बढ़ते आ रहे थे। सैनिक मर चुका था।

"सच कहती हूँ लिली। बाकी सब मरे थे। सब वे मर गये थे। किन्तु यह एक आदमी नहीं था जो मर जाता। मुझे लगा यह खुशनुमा मौत थी। इस मौत के पीछे एक नयी दुनिया का ऐलान है...यह आदमी मरा है, तब इसके हृदय में जिन्दगी की तपिश है। इसकी मौत से कड़ी टूटती नहीं...बढ़ती है...

"और वह निकोलाला...वह इस मृत्यु को सुनकर फिर प्रतिज्ञा करेगी। उसका यौवन वहाँ शराब की बोतल नहीं होगा। उसका नारीत्व एक आदरणीय प्रेयसी का सुख है, जो चरम सीमा में मातृत्व का शाश्वत गौरव...

"मैंने देखा जनता जीवित थी...वह जीत रही थी...

"अब बर्फ धनी होकर गिर रही थी। रात का अँधेरा कड़कड़ाने लगा था। हवा कुछ गर्म-सी भभक थी। मैं बैठी प्रतीक्षा कर रही थी। उस युद्ध भूमि में घायलों के बीच में...जहाँ सैकड़ों योद्धा प्राचीन काल से लड़ते आये हैं, यहाँ सुन्दरियों के पीछे, धर्म के पीछे, साम्राज्यों के लिये, पैदल, घोड़ों पर, मोटर, टैंकों पर युद्ध हो चुके हैं...पर आज इन्सान ने इन्सानियत के लिए युद्ध किया है...

"और मैं सोचती हूँ कि जिनकी पृथ्वी स्वर्ग नहीं है, जहाँ आदमी जानवर है,

वहीं स्वर्ग की कल्पना छला करती है। मैं वह गाना सुनना चाहती हूँ जो बिथोवन ने गाया है...मौत का गाना...इस पुरानी दुनिया के ध्वंस में भी कितना सुख है...मैंने देखा...मौत जिन्दगी की राह पर झाड़ की तरह लगी थी, गलाजत मिटाने!...

मेरिया चुप हो गयी थी।

('51 से पूर्व)

अंगारे न बुझे

साँझ हो गयी थी। अब वह अँधेरा झूमता हुआ झुका आ रहा था। कहीं-कहीं गायों के रम्भाने की आवाज आती, या फिर नीच जातों के यहाँ से ढ़फ बजता हुआ सुनाई देता।

गाँव के घरों का धुआँ अब छप्परों से निकल-निकलकर धूल भरे रास्तों पर छाया-सी करता हुआ आसमान की ओर चल पड़ा। कहीं-कहीं धूल के स्थान पर हल्की-सी कीच भी हो गयी थी। नाला बहने लगा था। और पानी बरसने के बाद किले पर लाल छाया उजाला बनकर तैरने लगी! अनेक वर्षों का यह किला, जिसके खंडहरों में से मोटी-मोटी दीवारें झाँकती दिखाई देतीं। इस समय अत्यन्त स्वच्छ और सुन्दर प्रतीत हो रहा था।

उधर खंडहरों के पास जहाँ सरे साँभ उजाला रहते ही पुजारी गोपाल जी के मन्दिर का पट बन्द हो जाता था, क्योंकि चीते का खतरा बना रहता था, इमली के उसी भूतों वाले पेड़ की छाया में एक बड़े पत्थर के ऊपर, जहाँ से डूबते सूरज की अन्तिम किरणें अभी तक दिखायी देती थीं, मैना बैठी थी। वह युवती थी और उसे देखकर लगता था। वह कोई बसन्त का झूमता हुआ पेड़ है। ऋतु आने पर आदमी की जात भी एक बार लहलहाती है और हवा में अपनी गन्ध फैलाकर आप ही सतृष्ण नयनों से चारों ओर व्याकुल-सी ढूँढ़ा करती है!

बूढ़ा जाधव बैठा अपने लोहे के औजारों को एक किनारे लगा रहा था। लड़के खेत की दाईं तरफ के कुएँ पर नहा रहे थे और लड़कियाँ सिर पर घड़े धरे लौट रही थीं। जाधव ने मैना को देखा और सिर हिलाया।

गाड़ियों की चरर चूँ अब शान्त थी। यात्रा इस समय समाप्त हो चुकी थी। सूर्य डूब गया था। न जाने ऐसे ही चलते-चलते कितने दिन बीत गये हैं। सूर्य डूबने से सूर्य उगते तक एक स्थान पर रहते हैं, फिर जैसे भूमि व्यर्थ हो जाती है, वे आगे बढ़ जाते हैं। सब लोग ईंट-पत्थर जोड़कर चूल्हों की नकल बनाकर रोटी का प्रबन्ध करने लगे। गाड़ियों के पीछे अब धुआँ उठने लगा था। स्त्रियों की बातचीत का तीखा

स्वर उठ रहा था।

अधेड़ आयु का मंगा सुदृढ़ और बलिष्ठ व्यक्ति था। उसके घुटनों तक दुहरी धोती थी। हाथों में कड़े थे, गले में गंडा था। पाँवों में चमरौधा जूता। उसका स्याह रंग इस समय भी धुँधलके पर अलग दिखायी देता था।

और बंजारों की उस पुरानी धरती पर वह गीत उठता हुआ किले से टकराता और फिर कुएँ, खेत मैदान, सब पर झूमता। अनेक वर्षों से इस भूमि पर केवल बंजारे रहे हैं। कभी बिल्लोची, कभी नट, कभी कोई और, और आज यह लोहपीटा जाति के सुती देह के स्त्री-पुरुष, उसी धरती पर, उसी आकाश के नीचे, उन्हीं बबूलों के पास मोरों की कुहू सुनते हुए राजपूताने की पुरानी जिन्दगी में गाते विभोर हो उठे थे।

(2)

तब रात हो गयी थी, अब वह गहरी हो चली।

जाट चौधरी का उन्नद्ध पुत्र अपनी ऊँची सफेद घोड़ी पर निकल चला। उसकी पतली-पतली मूँछें तनी रहतीं। सिर पर ऊँचा साफा बाँधता और उसका प्रशस्त वक्षस्थल तथा सुदृढ़ मुजदंड देखकर एक कठोरता का आभास मिलता, जिसकी पुष्टि करने वाले उसके बड़े-बड़े काजर लगे नयन अपनी तीक्ष्ण दृष्टि से अचानक चारों ओर घूरा करते।

उस रात में टीले पर चाँद निकल आया था जो सूखे पेड़ के तने से कट गया था। नीचे उनकी हुई छाया सूनसान चाँदनी में हवा के झोंकों में काँप उठती थी, और वह भी इतनी धीरे कि जैसे सब पर एक जादू-सा छाया हुआ था।

तभी घोड़ी के रुकने का शब्द हुआ। फिर घोड़ी की पीठ पर किसी की आहट गूँज उठी और फिर वही एकान्त की स्वर साधना प्राचीन किले में से जैसे घुमड़-घुमड़कर चारों ओर फैलने लगी।

मैना गुनगुनाती हुई बैठी रही। आज मन कुछ उदास था। वह दूर-दूर तक फैली हुई उस चाँदनी को देखती और उसे 'मारवड़ी' की विरह व्यथा याद आने लगती।

हठात् वह चौंक पड़ी। धुँधली-सी एक पुरुषाकृति धीरे-धीरे टीले पर चढ़ती आ रही थी। मैना सन्नद्ध-सी बैठी रही। आगन्तुक समीप आकर रुक गया। मैना ने पहचाना। उसने कहा–"कुँवर जी तुम हो?"

जैसे इसके अतिरिक्त उसने कुछ भी कहना ठीक नहीं समझा। जैसे इतनी रात बीत जाने पर जो कुँवर सामने आ खड़ा हुआ है इस पर उसे अत्यन्त विस्मय हुआ है।

"हाँ मैं ही हूँ" कंचन ने उसके पत्थर पर पाँव रखते हुए झुककर कहा–और

फिर कोहनी घुटने पर टेककर क्षण-भर उस पर गाल रखकर मैना को घूरता रहा। मैना के हृदय में एक भय जाग उठा।

"चल न मेरे साथ" कंचन ने धीरे से कहा, "मैना, नीचे घोड़ी खड़ी है। उसी पर बैठकर। घोड़ी नहीं है हवा है हवा। बात की बात में ले उड़ चलेगी?"

और मैना हँस दी जैसे उसने कोई अत्यन्त कोमल बात सुनी थी, जैसे बालक ने हठीले स्वर में आज चाँद को माँग लिया था। एक बार उसने उसे भरे नयनों से देखा और फिर मुस्कराकर कहा—क्यों? घर बसाकर रहोगे?"

कंचन ने फूत्कार किया—"तेरे हिया नहीं है मैना, तू पत्थर है, पत्थर।" उसके होंठ काँप रहे थे।

"नहीं तुम मेरे साथ चलो।" मैना ने कहा—वह उठकर खड़ी हो गयी थी! उसने बढ़कर कंचन का हाथ पकड़ लिया और अनुरोध भरी दृष्टि से देखा। देखा जैसे आँखों से झल्ल उठने लगी। कंचन का शरीर सिहर उठा।

एक-एक करके उसके दिमाग में अनेक चित्र भागने लगे। पिता की मर्यादा, माँ की ममता। और कंचन ने देखा। सामने वह भव्य किला, दूर-दूर तक की परिचित हवा, वह घर, यह खेत, वह गायें-भैंसे, और फिर बचपन से लेकर अब तक के जीवन का सपना...सामने सिर्फ एक स्त्री...

उसने मन-ही-मन दोनों को तोला। माँ कहती है, चाँद-सी बहू लायेगी, सुनेगी तो क्या कहेगी और...

मैना अपलक निहारती रही, मौन, अधीर, सतृष्ण कुछ देर वह उसे घूरता रहा, और हठात् हाथ छुड़ाकर कह उठा—"तू पागल तो नहीं है। मैना?"

मैना तिक्त व्यंग्य से मुस्करा उठी।

फिर चिढ़कर उसने कहा—"गाँव की बनियों की छोरियों से भी तुझे अधिक पीली कर दूँगा हठीली, जब तेरी चुनरी की झालर में चाँदी के..."

मैना की दृष्टि से उलझकर बात खो गयी और वह अनबूझ-सा देखता रहा। कंचन मछली की तरह सिर्फ आटा देख रहा था। मैना शिकारी की तरह आटे के बहाने काँटा अटकाना चाहती थी। और मैना हँसी। उसने कहा, "कल जवाब दूँगी।"

और तब कंचन का पौरुप उस साँप की तरह फन उठाकर बैठ गया जो दफीना खोदते-खोदते अचानक तृष्णा के धन पर फुफकारते हुए मिल जाता है।

कंचन ने वेग से उठा लिया। और उसके होंठ फुँकार उठे—"कहे से लुगाई न आज तक मानी है, न मानेगी, एक बार जब मेरे घर पहुँच जायेगी तब देखता हूँ किसमें इतना जोर है कि वापिस ले आये।"

मैना को अच्छा लगा। किन्तु भय से वह फुसफुसा उठी, "यों नहीं...यों नहीं..."

कंचन अन्धा हो रहा था। तभी हवा पर हथौड़े की-सी चोट बहने लगी 'मैना

हो! मैना हो!'

अधेड़ आयु के मंगा का कर्कश स्वर गूँज रहा था।

"जल्दी चल" कंचन टीले के नीचे भागने लगा। मैना का प्रत्यक्ष विरोध धीरे-धीरे मन के आन्तरिक समर्पण में विवशता बनकर डूबने लगा। उसकी आँखों में भय की छाया फैल गयी।

तभी किसी बलिष्ठ हाथ ने कंचन को पकड़ लिया और इससे पहले कि वह सँभल सके उसे एक जोर का धक्का लगा। मैना छिटककर दूर गिरी और उसके मुख से हठात् निकला—"अरी मैया री।"

मंगा ने पशु की तरह कंचन को घूरा। कंचन क्रुद्ध था। भयभीत मैना उठकर वस्त्र सँभालने लगी। उसने देखा दोनों दो पागल भैसों की तरह दीर्घ श्वास छोड़ते हुए खड़े थे। वह भाग चली। कंचन हाथ फैलाकर उसके पीछे भागा, "मैना...मैना।" किन्तु तभी मंगा ने झपटकर वेग से धक्का दिया। कंचन उसी कर्रे हाथ की चोट से लुढ़क चला।

जब मंगा ने मुड़कर देखा मैना वहाँ नहीं थी।

(3)

आकाश से धीरे-धीरे सब तारे खो गये। नीला आवरण शुद्ध हो गया। ओट की बेला में नायब तहसीलदार के द्वार पर कंचन की घोड़ी ठहर गयी। हुक्के का पानी बदलने वाले अधेड़ नौकर ने उठकर जुहार की और इत्तला की। तब लौटकर उसने घोड़ी की लगाम कंचन के हाथ से ले ली, वह भीतर चला गया।

वे लोग काफी देर तक आपस में बातें करते रहे। इसी बीच नौकर ने पानी भर दिया। ढोरों को चारा डाल दिया। और बीच-बीच में कभी भंगिन, कभी मालिन से मजाक भी कर लिया। तीन बार हुक्का भी भरकर पहुँचा दिया किन्तु मालिक और कुँवर की बात का अन्त न हुआ।

दुपहर तक ठीक परिणाम निकल आया। जिस समय घोड़ी के सुमों की आवाज खो गयी, नौकर भीतर लौटकर आया। उसने देखा मालिक कंचन के जाने के बाद प्रसन्न थे। उसी दिन वे कंजर गिरफ्तार कर लिए गये जो निकट हो के मैदान में डेरा डाले हुए पड़े थे। लोहपीटों ने देखा और बूढ़ा जाधव अपनी आँखों से दूर से देखता रहा।

एक जवान लड़की बिछिया गिरफ्तार हुए पुरुषों के पीछे-पीछे चली गयी। मैगा देखती रही। सिपाही उससे बेहूदी बातें बक रहे थे और वह हँस रही थी।

दारोगा के यहाँ से जब वह लौटी मैना ने उसे रोका। देर तक प्रतीक्षा करते-करते वह अधीर हो गयी थी।

"कहाँ गयी थी?"

"दारोगा के पास।" उसने संक्षिप्त उत्तर दिया।

"दारोगा के पास?"

बिछिया हँस दी। उसने कहा—"क्या हुआ? अरे इतनी-सी बात थी। तेरी जगह मैं होती तो कभी की रानी बन गयी होती।"

दाह भरा वह स्वर कितना मादक था, कितना उन्मत्त, किन्तु जैसे उसमें यौवन की जघन्यता विस्फुरण कर रही थी। फूट रही थी। उसकी बात सुनकर वह सिहर उठी। उसने धीरे से कहा—"हम आजाद लोग हैं। कभी पिंजड़े में बन्द नहीं रह सकते। संसार सारा फैला हुआ है। हमारे मरद इस तरह अगर पकड़ लिए जायें तो औरतें इन सिपाहियों की बोटी-बोटी नोंच लें। कुत्ते गुलाम।"

किन्तु बिछिया ने उसके कन्धे पकड़कर कहा, "पगली तू क्या जाने? तेरे मुँह में कभी खून नहीं लगा?"

और फिर मैना के कानों में वह विषैला स्वर जो अनेक रहस्यों का अज्ञात प्रकटीकरण था, धीरे-धीरे आँचल खोलने लगा। बिछिया ने नयनों में छलछलाता उन्माद मैना की अतृप्ति को ठोकर मारने लगा। उसे पूर्णता की तृष्णा में बूढ़े जाधव की कठोर वाणी में कही गयी बातें, वह गौरव, यह मर्यादा झोंके खाने लगी। बिछिया ने कहा—"दारोगा कहता था। नायब तहसीलदार कहता था। सब छूट जायेंगे। अरी इसमें देर क्या है? सब वही करते हैं। तू चलेगी, बड़ा अच्छा है।"

और मैना को कंचन याद आने लगा। वही रूप, और उसने उस हवा के झोंके पर बहते हुए कहा—"मैं किसी को क्या जानूँ।"

"जानने में क्या कठिनाई है। पेट से तो कोई जानकर नहीं आता। सिर्फ कह, चलेगी। कह दे—हाँ।"

हाँ, वह नहीं कह सकी। लज्जा से सिर झुक गया। केवल पूछा—"कब? आज?"

बिछिया हँसी। उसने कहा, "अभी नहीं, कल..."

बिछिया चली गयी, किन्तु मैना का हाहाकार करता हृदय उसकी पग-ध्वनि से स्पन्दित होता रहा। उसे लगा आज वह बदल गयी थी। आज वह नहीं थी, जिसको कल तक किसी ने बाँध रखा था...

(4)

रात को जब बिछिया अपने डेरों में पहुँची उसने अपनी माँ से कहा—"जल्दी ही वे सब छूट जायेंगे।"

माँ समझ गयी। युवती पुत्री का दिन-भर अफसरों के बीच जाकर गायब रहना एक ऐसा ठोस कारण था कि उसी से सब उत्तर अपने-आप सुलझ गये।

“पर गिरफ्तार किया क्यों था? यहाँ तो अभी किसी ने हाथ भी नहीं फेंका।” माँ ने विस्मय से पूछा!

बिछिया हँस दी। उसने कहा—“कंचन है न चौधरी का बेटा उसकी नजर उस छोकरी पर पड़ गयी है। पर वह हाथ नहीं लगती। परसों मैं उसके पास गयी थी। मुझसे कहा उसे फँसवा दे। न हो तो ब्याह ही कर लूँगा। मैंने कहा मुझे मतलब। मुझसे ही न कर लो। वह रूठ गया। कल किसी ने उसे पीट दिया। सो आज हम पर हमला बोल दिया। जानता था बिछिया और कैसे भी नहीं दबेगी।”

उनकी सलाह होने लगी।

“फिर क्या हुआ!” माँ ने पूछा, “वह तैयार हुई है?”

“होगी नहीं” बिछिया ने गर्व से कहा—“है कौन जिसका सिर नहीं झुका?”

माँ ने देखा पुत्री अपने यौवन के गर्व में सब कुछ तुच्छ समझे बैठी थी। उसका हृदय संकुचित हो गया।

उधर वृद्ध जाधव सुना रहा था। बहुत दिन पहले लोहपीटों का राज्य था। वे क्षत्रिय थे। जब वे हार गये तो उन्होंने अपनी आजादी के लिए प्रतिज्ञा की कि वे कभी घर बनाकर नहीं रहेंगे। सदियाँ बीत गयीं, पीढ़ियाँ बीत गयीं, ऐसे ही गाड़ियों पर घूमते-फिरते हैं, बंजारों की तरह बोहार पीट-पीटकर पेट भरते हैं।

मैना सुनती रही, सुनती रही, वृद्ध कहता रहा—“आज तक हमारी जात के लोगों ने पुरखों की शान को निभाया है। आज तक वे कभी किसी छत के नीचे नहीं सोये। वे कभी बँधकर नहीं रहे। जिसका घर ही छिन गया, उसको फिर घर बनाकर किस तरह जीवन बिताने की बेशर्मी हो सकती है। हम चिड़ियों की तरह, हवा की तरह, आजाद हैं। हम कभी बँधकर नहीं रह सकते। जब तक फिर हमारा राज न बन जाये...”

और साँझ होने पर वह जब उठकर चली तब वह यही सोच रही थी क्या यह हो सकता है? क्या सचमुच हमारा फिर से राज हो सकता है? यदि हो गया तो वह रानी बनेगी। मन की यह कल्पना अत्यन्त सुखद थी जिसने उसके पाँवों में गति भर दी।

कुएँ पर बिछिया मिली जिसने बढ़कर उसके हाथों को थाम लिया। मैना का स्वप्न टूट गया। वह अपने को ऊँचा समझ रही थी। हठात् बिछिया को देखकर वह सकपका गयी। बिछिया ने अधमिंची आँखों से देखा, देखा मैना का भूला हुआ यौवन और उसने कहा—“घूमने चलेगी?”

वे दोनों चलने लगीं। मैना पर बिछिया का मनचला यौवन धीरे-धीरे छा लिया।

उसे अनुभव हुआ जैसे बिछिया जीवन को जानती है। और मैना उसके सामने नितान्त बालिका है। वह उसकी बातों को दिलचस्पी से सुनने लगी जिन्होंने मर्यादा का आवरण फाड़ दिया।

बिछिया ने कहा, "वह"।

और फिर जिस धड़कती गाथा ने धमनियों में जादू भरना प्रारम्भ किया उसकी ऊष्मा से रक्त की गति में एक उच्छृंखलता भरने लगी, जैसे तालाब ऊपर तक भरकर अब एकदम ऊपर आ जाना चाहता था, जैसे पत्तों पर फिसलती बूँदों ने एक बड़े जल-बिन्दु का आकार ग्रहण कर लिया था जो डबडबा रहा था। उस अपार पौरुष की कहानी सुनकर लगा मैना का श्वास रुक जायेगा। जैसे अमराई में से मेघों का मन्त्र गर्जन सुनकर मोरों की अधीर कुहूँ पुरवैया पर बार-बार झूम रही थी और मांसल जीवन की सुलगन अब चाँदनी की तरह गिरि, वन, नद, आकाश और पृथ्वी को एक कर देना चाहती थी, जिसमें अन्तर्दाह की करुण वंशी अपनी मुखर तान से सबको गुंजा दे, झंकृत कर उठे।

बावड़ी आ गयी थी। मैना भूली-भूली-सी बैठ गयी। बिछिया ने एक बार चारों ओर देखा जैसे किसी के आने की आशा थी। उस चार सौ बरस पुरानी बावड़ी के पत्थरों पर कूदकर उतरती हुई बिछिया की पगध्वनि नीरवता में ऐसी लग रही थी जैसे सूनापन आज यौवन बनकर तड़पने लगा था।

बात बढ़ चली थी। बिछिया ने हाथ पकड़कर कहा—"चल नहा लें।"

मैना आश्चर्य-सा करती उठ खड़ी हुई। मन करता था वह अपने जीवन की विलास की कथाएँ सुनाती चली जाये और मैना सुनती रहे। कैसी अद्भुत थी यह स्त्री जो अपने गहन-से-गहन, गूढ़ रहस्य को ऐसे लुटाती चली जा रही है जैसे कोयल अपनी कुहू...

जिस समय वे जल में पैठ रही थीं, मैना ने देखा बिछिया का उन्नत यौवन अपराजित था। सचमुच वह जाति उसे सुखी लगी जहाँ स्त्री यदि स्त्री है, तो पूर्ण स्त्री है, और पुरुष यदि पुरुष है तो भी पूर्ण रूप से पुरुष है। एक उसकी जाति है जिसमें कितने कठोर बन्धन हैं। आजाद तो असल में कंजर हैं, जिन्हें कोई मर्यादा नहीं, मस्त बेपरवाह...

वह हँस दी। मन कुछ कल्लोल करना चाहता था—बिछिया ने उसे तिरछी दृष्टि से देखा और चुभकी लगाकर जल में खो गयी। मैना भी उसके अनुकरण पर जल में गोता लगा गयी।

उस समय बावड़ी के ऊपर घोड़ी रुकने का शब्द हुआ। मैना चौंक उठी। उसने बिछिया की ओर भय से देखा। बिछिया जैसे निश्चिन्त थी। उसने अनबूझ बनकर कहा—"होगा कोई प्यासा।"

किन्तु प्यासे की आकृति देखकर मैना पुकार उठी, "कंचन!"

दीर्घकाय पुरुष ऊपर एक काली छाया बनकर खड़ा था। जिस समय दोनों भीगे वस्त्र पहनकर बाहर निकलीं कंचन ने बढ़कर मैना का हाथ पकड़ लिया। बिछिया "अरी मैया री" कहती हुई भाग चली।

मैना ने भयार्त नयनों से कंचन की ओर देखा जिसकी आँखें जल रही थीं और हाथ का बन्धन सुदृढ़ होता जा रहा था। देर तक वे एक-दूसरे को घूरते रहे। दूर-दूर तक का सुनसान इस समय तह पर तह जमती धुँधली छायाओं के चरण छूने लगा था। मैना ने देखा, चारों तरफ की घनी हरियाली के बीच उस बियाबान में कुछ उड़ते चमगादड़ों की फटफटाहट या फिर हवा की सनसन-सनसन...और कुछ नहीं, केवल कंचन के दीर्घ श्वास...।

कंचन ने उसे अपनी ओर खींच लिया। मैना विशक्त-सी हार गयी।

(5)

अधेड़ आयु का मंगा चारों ओर घूम रहा था। इस समय वह कुछ-कुछ थक चला था, किन्तु लौटकर जाने में भी कोई कल्याण नहीं था।

गाँव से लौटते ही उसने देखा आज कुछ विशेषता भी। सब अपना-अपना काम छोड़कर जाघव के समीप खड़े थे जिसकी क्रुद्ध आकृति पर एक निश्चय की भावना थी। मंगा को देखते ही जैसे आग भड़क उठी। साँझ से ही मैना गायब थी। इस समय तक उसे लौट आना चाहिए था। वृद्ध कह रहा था 'कहाँ चली गयी है मंगा?'

मंगा आगे बढ़ आया।

वृद्ध ने कहा–"ढूँढ़कर लाओ बेटा।"

मंगा की जब घूमते-घूमते काफी देर हो गयी और मैना का कहीं भी पता नहीं लगा तब वह निराश हो चला। शायद किसी के साथ निकल गयी। शायद कंजरों की ओर चली गयी हो। पाँव उठ चले। कंजरों के डेरों में उसने देखा एक युवती बैठी चाँदनी में ठर्रा पी रही थी। मंगा को सामने देखकर वह हँस दी जैसे वह उसे जानती थी।

उसका हृदय काँपने लगा। बिछिया ने हँसकर कहा, "कौन है? इधर आओ।"

मंगा आगे बढ़ा।

"बैठ जाओ। लो पियोगे? पियो।" बिछिया ने कुल्हड़ बढ़ा दिया।

वह बैठकर शराब पीने लगा। उस सुदृढ़ पशु जैसे मनुष्य में शराब की गर्मी फैलने लगी। बिछिया नशे में झूम रही थी। सारा पड़ाव मदहोश नदी में झूम रहा था। चूल्हे बुझ चुके थे केवल चाँदनी का धुँधलापन अब और धुँधला हो चला। बिछिया

मंगा पर सो चली थी और मंगा मटकी खाली कर रहा था।

आधी रात बीत गयी किन्तु वृद्ध जाधव के पास कोई भी नहीं पहुँचा। उसका हृदय आशंका से घिर चला। मंगा की प्रतीक्षा करते-करते वह ऊब गया। एक-एक करके कितने ही पल आँखों की ओट हो गये।

बैठे-बैठे वह देर तक बुदबुदाता रहा। सब सो रहे थे। यहाँ तक कि उसकी पत्नी, मैना की माँ भी सो गयी थी। केवल वही जाग रहा था, जैसे आँखों में नींद की छाया नहीं पड़ी, जैसे फैले हुए आकाश में पूरी साँझ बीत जाने पर भी एक भी पंछी पंख फैलाकर नहीं उड़ा।

और तब अँधेरे ही में चरस खिंचने की आवाज आने लगी। जाधव चौंक उठा। क्या आधी रात बीत चली। उधर जमींदारों की हवेली तक सुनसान खिंचा हुआ था। केवल कुछ गूजर रातोंरात अपना पानी देकर सुबह कुछ मजूरी करके कमा लेने का इन्तजाम कर रहे थे।

सब सो रहे थे। आकाश से पृथ्वी तक वही निर्मम निस्तब्धता जिसमें मनुष्य का हृदय आतुर होकर कसकने लगता है, चारों ओर कसक रहा था। विस्तृत होकर फैल रहा था। यहाँ तक कि बैल भी नीरव खड़े थे। इस समय उनका भी मुँह बन्द था। जैसे उनकी भी जुगाली बन्द थी। पेड़-पत्ते सब चुप थे। जब हवा उन्हें हिलाती थी तब भी जैसे करवटें मात्र लेते थे। जैसे चाँदनी में लहर उठाना उन्हें भी स्वीकृत नहीं था।

जाधव उठकर घूमने लगा और उसके सिर में एक भारीपन छा गया, जैसे आज तक जो नहीं हुआ क्या वह उसी के समय में उसी की छाया में होगा? क्या जाघव ही इस पाप का अधिकारी होगा? क्या आज पुरखों की शान धूल में मिल जायेगी?

किन्तु इसी समय उसका ध्यान टूटा। कोई आ रहा था।

अधीर स्वर से उसने पुकारा—''कौन है? कौन आ रहा है वहाँ?''

देखा मंगा सामने खड़ा था। वह शराब के नशे में चूर हो रहा था। वृद्ध को घृणा हुई। इसलिए नहीं कि वह नशे में था, बल्कि इसलिए कि उसने काम को काम नहीं समझा।

''कहाँ है?'' उसने ककर्श स्वर से पूछा।

उसने झूमते हुए कहा—''नहीं मिली।''

उस संक्षिप्त स्वर और अभिव्यक्ति को सुनकर वृद्ध को लगा जैसे वह बहुत ऊँचे से धड़ाम से गिर गया था! जैसे वह मर गया था। घृणा से उसने कहा—''कहीं नहीं मिली?''

''सारी दुनिया तो मैं ढूँढ़ नहीं सका।'' मंगा ने नम्र होकर उत्तर दिया। कुछ

देर वह पृथ्वी की ओर देखता रहा, पर जाधव को चुप देख वह सोने चला गया। और जाते ही उस पशुरूप मनुष्य को नींद आ गयी। उसके खर्राटों की भद्दी आवाज सुन जाधव का मन उबकाई लेने लगा। वह उसे नितान्त असत्य लग रहा था।

(6)

आकाश में शुक्रतारा अकेला रह गया था और नीरव शीतल निस्तब्धता में धीरे-धीरे अन्धकार के पत्थरों को पिघलता देख रहा था जो घास पर बूँद-बूँद कर जमते जा रहे थे। हवा अब ठंडी हो गयी थी। एक झिल्ली ओढ़कर आकाश अब निर्जनतम हो चुका था।

वृद्ध जाधव ने चौंककर देखा। सामने से कोई आ रहा था। नहीं। वह स्त्री थी। शायद मैना होगी। मन किया एक बार पुकार ले, किन्तु अभिमान ने रोक लिया। वह उसे नहीं बुलायेगा। रात बहुत कम बच रही है। कहाँ गयी थी यह? कहाँ रही रात-भर?

हाँ, वह मैना ही थी। कोई सन्देह नहीं। किन्तु इसके पाँव आज उसी स्फूर्ति और आत्मविश्वास से क्यों नहीं उठते? क्या आज यह उतनी उज्ज्वल नहीं रही जितनी इसे होना चाहिए था? मैना धीरे-धीरे चली आ रही थी।

वृद्ध आकर अपनी आग के पास बैठ गया। लोहे के औजार पास में बिखरे पड़े थे। वृद्ध के मुँह पर कभी-कभी लपट का उजाला चमक जाता।

भोर के आलोक में मैना उसके समीप आ गयी। उसने देखा और चुपचाप पास बैठ गयी। उसकी आँखों में प्रार्थना थी, भय था। वृद्ध देखकर मन-ही-मन प्रसन्न हुआ। तब तो इसमें अभी डर है। लड़की में यह डर देखकर उसको एक सान्त्वना हुई। अर्थात् अभी संसार में उसका अपना महत्व है।

''कहाँ गयी थी?'' उसने कठोर स्वर से पूछा। लड़की ने सिर झुका लिया जैसे भय से गला दबा लिया था। वृद्ध कोयले दहका रहा था और जो लकड़ी जलाकर बनाये गये थे। अब कई लोग जाग उठे थे। मैना चुपचाप सिर झुकाये बैठी रही, उसे कोई राह नहीं दिख रही थी। वृद्ध ने उसे कोई साधन, कोई माध्यम नहीं दिया था। वह वहीं बैठी रही।

वृद्ध अपने काम में लगा हुआ। लोहे की सलाखों को आग पर तप-तपाकर लाल करता था। फिर हथौड़ों से पीटता था। इसी प्रकार आधा घंटा बीत गया।

जब वृद्ध ने आँख उठाकर देखा, उसकी करुणा जागने लगी। बालिका पर इतना शासन काफी था। मन-ही-मन उसे दया आयी। उसने क्रुद्ध स्वर में ही कहा, ''सोती क्यों नहीं जाकर? थक गयी है? दूर चली गयी थी? कहकर नहीं जाना था? कोई साथ नहीं ले जा सकती थी? एकदम सब कुछ तू ही हो गयी है?''

और अप्रत्यक्ष रूप में वह स्नेह अब उफनने लगा जिसके रुँध जाने से हृदय पत्थर की तरह कड़ा होकर छाती में अटक गया था।

मैना का साहस आसमान की तरह भय के बादलों के बीच में से झाँकने लगा था, किन्तु हठात् आसमान फिर ढँक गया। वृद्ध ने कठोरतम स्वर से गालियाँ देते हुए कहा, "खबरदार कल से कहीं गयी, टाँगे तोड़ दूँगा, सूअर की बच्ची?"

अपने-आपको गाली देकर भी वह सन्तुष्ट नहीं हुआ था। वृद्ध का मौन फिर घना हो गया था। हथौड़ों की चोट से कान बहरे होने लगते, फिर सन्नाटा छा जाता, अंगारे दहक उठते, लेकिन मैना बैठी थी। बुद्ध फिर लोहा गरम करने लगा। जब वह लाल हो जाता तब फिर उसे पीट-पीटकर आकार देने लगता। प्रभात की नीरवता टूक-टूक होने लगी।

आधा घंटा और बीत गया। मैना अभी तक बैठी थी। चौंककर वृद्ध जाधव ने पूछा, "क्यों बैठी है?"

"मैं कुछ कहना चाहती हूँ" उसने काँपते होंठों में से शब्दों को फिसलते हुए रोका, जैसे वे काई पर से गुजर रहे थे। "मैं ब्याह करना चाहती हूँ। आज से मैं तुम सबको छोड़ दूँगी। मैंने अपना मरद चुन लिया है।"

जाधव जैसे ठीक से सुन नहीं पाया। ब्याह का शब्द कानों में पड़ा अवश्य पर वह भी निश्चयात्मक रूप से नहीं। या जो उसने सुना था वह स्वप्न मात्र था, केवल उसकी अपनी कल्पना थी।

उसने पुकारकर कहा—"मंगा ओ मंगा।" किसी ने कहा 'सो' रहा है।

"जगा दे। और तू भी आ जा। सब आ जाओ।" मंगा जगाकर भेजा गया। कई युवक-युवतियाँ आकर इकट्ठे हो गये। उन सबके मुखों पर एक आश्चर्य था। मंगा की आँखें अभी पूरी तरह से नहीं खुली थीं। वह मुँह बाये देख रहा था।

वृद्ध ने कहा, "अब बता तो। क्या कहती थी? सबके सामने दुहरा तो।"

उसे विश्वास था, मैना सब के बीच में कुछ नहीं कह सकेगी।

किन्तु मैना कहने लगी—"मैंने तय किया है कि मैं ब्याह करूँगी। मैंने एक आदमी पा लिया है। रोज-रोज आधा पेट नंगी नहीं रह सकती मैं।"

वृद्ध ने सुना जैसे किसी ने कानों में गर्म सीसा डाल दिया।

"क्या बकती है?" एक बुढ़िया ने कहा। मैना तड़प उठी—"धर रखो तुम अपनी मरजाद। भूखे मरते हैं, पर मरजाद नहीं छोड़ते। हमें नहीं रखनी है ऐसी शान। तुम्हें रखनी है, तुम निभाओ दूसरों की जिन्दगी क्यों बिगाड़ते हो? गेहूँ के साथ घुन पिसे यह कहाँ का न्याय है? मैं तो नहीं रहूँगी।"

"तो तू घर बसाकर रहेगी?" बुढ़िया ने फिर पूछा।

"नहीं तो क्या वन-वन डोलूँगी? मुझसे नहीं होता यह सब। मैं तो अब गयी

हूँ। तुम्हारी किस्मत में नहीं था, तो क्या करूँ! मेरा भाग्य तो अभी इतना नहीं फूटा।''

जाधव क्रोध से काँप रहा था। उसका हृदय विक्षोभ से फट जाना चाहता था। जिस गाड़ी के पहिये को उसने इसलिए बनाया था कि वह उसको राह पार करायेगा, वही अब दलदल में फँस गया था और किसी भी प्रकार आगे नहीं बढ़ना चाहता। और वह भी उसकी खास बेटी। क्या यह इसी दिन के लिए पाली गयी थी। हठात् जाधव तड़पकर उठ खड़ा हुआ। सब काँप उठे। मंगा की ओर उसका हाथ उठा। ''पकड़ सुसरी को'' उसने चिल्लाकर कहा।

मंगा ने निर्मम पशु की भाँति चिल्लाती हुई मैना को पकड़कर दबोच लिया। उस अतिकाय की भीम शक्ति से संघर्ष निष्फल था।

वृद्ध जाधव के दोनों हाथों में लोहे के लाल तपे हुए सलाख दिखायी दिये, जैसे उसने दो भयानक खूनी साँप उठा लिए हो।

''तेरा भाग्य...'' उसके होंठ फुँकार उठे। मैना के नयन भय से फैल गये और सचमुच उसके गालों को उस गर्म लोहे से दाग दिया। मैना चिल्लाकर बेहोश हो गयी।

(7)

जब उसकी आँख खुली उसने देना माँ की गोद में उसका सिर रखा है। गालों में जलन हो रही है यद्यपि घावों पर कुछ लेप कर दिया गया है। माँ कभी-कभी उसके सिर पर स्नेह से हाथ फिरा देती है।

सब चलने की तैयारी में थे। मैना उठकर बैठ गयी। उसने धीरे से कहा—''सब चल रहे हैं माँ?''

माँ ने इस प्रश्न का उत्तर नहीं दिया। यह तो स्पष्ट था। स्नेह-सिक्स आतुर कंठ फूट पड़ा।

''कितना निरदयी है'' माँ ने कहा, ''तनिक न देखा कि मेरी फूल-सी बच्ची का क्या होगा? कितनी सुन्दर थी? पर अब क्या वह रूप लौटेगा?''

उसके आर्द्र कंठ में एक व्याकुलता थी जिसने मैना के हृदय को छू लिया। पिता की याद आते ही वह सिहर उठी। माँ रो रही थी। जैसे उसे अत्यन्त वेदना हो रही थी।

मैना आँखों में पानी भरे देखती रही। सब छूट जायेगा। जंगल-जंगल दर-दर फिर गाड़ियों पर बैठे-बैठे हम लोग भटकते फिरेंगे। जहाँ सूरज उगेगा वहीं से चल पड़ेंगे, जब डूबेगा वहीं रुक जायेंगे...

वह किला, वह टीले, कंचन...सब छूट जायेंगे। घर बनाने की मादक आशा फिर खंड-खंड होकर गिरने लगी। उसका मन भीतर-ही-भीतर काँपने लगा। क्या सचमुच अब वह चली जायेगी, परदेसी, मुसाफिर...

बावड़ी, पेड़ और बिछिया, सब छूट जायेंगी...और एक-एक करके ममता के वे बन्धन, गाती हुई हवा पर अपना सन्देश कह उठे। जिसे उसके अन्तर्मन ने सुना और वे अन्तःस्पन्दन की अनुभूतियों में, गहराइयों में उतर गये। वह इस तैयारी पर झुँझला उठी।

"मैया हम कभी घर नहीं बना सकते?" मैना ने निर्मल आँखों से देखते हुए पूछा। वह इस बात को नितान्त अत्याचार समझती थी कि उसे स्त्री का यह साधारण अधिकार भी नहीं दिया जाये। सारा संसार रहता है। वही नहीं रह सकती?

"नहीं बेटी, पुरखों की आन है..." माँ ने उसे स्नेह से समझाया।

"पर पुरखे तो मर गये माँ। अब क्या हम कभी राज कर सकेंगे?" उसने विनती की।

"सदा से ऐसा ही होता आया है। ऐसा ही होता जायेगा। ठहर मैं आती हूँ।" माँ उठकर चली गयी, पर मैना के मन ने इसे स्वीकार नहीं किया; माँ काम में लग गयी।

मैना, चुप हो गयी। माँ के चले जाने पर उसने गालों पर हाथ फेरा। रात! रात कितनी सुहानी थी। कैसी नशीली थी। पर सुबह...और जले हुए गालों पर हाथ रखते ही वह कराह उठी। आँखों में पानी छलक आया।

तभी देखा दूर टीने पर कंचन घोड़ी पर सवार दिखायी दिया। साथ में बिछिया खड़ी थी।

मैना का मन किया वह जोर से रो पड़े। कंचन को देखकर ममता उमड़ पड़ी। इधर-उधर सब काम में लगे हुए थे। बेखबर। वह धीरे से उठी। बिछिया को देखकर मन भीतर-ही-भीतर कचोट रहा था। तब? कंचन बावड़ी पर अचानक ही नहीं आया था। बिछिया ने जाल बिछाया था? तभी सब मैना के खिलाफ हो गये थे। बूढ़ा तभी क्रोध से पागल हो गया था। उसने दुनिया देखी है। वह जानता है। वर्ना वह क्या कभी इतना कठोर था? और बिछिया कंचन को क्यों जानती है? इन दोनों में कब की जान-पहचान है? और बिछिया जैसी औरत...।

बिछिया ने देखा और उसके मुँह से एक हल्की-सी चीख निकल गयी। उसने पास आकर कहा—"तेरे बाप ने किया है।"

मैना ने सिर हिलाकर स्वीकार किया। कंचन ने क्रोध से आकाश की ओर देखकर कहा—"मैं इसका बदला लेकर रहूँगा। पर अब तू तुरन्त घोड़ी पर बैठ जा। मेरे घर चल।"

मैना चुप खड़ी रही। निस्पन्द। निर्भ्रान्त। उसके हाथों ने दोनों गालों को ढँक लिया, जैसे उसे छिपा लेना चाहती थी। कंचन समझा।

"गालों से क्या हुआ मैना! तुझे अब भी रानी बना दूँगा," कंचन का स्वर काँप उठा, "मैं तुझे कभी नहीं छोड़ सकता।"

मैना को लगा वह सब झूठ था। बिछिया की आँखों की ललाई इसकी प्रत्यक्ष साक्षी दे रही थी। कंचन व्याकुल हो रहा था। मैना ने गम्भीरता से कहा—"बैयर कभी मन की नहीं कर पाती, कंचन। अब तुम मुझे घर भी ले जाओ तो तुम्हारे घर के लोग मुझे नहीं रहने देंगे। समझे? मैं कोई बेड़नी नहीं हूँ। मुझे छोड़कर बिछिया को ही रानी क्यों नहीं बना लेते? तुम्हारे यहाँ तो धूप, हवा, पानी और औरत को कभी छूत नहीं लगती।"

उसके लजाते स्वर में भयानक उपेक्षा थी। भीषण व्यंग्य था। कंचन का सिर झुक गया। बिछिया ऐसे खड़ी रही जैसे मैना एक बच्ची थी। उसने उसकी ओर देखकर केवल मुस्करा दिया। मैना का हृदय जल उठा।

"जाओ। रात तुम्हारे मन की हो तो गयी। कल कोई दूसरी ढूँढ़ना।" मैना ने फिर विष उगला। घोड़ी को मोड़कर हताश-सा सिर झुकाये कंचन चला गया। बिछिया क्षण-भर खड़ी रही। फिर एकाएक मैना की ओर मुँह बिचकाकर उसी के पीछे-पीछे चल पड़ी। मैना उन्हें देर तक देखती रही।

जब वह लौटकर आयी उसने देखा उसकी माँ जाधव के सामने खड़ी थी। वह रो रही थी। वृद्ध काँपते कंठ से कह रहा था—"मैंने उसे जिगर के टुकड़े की तरह पाला था। पर वह तो दुनिया को नहीं समझती। हम कोई कंजरों की तरह नहीं हैं। भूखा रहने पर भी शेर घास नहीं खाता मैना की माँ। पर इन हाथों ने ही बच्ची को जलाया था, इन्हें सजा मिलनी चाहिए थी। मेरे मन ने पाप नहीं किया, हाथों ने जरूर किया था...।"

बूढ़ा अपने हाथों को जलाये खड़ा था।—दाग दिया था। वृद्ध कहता रहा—"पुरखों की प्रतिज्ञा कभी झूठी नहीं होगी, कभी नहीं मिटेगी। आग, यह अंगारे कुछ भी नहीं हैं...इन्हीं में जो लोहा पिलाते हैं, हम उसे पीटकर ढालते हैं...

आगे बढ़कर फफक-फफककर रोती हुई, भरे कंठ से व्याकुल होकर मैना ने जाधव के पाँव पकड़ लिए और कह उठी—"दादा...।" वह हँस उठा। उसने चिल्लाकर कहा—"मैना की माँ! आज तक कभी भी यह अंगारे न बुझे, न आगे कभी बुझेंगे...।"

माँ की आँखें हर्ष से भीग गयी थीं, किन्तु मैना की आँखों में उसी गौरव, उसी मरजाद, उसी आन और शान के अंगारे जल उठे थे। वृद्ध का सिर अभिमान से ऊँचा उठ गया था...

('51 से पूर्व)

भय

साँझ हो गयी है, सूरज डूब गया है और आकाश से एक सूना-सा अन्धकार उतरता चला आ रहा है। गाँव के रास्ते अब सुनसान होने लगे हैं। मोरों की केका कभी-कभी सुनाई दे जाती है और उसके बाद सन्नाटा घनी उसाँस लेकर एक लम्बी अँगड़ाई लेता है और उसके अनन्तर तह-पर-तह जमता सूनापन धीरे-धीरे बरसता-सा लगता है और...

मुरली खाती ने अपनी आरी और अन्य औजारों को उठाकर रख दिया और एक बार ऊपर के अड्डे की ओर देखा। उस समय घरों से धुआँ उठ रहा था। एक उम्रदार औरत सिर पर घड़ा भरकर कुएँ से धीरे-धीरे लौट रही थी। उसने एक लम्बा कश खींचकर हुक्के को तनिक आगे सरका दिया फिर आकाश की ओर देखा...

दूर कोई ललकार उठा। फुलवारी में से फटफटाकर कुछ पक्षी उड़े। मुरली ने सुना कोई उत्तर में चिल्लाया। कान खड़े हो गये। इसके बाद कुछ लोग जोर-जोर से चिल्लाकर बातें करने लगे जिनका कुछ भी अर्थ स्पष्ट नहीं था। हाँ, शब्द से इतना अवश्य मालूम होता था कि यह लड़कों का हुड़दंग नहीं है। फिर चटाचट आवाज आयी। लाठियाँ बज रही थीं। मुरली उठकर खड़ा हो गया। एक बार मन किया दौड़कर बीच-बचाव करने जाये, फिर विचार आया, कोलियों का मुहल्ला उधर ही तो है। जरूर आपस में कहा-सुनी हुई है। जब वे ही लोग इकट्ठे नहीं हुए तो वह क्यों जाये? वह क्या कोई उनकी बिरादरी का है? न उनसे खान, न पान। फिर भी मनुष्य का हृदय था। उत्सुकता उसकी स्वाभाविक प्रवृत्ति थी।

कोई भयानक स्वर से चिल्लाया। किसी के ठठाकर हँसने का भीषण स्वर गूँज उठा।

'भागने मत दीजो पहलवान,'—हाँफते हुए किसी ने ललकारा।

'अरे ले गयी हरामजादी।'

'पकड़ से साली को। आज इसे भी दो कर दें। इसी की लगाई आग है।'

फिर लाठियाँ बजीं। एक हृदय हिला देने वाला स्त्री का करुण चीत्कार अन्धकार

में घिघियाकर बन्द हो गया।

उसके बाद लीजो-दीजो हुई और बहुत से स्वर उठने लगे। शायद भीड़ इकट्ठी हो गयी थी। औरत-मर्द और बीच में बच्चों का आवेश भरा स्वर। कुछ नहीं। मुरली ने आवाज दी—"कौन है रे?"

पड़ोस से बूढ़े सुखराम ने खाँसकर कहा—"क्या बात है?"

"लगता है फौजदारी हो गयी है।"

"देख तो क्या बात है।"—सुखराम ने कहा और फिर वह स्वर ऐसा निस्तब्ध हो गया जैसे बोलने वाला भी अन्धकार में एकदम डूब गया हो।

जिस समय मुरली ने देखा, रमल दयनीय मुख लिए सुबक रहा था और धूंपो चिल्ला-चिल्लाकर, रो-रोकर दुहाई दे रही थी। केवल तुरसी था जो गम्भीर बैठा था। लालटेन की धुँधली रोशनी में मुरली ने देखा बूढ़ा पतला-दुबला, सूखा-साखा खून से भीगा हुआ था। उसके सिर में काफी चोट आयी थी। तीन घाव लगे थे जिनसे समय बीत जाने के कारण खून अब गाढ़ा होकर धीरे-धीरे लीक पर इकट्ठा होता जा रहा था। बूढ़ा बिल्कुल निर्भय बैठा था।

चन्दन दर्जी ने आगे झुककर अपनी राय में बिल्कुल डॉक्टर की भाँति मुआयना किया और कह उठा—"उठ रे तुरसी! थोड़ा घूम ले।"

किन्तु धूपो के हाहाकार में स्वर लय हो गया। स्त्रियों की रायें पत्थरों की भाँति बरस रही थीं जिनका कोई अर्थ नहीं था। मुरली के हृदय में एक पसीज उठी और उसने तुरसी का कन्धा पकड़कर कहा—"तुरसी, सुनता नहीं है? रमल की अम्मा क्या कर रही है।"

एक अधेड़ स्त्री ने आगे बढ़कर कहा—"देखो, बिचारी के लट्ठ-ही-लट्ठ मारे हैं। डोकरी का सिर सूज गया है।"

मुरली ने देखा, धूपो की बाईं भौंह के ऊपर एक गुम्मड़ उछल आया था। बात का जैसा कहीं अन्त नहीं था। अँधेरा बढ़ता जा रहा है। निर्बाध कोलाहल की कर्कशता से मोरों का आर्त स्वर अब फुलवारी से निकलकर गाँव के कुत्तों को चुनौती दे चुका था। अनेक मर्द इकट्ठे हो गये थे जो तुरसी से बारी-बारी से तथा एक साथ सवाल पूछ रहे थे और वह चुपचाप सुन रहा था। उसकी आँखें ऐसी जल रही थीं जैसे खून से भीगा हुआ सूखे चमड़े वाला मटमैला गिद्ध घूर रहा हो। एक बार उसने रमल की ओर देखा और क्रुद्ध स्वर में कहा—"क्यों रोता है रे! कोई मर थोड़े ही गया है। है किसी में मजाल जो तेरा कोई कुछ कर सके?"

"छोटा है, दहशत खा गया है"—धूपो की चोट दिखाने वाली स्त्री ने कहा। तुरसी चुप हो गया।

धूप का क्रन्दन बढ़ता जा रहा था। किसी ने डाँटकर कहा—"क्यों हाय-हाय

करती है? सुनने क्यों नहीं देती, आखिर बात क्या हुई?''

तुरसी ने मुड़कर एक बार बुढ़िया की ओर देखा और उसके मुँह से जैसे बात फिसल गयी—''औरत है।''

स्वर में स्नेह था। अटूट शक्ति थी। बुढ़िया चिल्लाना बन्द करके आँखों के पानी को फरिया से पोंछने लगी जैसे अभी भी उसका जीवन सार्थक है, अभी भी उसका मरद मरद है, डरा नहीं है। आगे बढ़कर आँचल पसारकर कहा—''ऐ कोई देखन-सुननहार ही तो देखे! डोकरा का सिर फोड़ दिया है—बहू की धार बह रही है...''

फिर कंठ रुँध गया। बल लगाकर फिर बोल उठी—''कोई नहीं है हमारा गाँव में—मैं इस गाँव की बेटी लगती हूँ, आज तुम्हारे जीजा के सिर से लहू की धार बह रही है।...''

बूढ़ा तुरसी उठ खड़ा हुआ। एक बार उसने आकाश की ओर हाथ उठाकर कहा—''उसने देखा है, इसने देखा है। किसने नहीं देखा। जो पीछे हटेगा सो अपने बाप का पूत नहीं, इस अन्याव (अन्याय) का बदला लिए बिना नहीं छोड़ूँगा...''

सुबकने की आवाज बन्द हो गयी। पतला-दुबला रमल माँ-बाप के पास आ खड़ा हुआ था। लोग सुन रहे थे। निर्भय स्वर से बूढ़ा सारे गाँव को चुनौती दे रहा था। उसके स्वर में प्रतिशोध की आग धधक रही थी।

बात बढ़ने को थी, उसका घटना हर प्रकार से असम्भव था। धूपो ने घर में झाँककर देखा। धुँधला दीपक जल रहा था और डरी हुई रमल की बहू रतनी बैठी थी। उल्टे मुड़े हुए घुटनों पर उसका सिर रखा था और शायद वह चुपचाप रो रही थी। धूपो उसके पास चली गयी और थोड़ी देर उसे घूरती रही जैसे उसके पास वे कठोर शब्द है ही नहीं जिनके रतनी अपने-आपको योग्य साबित कर चुकी है। फिर उसने धीरे-धीरे द्वार की ओर अच्छी तरह देखकर और यह तय कर कि कोई निकट नहीं है कहा—''कुलच्छनी! तेरे पीहर में यही होता था? मैं तो पहले ही कहती थी कि तेरे गाँव में यही एक काम होता है।''

रतनी ने कुछ नहीं कहा। चुपचाप शायद रोती ही रही। सिर भी नहीं उठाया। वह जिसकी आशा में थी अब वही तो हो रहा था। बच्चा बीमार हो जाये तो सुश्रूषा-स्नेह के साथ क्या उसे डाँटा नहीं जाता कि इतना क्यों खा रहा है?

किन्तु धूपो इतने पर ही नहीं रुकी। उसने उसके कन्धे को झकझोरकर विषाक्त स्वर से झल्लाकर कहा—''तू जरूर उसे चमक दिखाती होगी झाम को। मैं तो उसी दिन खेत में उसे गाते हुए देखकर समझ गयी थी। पर मैंने कुछ कहा नहीं। घर

की बहू है तू, कल तेरे बूते बंस चलेगा और तू मेरी जगह लेगी सो तनिक न सोचा गया तुझसे?"

एक बार रतनी ने सिर उठाकर बुढ़िया की ओर दयनीय नेत्रों से देखकर कहा—"पर मैं क्या करती? वे तीन थे। दो ने मुझे जबरदस्ती पकड़कर मेरे मुँह में कपड़ा ठूँस दिया। मैं चिल्ला भी नहीं सकी। और तुमने देखा तो हल्ला क्यों किया? जब बचाने की ताकत न थी तो बेआबरू करके ही तुम्हें क्या मिल गया?"

और रतनी की आँखों के आँसू टप-टप करके टपक पड़े। वह जैसे अवरुद्ध हो उठी थी।

बुढ़िया इस अप्रत्याशित उत्तर से एकदम चौंक उठी। उसने फुफकारकर कहा—"तो तुझे यारों के साथ गुलछर्रे उड़ाने को छोड़ देती, तेरे गाँव में होता होगा ऐसा। नहीं होता हमारे। समझी? हमारे ऐसा नहीं होता। क्या समझी? हाय, परमात्मा सुन रहा है। क्या कह रही है? और तेरे मुँह में आग लगे..."

मन में आया कि रतनी को दौंचकर धर दे किन्तु बात खुल जाने के भय से विवश हो क्रोध से अपना सिर पीट लिया। यदि वह उस पर हाथ छोड़ती है तो अभी यह सारा गाँव चिल्ला-चिल्लाकर इकट्ठा कर लेगी और सो देखेगा जो जानेगा और थू करेगा। यह बात तो कैसे भी छिपानी ही होगी। किन्तु उसके शरीर की चोटें दुःख रही थीं। क्या करे वह? दीप काँप रहा था। अँधेरे पर जैसे उँगली हिलाकर कुछ मना कर रहा हो, ऐसा नहीं, ऐसा नहीं। परन्तु धूपो यह नहीं सोच सकी। उसके दिमाग में एक भयानक उथल-पुथल थी। उसने निराशा से ऊपर देखा जैसे भगवान से प्रार्थना कर रही हो, किन्तु भगवान इन कचहरियों से कभी का निकाला जा चुका है। बुढ़िया का कर्कश किन्तु धीमा स्वर फिर खिसकने लगा..."अब न हम इधर के रहे न उधर के। इस वक्त भी तो कुन्दन आया था?"

"आया था। मैंने द्वार नहीं खोला।"

"पर हमें तो खुला ही मिला था हरामजादी!"

रतनी रनरना उठी। मन में आया, प्रतिवाद कर उठे। किन्तु फिर सिर झुकाकर कहा, "शोरगुल सुनकर खोल दिया था।"

"खोल दिया था कि आ जा। अब क्या धरा है। जो इज्जत थी सो तो लुटा ही दी। बेटी, दूध कैसा ही हो, है तो दूध ही। गरम तन पर पड़ेगा तो जलायेगा ही।"

रतनी ने तड़पकर कहा—"तो इन्तजाम कर दिया होता पहले ही। मैं नहीं जाती थी खेत पर। तुम ही कहती थीं कि हाथ-पर-हाथ धर खा रही है..."

"तेरा सत्यानास हो जाय..." कुछ बेहूदी और अश्लील गालियाँ फूट निकलीं और क्रोध से बुढ़िया दाँत किचकिचाकर उठी। एक बार रतनी ने आग्नेय नेत्रों से

देखा। क्या है तो? डरती है वह किसी से? जिसमें उसका बस नहीं उसमें उसका क्या दोष। आँसू पोंछ लिये। फिर सिर उठा दिया। किन्तु अपराध की छाया अभी भी भीतर का संकोच बिल्कुल ही मिटा नहीं पाई थी।

रतनी खड़ी हो गयी। उसका यौवन उसके अंग-अंग की श्यामलता में झलक रहा था। उसने सिसकते हुए कहा—"तुम्हारे एक बेटी होती और उसके साथ ऐसा ही होता तो तुम उसे माफ न कर देती? हमारे गाँव के मरद ऐसे नहीं होते। तुम्हारे भैया ही ऐसे थे तो पहले ही कह देती।"

धूपो का हृदय आर्द्र वेदना से पसीज उठा। कुन्दन एक भयानक पिशाच के रूप में कल्पना में आ गया। आखिर रतनी करती भी तो क्या? कुन्दन तो रमल का दूर का मामा लगता था। उससे क्या ऐसी आशा थी। स्त्री के साथ बलात्कार की इस विभीषिका की कल्पना ने उसके स्त्रीत्व की करुणा को जगा दिया किन्तु संस्कारों ने कहा—"ऐसी स्त्री भी त्याज्य है, यह छिनाल है। और घृणा ने बढ़कर उसके पूर्वविश्वासों को बल दिया। उसके बेटे की ऐसी बहू? जगत धरेजा मर जाये तो...श्राध्य करती पर उसके पूत के गले में चक्की का ऐसा पाट डला रहेगा तो वह कितने दिन पानी से बाहर रहेगा। और फिर उसी के खानदान पर ऐसी कठोर बात कहने का दुस्साहस कर रही है यह लड़की? उसने कहा—"तो ऐसी ही रानी थी तो चली जाती किसी बामन-ठाकुर के सौत! यहाँ नहीं निभेगी ऐसी। कुलटा! हरामजादी, तेरी माँ करती होगी ऐसा..."

रतनी लहरकर खड़ी हो गयी और उसने तीखे स्वर से कहा—"अब मत कहना ऐसी बात।"

किन्तु धूपो क्रोध से पागल हो रही थी। उसने होंठ काटकर कहा—"निकल जा यहाँ से राँड..."

किन्तु वाक्य पूरा नहीं हो सका। कहते-कहते बीच में ही रुक गयी और अबद्ध-सी होकर कहने के साथ ही जीभ काट ली।

अपने पुत्र की मृत्यु की इच्छा कर रही है वह? वैसे तो न जाने कितनी बार यह शब्द कहा होगा किन्तु इस बार तो उसने जैसे वह शब्द एक भयानक सर्प बनाकर मुँह से निकाला था जो उसी के सुख-स्वर्ग को डस लेना चाहता था।

रतनी निर्भय खड़ी रही। उसने सिर उठाकर कहा—"तो धर रखो अपनी-अपनी गिरस्ती। मुझे नहीं रहना है। भगवान जानता है, मैं निरदोष थी और अब भी निरदोष हूँ। मैं नहीं डरती किसी से। ऐसे घर में नहीं रह सकती मैं। सब तरह की गुलामी कर सकती हूँ पर रहूँगी ब्याहता बन के। रखना था रखा, नहीं पटती तो जाती हूँ बाप के घर। मुँह दिया है तो खाने को न देगा...!"

इसी समय द्वार पर रमल दिखायी दिया। रतनी हाँफ रही थी। उसकी आँखों

में अपमान, विवशता, प्रतिशोध और दया की भीख सबको एक चुनौती ने दाब दिया था जैसे वह किसी से नहीं डरती।

''क्या हुआ?'' रमल ने सन्दिग्ध स्वर से पूछा।

''जा रही है बाप के घर।'' – बुढ़िया फुँकार उठी।

''जा रही है बाप के घर?''–रमल ने बात को धीरे-धीरे तोड़कर दुहराया, फिर बढ़कर कहा–''मैं नहीं रोकता। पर एक बात पूछता हूँ जवाब देगी?''

रतनी ने कुछ नहीं कहा। सिर झुक गया।

''पूछता हूँ,''–रमल ने आगे बढ़कर कहा–''इस घर में तू क्यों आयी थी? किस नाते आयी थी? फिर आज छोड़कर क्यों जा रही है? यही है तेरा ईमान?''

स्वर एक बार काँप उठा, ''औरत औरत को क्षमा नहीं करती, नहीं सुहाती।''

''मैंने तो कुछ नहीं कहा। और यह मेरी माँ है। दो बात तू नहीं सुन सकती?''

उस दिन ढोल-ताशे बजे थे। धरम ने उस दिन उसे पति दिया था। वही तो उसका कमेरा था, मालिक था। रतनी ने सुना; वह कह रहा है जो पूरी बिरादरी में हाथ पकड़कर लाया था। सारे गाँव में गीत गाये थे उस दिन। लुगाई का और क्या सुख है, क्या धरम है, क्या पुण्य है। दो ठोकर भी दे तो क्या, वह पाँव अपना ही नहीं है? क्या कहेगी दुनिया, जो चली जायेगी वह? फिर क्या सुख है उसे संसार में?

अभिमान अब भी आगे ठेलना चाहता था, वह जो सरलता से कभी सिर नहीं झुकाता। किन्तु दोनों ही पैरों ने आगे बढ़ने से जवाब दे दिया। रमल सामने खड़ा है। उसका भी तो कोई कुसूर नहीं। बदनामी हो रही है तभी तो उसे गुस्सा आया। फिर भी उसने कहा ही क्या है? आदमी कहाँ है वह? देवता है। और कोई होता तो दो लात देकर निकाल देता। पर क्षमा कर दिया है उसने।

मन कचोट उठा। आँखों की राह अभिमान का विष बह गया, वही जो शक्ति बनकर ताप की भाँति था। कटे पेड़ की भाँति वहीं गिर गयी और फूट-फूटकर रो उठी। कहाँ से लाती इतना साहस कि उसे ठोकर मार जाती?

रमल ने देखा और चुपचाप बाहर चला गया। धूपो ने एक दीर्घ निःश्वास लिया।

बाहर अभी भीड़ थी। अब सब अपनी-अपनी राय दे रहे थे। कुन्दन और उसके साथियों को सभी भला-बुरा कह रहे थे। अँधेरे में ऐसा कायर हमला किया और सो भी जब बाप-बेटा निहत्थे थे। रमल तो भाग गया किन्तु धूपो लाठी की चोट खा गयी। नामरद। औरत पर भी हाथ छोड़ते नहीं हिचकिचाये?

''रमल!''–तुरसी ने अचानक ही कहा।

पुत्र ने पिता की ओर देखा।

तुरसी ने कहा—"आज तैने वंश की नाक कटा दी। मर क्यों न गया पैदा होते ही कमीन!"—और दाँतों से जीभ काट ली। जैसे कुछ कहना चाहकर भी कहने में असमर्थ था। चारों ओर देखा, कोई जान तो नहीं गया। रमल ने सिर झुका लिया।

बूढ़ा क्रोध से काँप रहा था। उसने फिर कहा—"इसका बदला लेना होगा, समझा? साला होगा अपने घर। मैं नहीं किसी का जीजा, समझा? चक्की पिसाऊँगा, बेटा से चक्की।"

भूपो ने स्नेह से रक्त की ओर हाथ में कपड़ा लेकर इंगित किया—"अब ये पनाले चल रहे हैं, इन्हें तो रोको। राम-राम, सारी देही निचुड़ गयी। यह भी नहीं देखा कि बूढ़ा है।"

"हैं, हैं, क्या करती है। पुलिस में रपट करूँगा। वहाँ क्या दारोगा बिना खून देखे विश्वास कर लेगा?"

कितना कठोर सत्य था। बिना रक्त देखे वह कैसे विश्वास करेगा।

किन्तु तब तक ऐसे ही रक्त बहता रहेगा?

उठा हुआ हाथ झुक गया। तुरसी ने फिर कहा—"डागदरी (डॉक्टरी) मुआयना कराके तब पोंछूँगा इसे। घबराती क्यों है? मुफत में खून गिरा है तो मुफत ही छोड़ दूँगा बेटा को!"

वृद्ध की प्रतिहिंसा स्थिर पाषाण-सी हो गयी थी। वह अब न गाली दे रहा है, न उत्तेजित है। गुस्सा ठंडा होकर रगों में व्याप गया है। जिसमें रक्त से भी अधिक शक्ति है।

"सारा गाँव गवाही देगा,"—तुरसी ने विश्वास से कहा—"साँच को आँच क्या? पापी की खैर करे तो भगवान का नाम काहे का मैं नहीं छोड़ूँगा।"

वह उठ खड़ा हुआ। किसी में भी विरोध करने का साहस न था।

जिस समय वे दारोगा जी के पास पहुँचे सिपाही ने कहा—"कुन्दन आया था। दो सौ दे गया है?"

"दो सौ!" तुरसी ने भी लड़खड़ाती जबान से कहा।

सिपाही ने सिर हिला जता दिया।

"तो तीन सौ मैं दूँगा,"—तुरसी ने सिर उठाकर कहा। "भले ही लड़ाई की नफाई भी उठ जाये, वह" क्रोध के कारण अन्धा हो उठा था।

"मैं कहे देता हूँ।" सिपाही भीतर चला गया।

धूपो ने एक बार शंकित नयनों से देखा।

भीतर बुलाकर दारोगा ने गम्भीर स्वर में कहा—"सो तो ठीक है, जा डॉक्टरी मुआयना करा ले। कुछ लड़की-वड़की का किस्सा तो नहीं है?"

"नहीं हुजूर।"

किन्तु दारोगा घिसा हुआ था। उसने मुस्कराकर कहा—''तो फिर फौजदारी क्यों हुई?''

''हुजुर,''—तुरसी ने कहा—लड़ाई में कमा लिये हैं साले ने। गेहूँ पचाने को लोहे का पेट चाहिए।''

दारोगा जी बोले—''मामला बना दूँगा।'' और वे उठकर भीतर चले गये। तुरसी बैठा रहा। धूपो को इंगित किया। उसने धीरे से रमल से कहा—''बेटा, घर जाके रुपया ला। तुझे मालूम है कहाँ धरे हैं?''

किन्तु रमल में इतनी शक्ति कहाँ थी कि अकेला अँधेरे में घर तक आये। कौन जाने राह में ही कुन्दन के यार-दोस्त खड़े हों और अभी-अभी तो वे यहीं थे। यहीं कहीं छिपकर खड़े होंगे। धूपो किंकर्तव्यविमूढ़ हो गयी।

रमल ने सुना और वैसा ही बैठा रहा जैसे उसमें जीवन ही शेष नहीं रहा।

धूपो ने करम ठोंक लिया। एक ओर पति, दूसरी ओर पुत्र। दोनों की ही जान को खतरा था। किन्तु पुत्र के भय में पिता की उपेक्षा करने का कितना भारी साहस था। पुत्र वह खिलौना! और पति का स्नेह दब गया। वह तो मरद है।

और पिता को क्रोध और स्नेह ने अभिभूत कर दिया। स्नेह इसका कि पिता की छाया है तभी तो अपने को बालक समझता है। जानता है जब तक बाप है तब तक उसके ऊपर लोहे का हाथ है और क्रोध इसका कि कमबख्त ऐसा डरपोक है। लीजो हाथ में लाठी, फिर जुट जाये सारा गाँव एक तरफ, पर वह जवानी के दिन चले गये। लाचार उसने सिपाही की ओर देखा।

वह उठा। सिपाही को साथ लेकर पहले घर गया। पीछे-पीछे लालटेन लिये धूपो थी। बीच में रमल। घर जाकर उसने पाँच-पाँच के गिनकर साठ नोट सिपाही के हाथ में दिये और पैर पकड़ लिये। सिपाही के मुँह से कुन्दन के लिए गाली निकली!

''अब कुन्दन ज्यादा दे जाये तो?'' धूपो ने प्रश्न किया।

''जमादार हमारे हैं।''—तुरसी ने केवल इतना ही कहा।

डॉक्टर उस समय सो रहा था। जाकर जगाया गया।

उसने घाव देखा। एक घाव पूरे डेढ़ इंच का था। रक्त पोंछते ही दरार साफ दिखायी देने लगी।

डॉक्टर ने सुनाकर कहा—''कुन्दन! इतनी हिम्मत? सरकार का राज उठ गया क्या?''

वह हँसा। और पट्टी बाँधने लगा। वृद्ध वज्र की भाँति खड़ा रहा। अविचलित जैसे कुछ हुआ ही नहीं।

इसी समय नौकर ने इशारा किया।

डॉक्टर भीतर चला गया। नौकर ने धीरे से कहा—''डॉक्टर साहब, अभी वह

आया था। मैंने कह दिया, सो रहे हैं। मुझे क्या खबर थी, यह बात होगी। कहता था तुझे खुश कर दूँगा। हुजूर...।''

''कौन था? कहता क्यों नहीं?'' डॉक्टर ने झुँझलाकर कहा!

''कुन्दन था''—नौकर ने काँपते स्वर से कहा।

''कुन्दन,'' डॉक्टर ने कहा—''क्या कहता था?''

''जो माँगेंगे सो दूँगा।''

''अरे!'' डॉक्टर के मुँह से हठात् शब्द फूट निकला। कैसा सुनहला मौका हाथ आकर निकल गया। खरे दो सौ दे जाता। सारा मुकदमा उसी के हाथ में है। अगर वह रिपोर्ट में जरा-सी गड़बड़ी कर दे तो एड़ी-चोटी का जोर लगाकर भी तुरसी कुछ नहीं कर सकता। दबा हुआ है कुन्दन इस वक्त। इशारे की बात है। तो वह उसे टाल दे और कुन्दन को बुलवाकर एक बार उससे बातचीत तो कर ले। ईमान का सौदा है। उसने क्या सजा लायक काम नहीं किया?

किन्तु अन्तरात्मा एक बार क्रन्दन कर उठी।

तुरसी का जर्जर शरीर आँखों के सामने घूम गया। वह अकेला है, दरिद्र है। क्या वह इतने भयानक घाव को भी घाव नहीं लिखेगा? क्या उसकी प्रतिज्ञाएँ सब व्यर्थ हो जायेंगी? पाप का नतीजा कौन नहीं भोगता!

डॉक्टर ने स्थिर स्वर से नौकर से झुककर कहा—''जाकर कह दे, फीस दे, दस रुपये—ज्यादा लूँगा अच्छी मनचाही रिपोर्ट लिखा दूँगा। गरीब आदमी है। उसका क्या किसी को भी साथ नहीं देना चाहिए?'' नौकर चला गया। डॉक्टर अपने मन में प्रसन्न थे। नौकर तब तक सिपाही को समझा चुका था।

डॉक्टर लौट आया। उसने धूपो की सूजन पर अपने हाथ से टिंचर आयडिन लगायी और आश्वासन दिया कि गरीबों का संसार में ऐसा नहीं कि कोई हो ही नहीं। इतना बड़ा घाव तो उन्होंने बरसों से नहीं देखा था और सारा गाँव देखता रहा। किसी ने भी कुछ नहीं कहा। उधर सिपाही अपनी बात कह चुका था। तुरसी ने सुना और समझा। उसने चुपचाप स्वीकार कर लिया। जैसे सेर वैसे सवा सेर। लुट जाये, मगर कुन्दन की मस्ती झँझोड़कर निकाल दूँगा।

सिपाही ने हँसकर कहा—''घबरा मत। सब वापिस मिल जायेगा।''

तुरसी ने निर्विकार हृदय से अनुभव किया।

रात को सिपाही तुरसी के पर ही सो रहा। घर का एकमात्र मैचा (बड़ी खटिया) उसके लिए बिछा दिया गया था।

रात का तीसरा पहर ढल चुका था। आसमान में तारे अब फीके पड़ चले थे। हवा बाहर सनसना रही थी।

बूढ़ा बड़ी देर तक बैठा रहा। पट्टी सिर पर बँधी थी। धूपो ने खटोला डालकर

तुरसी को अपने सिर की कसम देकर लिटा दिया। अब सिर में दर्द होने लगा था। वृद्ध कराह उठा। रात के अन्धकार में उस एकान्त में जैसे पत्थर, वह जो अब तक कठोर पत्थर था, अब चटक उठा था।

रमल करवट बदलकर लेट रहा। सिपाही खर्राटे भरकर सो रहा। और तुरसी सोच रहा था, रिस-रिसकर जमा किये थे सो एकदम ही उठ गये जैसे वे उस खेत पर पहरा दे रहे थे जिसे जंगली सूअर खा चुके थे। भयानक बेचैनी। कौन जाने फिर कब हमला कर दे।

उस रात कोई नहीं सोया।

भोर हो चुकी थी। तीन दिन से तुरसी खाट से नहीं उठा था। सारी देह टूट रही थी। धूपो रात-दिन यहीं बैठी रहती। सारे गाँव में संवाद बिजली की भाँति फैल गया था किन्तु आपस में बहस करके भी सब अपना अज्ञान ही प्रकट करना चाहते थे कि वे दूसरों के विषय में कुछ भी नहीं जानते। उनकी राय में दूध का धुला कोई नहीं है और रमल की बहू के पीछे झगड़ा हुआ है, सब का यही अन्दाज था।

गाँव के पंडित जी और मास्टर साहब दोनों ही ने कुन्दन को सामने देखकर एक-दूसरे की ओर भेद-भरी आँखों से इंगित किया। वे सब जानते थे। फिर भी पूछा—"कैसे आया कुन्दन?"

कुन्दन पैर छूकर बैठ गया। पगड़ी उतारकर पाँवों पर रख दी और कह गया कि, "पहले दंगा शुरू करके जब तुरसी पिट गया तो पुलिस में जा रहा है। दारोगा जी उस पर मेहरबान हो गये हैं। महाराज, मैं तो कहीं का नहीं रहा।"

"देख भाई कुन्दन, दारोगा का मामला है इसमें"—पंडित जी ने स्वर लम्बा करके कहा—"हम बोलने वाले कौन?"

"तो महाराज, अब मेरा कौन है? मैं कहाँ जाऊँ? कहो तो गाँव छोड़ जाऊँ?"

पंडित जी पिघले। एक ओर भय था, दूसरी ओर ब्राह्मणत्व का अभिमान जिसमें से थोड़ा-सा, अपनी विद्या के बल पर छोटी-सी ही सही, अर्जित सम्मान प्राप्त कर, गाँव के मास्टर साहब ने बाँट लिया था।

उन्होंने मास्टर साहब की ओर देखा। दोनों ने फिर इंगित किये और पंडित जी ऋषि विश्वामित्र की भाँति अभय देकर कहा—"तो संझा को आज तय कर देंगे।"

जैसे जीवित ही त्रिशंकु को स्वर्ग पहुँचा देंगे।

शाम को जब गाँव के दस मुअज्जिज आदमी इकट्ठे हुए तब दोनों पक्ष आ गये। तुरसी की बातें उठी-उठी थीं। कभी कहता था, सारे गाँव के आगे पाँव पर पाग धर दे, माफ कर दूँगा।

जिसका जवाब लोग देते थे—साले की बहनोई के सामने क्या इज्जत। जब घर की बेटी ही ब्याह दी, जिसकी माँ ने पाँव पूज दिये उस घर का बेटा क्या पाँव छूने में हिचकिचायेगा?

तुरसी के आत्मसम्मान को भीतर-ही-भीतर सन्तोष होता। धूपो चुप बनी रहती। लोगों के सामने रोती कि जैसे बूढ़ा तुरसी तीन दिन तक निराहार खटाले पर पड़ा-पड़ा कराहता रहा और इस प्रकार उनकी करुणा की भीख पाने की अभिलाषा रखती। परन्तु गाँववाले इस कान से सुनते उससे निकाल देते।

"तुरसी,"—पंडित जी ने कहा।

"हाँ महाराज," तुरसी ने हाथ जोड़कर हाजिरी दी।

"हमने सुना है तुझसे कुन्दन का झगड़ा हो गया।"

"पूछ लो महाराज, यह क्या कोई दूर है?"—तुरसी ने ताना मारते हुए कहा।

"कुन्दन,"—पंडित जी ने मुड़कर कहा—"सुन रहा है?"

कुन्दन का सिर झुक गया।

"क्या कह रहा है तुरसी, सुना?"

कुन्दन ने सिर हिला दिया।

"हाँ" कहकर पंडित जी ने बढ़ावा देते हुए कहा—"बोलता क्यों नहीं है?" और कुन्दन की धीमी-सी हाँ सुनकर पंडित जी से फिर मुड़कर कहा—"हाँ भाई तुरसी, तो झगड़ा हुआ क्यों?"

तुरसी ने कुन्दन की ओर देखा। कुन्दन ने तुरसी की ओर। कुन्दन का हृदय उछल रहा था। क्या कहेगा तुरसी? चाकू खरबूजे पर गिरे या खरबूजा चाकू पर। मौत खरबूजे ही की है। इतनी बड़ी बदनामी की बात कह सकेगा तुरसी? और यदि नहीं कहेगा तो कहेगा क्या?

और तुरसी उसे ऐसे देख रहा था जैसे कच्चा ही चबा जायेगा।

"कौन जाने साहब,"—तुरसी ने अभिमान से कहा—"जाने कब की दुश्मनी निकली है। हमने तो कुछ कहा नहीं।"

यह बात न जमने वाली थी, न जमी। आखिर कोई तो वजह रही होगी। कुन्दन कैसा भी हो, पागल तो नहीं है।

मास्टर साहब ने मूँछों पर नीचे की ओर हाथ करते हुए कहा—"भाई यह भी कोई बात रही, आखिर तू कोई उसका गैर है, अरे तेरा तो वह साला है..."

तुरसी ने तड़पकर कहा—"मेरा नहीं है कोई साला, न बहनोई। हम तो इस गाँव में अकेले हैं। मैं तो जेल भिजवाकर रहूँगा। मुरव्वत तो उससे जो अपना हो, और जिसने घर में न रखी तो उससे कैसी रसम?"

उसके स्वर का संघर्ष व्यक्त था। एक लरज भी, एक जुम्बिश। पर हो तो

क्या? बात खतम होते-होते सुनने वाले ने एकदम कहा—"ऐसी क्या बात कही भाई तुरसी! एक गाँव में रहना है, एक जगह घर है। फिर भाई समझौता तो दोनों ओर से झुके का नाम है।"

पंडित जी ने हाथ फैलाकर कहा—कह दो मन की बात। यों बजती है यों, दोनों हाथ से..."

और उन्होंने ताली बजाकर दिखायी।

कुन्दन सिर झुकाकर मुसकराया।

"समझौता करोगे?" और उन्होंने कुन्दन की ओर देखकर कहा—"चोट तो तुरसी के लगी है। हरजाना तो तुझे देना ही होगा, चल धर दे इधर...।"

कुन्दन ने पैंतालीस रुपये पंडित जी के पैरों पर रख दिये।

"कितने हैं?"

"महाराज पाँच कम पचास।" पंडित जी के नयन फैल गये। तुरसी अडिग रहा।

मास्टर साहब अंग्रेजी भी थोड़ी ही पढ़ गये थे। जानते थे, कानून तब कानून बनता है जब उसके पीछे डंडे की मार होती है वरना भैया कहने से कभी कोई अपने-आप स्वीकार नहीं करता। समझदारी ही से काम लेना चाहिए। उन्होंने मूँछें थपथपाकर कहा—"पर मुकदमे को क्या तू आसान समझता है? बरसों की पिट जायेगी, बरसों की।"

पंडित जी ने सिर हिलाकर कहा—"तू नहीं जानता मुकदमेबा जी खेल नहीं होती। लड़ाई में कमाई की है तो उसे कल के काम के लिए बचाकर रख भाई। यह तो ऊँची जातों के काम हैं। बनिया हुए, बामन-ठाकुर हुए।" और मुड़कर कहा—"कभी कोलियों के भी मुकदमे सुने हैं भाई?"

उपस्थित समाज हँस उठा।

मुरली ने सिर हिलाकर कहा—"और क्या भइया। एक रात में कितने ही उठ गये होंगे। तेरे गवाह हैं?"

तुरसी ने आँखें तरेरकर कहा—"भगवान की सौगन्ध, सारे गाँव ने देखा। परमात्मा की गवाही सबसे बड़ी गवाही है। जो गाँव धरम ही छोड़ दे तो मैं भी सब छोड़ बैठूँगा।"

किन्तु इस बात का कोई प्रभाव नहीं पड़ा।

"हम तो भाई चाहते हैं, आपस का झगड़ा आपस में ही तय हो जाय। अब उसकी श्रद्धा ही इतनी है तो यही सही" और मास्टर साहब ने रुपये उठाकर धूपो की ओर फेंककर कहा—"समझौता तो होकर रहेगा। मानने की बात है भाई। सारा गाँव कह रहा है। दस भले आदमी इकट्ठे हुए हैं। क्या नाम, ऐसी कोई डकैती तो है ही नहीं। रही रुपये की बात, तो यह रहे पचास रुपये। अब देख तुरसी, तेरा

भी तो साला है...

किन्तु तुरसी सोच रहा था। क्या यही उसके अपमान का बदला है। कह कुछ सकता नहीं। सारे गाँव से दुश्मनी लेने का सवाल है। वह चुप हो रहा।

मास्टर साहब ने धूपो की ओर देखकर कहा—''तो बस उठा ले...''

धूपो ने तुरसी को देखा। उसने तो मना नहीं किया। रुपये उठा लिये। मास्टर साहब जानते थे कि किले का कौन-सा हिस्सा सबसे कमजोर है जिसे सबसे पहले तोड़ा जा सकता है।

किन्तु तुरसी गम्भीर बैठा था। सारी सभा अतृप्त थी। यह भी कोई फैसला हुआ? किन्तु कुन्दन ऐसे बैठा था जैसे सागर से मोती बीन लाया हो।

सन्तोष दोनों में से किसी को भी नहीं हुआ। अभी भी कुन्दन का भय दूर नहीं हुआ था। अभी भी तो तुरसी पुलिस का पासंग लेकर भारी हो रहा था।

साँझ हो चली थी। जाकर पंचों के पाँवों पर पाग धर दी और पंचायत इकट्ठी करने का न्यौता दे दिया। किन्तु न खुशामद की, न एक रुपया ही दिया। तुरसी की निर्बलता वह देख चुका था। बातें आवश्यकता से भी अधिक मीठी करके जिस समय वह लौटा, यारों ने दूधिया छानी।

धीरे-धीरे गाँव-भर में, बिरादरी में खबर फैल गयी। रात-भर औरतें दिमाग लड़ाती रहीं और रतनी का नाम ही उनकी जीभ पर नाच रहा था। बात ठीक थी पर सबूत न था और गन्दी बात सोच लेना क्या उनका अधिकार न था।

तुरसी करवट बदल रहा था। तरह-तरह के विचार आ रहे थे। रात में एक अजीब बेचैनी थी। यह कुन्दन ने एक नया खेल रचा था। जब गाँव की सभा ने एक बात कह दी तो फिर पंचायत कैसी? कुछ भी हो। बिरादरी का मामला है। पुलिस तो फिर भी अपनी ही है। केस तो फिर भी चलेगा ही। यहाँ न सही, बेटा को यहाँ देख लूँगा। जायेगा कहाँ?

और तुरसी को तीन सौ रुपये ऐसे दिखते जैसे हनुमान अपना शरीर बढ़ाकर लंका जलाने को पूँछ हिला रहे हों।

दिन दुपहरिया पंचायत बैठी। कुन्दन अपने दोस्तों और घरवालों के साथ एक ओर बैठा। दूसरी ओर धूपो, तुरसी और रमल तथा उसकी बहू। धीरे-धीरे सन्नाटा छा गया। काम शुरू हो गया।

पंचों ने किस्सा सुना। लोगों को सुना दिया गया। सरपंच ने, जब हुक्का घूम चुका तो गम्भीर स्वर से कहा—''पंच सुनें। अब हम कुन्दन से पूछते हैं कि तूने हमें क्यों तकलीफ दी?''

कुन्दन ने खड़े होकर झुककर कहा—''पंच भगवान का औतार है। झूठ नहीं कहूँगा। आपसी मार-पीट की बात थी। गाँव के बड़े आदमियों ने मामला तय करा दिया है पर जीजा का दिल अभी मेरी ओर से साफ नहीं हुआ है। इसी से बिरादरी की पंचायत इकट्ठी की है। हमारा एक घर है जिसे हमने बहिन ब्याह दी है वह क्या कोई गैर है? पर आपसी झगड़े कहाँ नहीं होते?''

''सब जगह होते हैं''—बूढ़ों ने सिर हिलाकर स्वीकार किया।

कुन्दन ने फिर कहा—''हमारी बेटी पराये घर में परायी हो जाये पर हम तो उसे अपनी समझते हैं। भांजा तो नहीं छुआ हमने क्यों?'' धूपो की ओर देखकर कहा—''बोल?''

धूपो ने सिर हिलाकर स्वीकार किया। स्त्री की इस मूर्खता पर तुरसी विक्षुब्ध हो उठा। उसने कहा—''पंचों की दुहाई है। औरत कम अकल होती है। उसे बहका-फुसला लेना बड़ी बात नहीं होती। भांजा, मैं पूछता हूँ, छोड़ दिया था कि भाग निकला।''

कुन्दन ने पैंतरा बदला। बोला—"जीजा का गुस्सा अभी बूढ़ा नहीं हुआ है।''

पंचों ने रायें मिलायीं। कुन्दन ठीक कहता है। उसकी आवाज में तनिक भी जोश नहीं है। तुरसी की तो धधक रही है अभी दिल में।

फिर पंचों ने पूछा—"बहिन को क्यों मारा?''

''बीच में आ गयी थी। तभी ध्यान आ गया कि राँड होगी तो बहिन ही। हाथ रोक दिया।''

''ठीक है, ठीक है''—सबने हाँ में हाँ मिलायी—''ऐसा हो सकता है।''

तुरसी ने ओठ क्रोध से काट लिया किन्तु क्या वह उस कठोर सत्य को खोले बिना अपनी बात पर लोगों को विश्वास दिला सकता है? कनखी से देखा। रतनी घूँघट खींचे सिर झुकाये बैठी थी। उसे फिर क्रोध और स्नेह दोनों ही आये। तुरसी बोल उठा—''पंच परमेश्वर हैं। जो कहेंगे तो सिर झुकाकर मानूँगा।''

बात अभी वह समाप्त भी नहीं कर पाया था कि किसी ने बीच में काटकर कहा—''मगर झगड़ा तो मर्दों में होता है। धूपो पर लाठी कैसे पड़ी? घर का द्वार बहू ने कैसे बन्द कर रखा था।''

''बन्द तो होता ही,'' तुरसी ने चमककर कहा—''घर में अकेली न थी? फिर सास से कहा-सुनी हो गयी होगी। सास-बहू के झगड़े कहाँ नहीं होते।''

''जगत की रीत है''—सबने कहा—''होते रहे हैं और होते रहेंगे?''

''तो''—तुरसी ने कहा—''कुन्दन से किसने कही थी कि भांजे की बहू का जिकर करता और सो भी पंचायत में। कैसे खबर पड़ी कि द्वार तब बन्द था कि खुला?''

कुन्दन के मुँह का रंग फीका हो गया था। उसने पूरब की ओर हाथ उठाकर

कहा—"गंगा मैया की सौगन्ध है। मैंने किसी से कुछ नहीं कहा। पर मुहल्ला जागता था। एक कान से सुनी बात दस जीभों पर डालती है। पंच कहें मैं कैसे जिम्मेदार हूँ।"

पंच खामोश रहे।

तुरसी ने पंचों की ओर दोनों हाथ उठाकर कहा—"पंच कहें। कुन्दन ने पैंतालीस रुपये दिये हैं सो क्या हरजाना ठीक है? पुलिस को मैंने रुपये दिये। कुन्दन ने भी दिये। पर दंगा शुरू किसने किया?"

सरपंच ने आँख चढ़ाकर सिर हिलाते हुए पूछा—"पर दंगा क्यों हुआ? तुझे कुन्दन ने क्यों मारा। कोई पागल तो वह था नहीं न?"

"मैं क्या जानूँ?" तुरसी ने सरल उत्तर दिया।

"तो वे रुपये कहाँ गये?" पंच ने फिर पूछा, "हाजिर करो।"

धूपो ने चालीस रुपये पंच के पास रख दिये।

गिनकर पंच ने कहा—"यह चालीस हैं। पंच से दगा नहीं होगी। बाकी के रुपये कहाँ हैं? क्यों बोलती क्यों नहीं?"

और धूपों के मुख पर स्याही छा गयी।

तुरसी ने तड़पकर कहा—"बोली क्यों नहीं? बिरादरी पूछ रही है।"

धूपो ने सिर झुकाकर कहा, "खरच हो गये।"

"खरच हो गये?"—तुरसी गरज उठा, "डायन! तूने मेरी नाक काट दी। दस दिन न रखे गये अलग? और न थे रुपये?"

उसका आज जीवन में सबसे भयानक अपमान हुआ था। क्या करे? औरत की जात ही ऐसी है।

धूपो ने सिर झुका लिया था। तभी किसी ओर से किसी ने आवाज दी। रमल उठकर चला गया।

पंच ने कहा—"इसका तो दंड भोगना पड़ेगा तुरसी। बहू को समझा दे।"

तुरसी का हृदय हाहाकार कर उठा।

कुन्दन के साथियों ने ताना मारा—"कमी तो पड़ ही जाती है। दारोगा जी को दे दिये होंगे। आखिर साले पर बिना वजह मुकदमा भी तो चलाना ही था।"

क्या कहे अब? कोई उत्तर? मन में आया वहीं मर जाये। किन्तु धूपो भी खड़ी रही और तुरसी भी सिर झुकाये खड़ा रहा।

"तुरसी"—पंच ने कहा—"कहता क्यों नहीं?"

तुरसी ने बायें हाथ से माथे की पट्टी सरका दी। लम्बा घाव देखकर सब में सहानुभूति फैल गयी। कुन्दन अपराधी है। तुरसी ने एक बार चारों ओर देखा—

"तुम जो कहो सो मुझे मंजूर है। मैं तो गुलाम हूँ"—उसने उन्मुक्त कंठ से कहा।

पंच प्रसन्न हुए। कुन्दन को अब पूरा विश्वास हो गया था। बा जी जीत ली

थी। तुरसी के मुँह पर ताला पड़ा था।

और कुन्दन उत्साह से अब मन-ही-मन प्रसन्न अपने मित्रों की ओर देखकर मुस्करा रहा था।

पंच ने कहा—"झगड़ा हुआ। तुरसी कहता है उसे कुन्दन ने बेवजह मारा। कुन्दन कहता है छोटी-सी बात थी, बातों में बढ़ गयी। मारपीट हुई। सुनने को तो यही ठीक लगता है। पर कुन्दन का भी तो कुछ कसूर रहा ही होगा। सजा उसे भी मिलनी चाहिए।"

सबने सुना, पंचों ने फिर मशविरा किया और चौधरी ने फिर कहा—"तुरसी मामले को पुलिस तक ले गया जिसमें दोनों के खूब खर्चे हुए। कुन्दन मामले को पंचों में लाया। तुरसी पर भी दंड धरना चाहिए।"

धूपों ने धीरे से कहा—"पर हमने क्या मना की है? पंचों का न्याय सिर-आँखों पर।"

बड़े-बूढ़ों ने प्रार्थना की—"फैसला सुना दिया जाय।"

"क्या होगा?" धूपो ने कातर स्वर से कहा। किन्तु तुरसी ने जैसे सुना ही नहीं।

वह ऐसे खड़ा था जैसे काठ की मूरत खड़ी कर दी हो। वह जो अब तक निर्भय था इस समय विवर्ण हो चुका था। सिर का लाल घाव ऐसा था जैसे माथे में तीसरी आँख हो—खूनी, जलती हुई। कुछ देर तक फिर परस्पर परामर्श होता रहा और तब सरपंच चौधरी ने कहा—"धूपो ने पाँच खरच किये, दस का दंड देगी; कुन्दन ने बूढ़े और औरत को मारा सो पचास रुपये दंड देगा और तुरसी मामले को पुलिस तक ले गया जिसमें दोनों का खरच हुआ सो तीस रुपये दंड भरेगा और पंचों का फैसला है कि मामला यहीं खत्म हुआ। आगे अपनी-अपनी भुगतान होगी जो हुक्म अदूली करेगा उसका हुक्का-पानी बन्द।"

अनोखा न्याय था!

धूपो के मुख का रंग उड़ गया। यह क्या हुआ? इस समय रमल ने आकर कहा—"अम्मा री, यहाँ पंचायत से क्या हुआ होगा? यह तो पुलिस केस है। अभी दारोगा को मुँहमाँगी रिश्वत देनी पड़ेगी, नहीं तो यह क्या छोड़ देगा। पंचायत का जोर हम पर चलेगा कि उस पर भी चलेगा?"

दुधारा चला। धूपो कातर स्वर से रो उठी—"हाय हम तो लुट गये।"

"वह भी होगा," तुरसी ने सिर उठाकर कहा—"वह भी मैं ही दूँगा। परमेसुर की ही जब यह मर्जी है तो ये ही सही। बिरादरी को तो रखनी ही होगी।"

रमल पुकार उठा—"यह तो अन्याय है..." किन्तु तुरसी को कोई आपत्ति न थी।

('51 से पूर्व)

आवाज घुटने लगी

अँधेरे में आवाज सुनाई दी। गुरदियाल बिस्तर पर लेटा सुन रहा था। बड़ी कशिश होती है दर्द की आवाज में, अगर वह किसी प्रिय के मुँह से सुनाई दे रही हो। वही मुख जिसके भीतर से खिलखिलाते हुए फूल झरते थे, आज उनसे यह घरघराती पीड़ा के टुकड़े घिस-घिसकर निकल रहे हैं, जैसे इस छोटे से कोमल शरीर से कोई पत्थर तोड़ रहा है दिल पर रखकर असह्य बिल्कुल असह्य...

गुरदियाल ने देखा दीवार पर सड़क के उस पार लगे बिजली के खम्भे से छूटकर आती रोशनी धीरे-धीरे आँखें टुमटुमा रही है।

वह थकान से चूर होकर पड़ा है। बड़ी मुश्किल से यह एक कमरा पैंतीस रुपये महीने पर मिला है। इसकी जरूरत की सब चीजें गुसलखाना इत्यादि सब पूरे घर के लिए एक ही है, आम है। उसे एक व्यक्ति को अपने सारे नये प्रगतिशील विचारों को ताक पर पर कर तीन सौ रुपये पगड़ी देने पड़े थे।

घोर अँधेरा एक-एक मिनट करके जमता जा रहा था, भागता जा रहा था, जैसे उसकी गति इस समय सब तरफ हो गयी थी। बाहर अभी कुछ शोर बाकी था। पत्नी की इस समय आँख लग गयी है। वह सो रही है। वरना जगी होती तो इस वक्त बक-बक करके कान खा गयी होती। किन्तु यह सन्नाटा भी वह अपने हृदय से स्वीकार नहीं करना चाहता।

पानी बरसने लगा था। अच्छा उसने सोचा जरा उमस तो कुछ कम हो जायेगी। इन्तहा गर्मी थी। मगर उसे भीतर सोने को मजबूर होना पड़ा। पत्नी को कौन देखेगा। मुन्नी अभी नीचे वाले बकस में जाकर खेल रही है। उसे क्या समझ कि माँ कितनी ज्यादा बीमार है। उससे तो कहा गया है कि माँ को कुत्ता काट गया है। अब वह बीमार हो गयी है। पर मुन्नी ने इसे स्वीकार नहीं किया। वह हट कहकर खेलने चली गयी।

कभी-कभी बिजली कौंधिया जाती और उसका उजाला कमरे के भीतर घुस आता। क्षण-भर सब जगमगाता, पर आँखें बन्द हो जातीं। गुरदियाल उठा। मुन्नी

को आवाज दी और आते ही कहा, ''सोती क्यों नहीं'' पानी बन्द हो चुका था। कुछ हल्की ठंडक-सी छा गयी थी। कभी-कभी हवा चलती। मुन्नी जाकर बिस्तर पर लेट गयी। गुरदियाल ने विस्मय से देखा तीन मिनट में ही मुन्नी सो रही थी। उसे उस पर ईर्ष्या हुई। कितना सुख है इसे। न खाने की चिन्ता, न कमाने की चिन्ता। जैसे बच्ची को पूरा विश्वास है कि बाबू जी और अम्मा के रहते वह इतनी पूर्णता से सुरक्षित है कि उसे किसी भी चीज की कभी भी कमी नहीं हो सकती। अबोध बालिका। उसने उसके गालों को स्नेह से थपथपाया। तभी उसका हाथ पीछे हट गया। उसने ध्यान से सुना उसी के जीने पर है। किसी ने धीरे से द्वार थपथपाया।

कौन होगा? अच्छा?

और उसका हृदय भीतर-ही-भीतर भारी होने लगा। द्वार पर फिर थपथपाहट सुनाई दी। अब की वह अधिक सधी हुई थी। नीचे उतरा। द्वार खुलते ही एक व्यक्ति भीतर घुस आया। द्वार बन्द करके गुरदियाल ने देखा, कुछ-कुछ दाढ़ी बढ़ी हुई, मैले कपड़े, लालटेन की मद्धिम रोशनी में गुरदियाल ने पहिचाना। रामरतन था।

उसने सुना रामरतन ने संक्षेप में कहा, ''आज रात को यहीं सोना चाहता हूँ। उसी दिन की तरह सुबह अँधेरे ही चला जाऊँगा।''

गुरदियाल जानता है। अधिक विवाद व्यर्थ है। यह व्यक्ति बड़ी मुश्किल से यहाँ पहुँचा है। मजदूरों का नेता है। सरकार उसके पीछे लगी है, क्योंकि यह नये निजाम को बनाने में लगा है।

गुरदियाल ने कहा, ''कमरे में तो जगह नहीं है, अच्छा चलो,'' एक चटाई लेकर छत पर पहुँचा। रामरतन थका हुआ था, लेट गया।

जब वह छत के कोने में सिमटकर सो रहा था गुरदियाल चुपचाप खड़ा-खड़ा कुछ सोच रहा था। पत्नी सो रही थी।

हवा अच्छी चल रही है। जहाँ कहीं बादल फट गये हैं उनके बीच से धुला हुआ आसमान कितना भला लग रहा है, चुपचाप, जैसे आसमान भी खामोश हो गया है...

गुरदियाल नीचे आ गया। बेचैनी से फिर इधर-उधर टहलता रहा। पत्नी के माथे पर हाथ रखकर देखा। ज्वर था और शायद काफी था। लगा कि हाथ झुलस गया। वह कुछ-कुछ बेहोश-सी पड़ी थी। साढ़े तीन हाथ की काया है। इसी के लिए दुनिया में हाय-तोबा मच रही है। कितना विकृत हो गया है यह जीवन। मजबूरियों और गरीबियों के बीच में घिरकर आज बुद्धि, ईमान, सुख, सन्तोष सब भींच दिये गये हैं। पहले अँग्रेज इसे 'सेंडविच' पुकारकर लाता था। अब देसी सेठ इसे भाग्य का जोर कहकर कचर-कचर चबाया करते हैं।

सामने के घर में पंडित जी ऊपर के कमरे में बैठे थे। उनकी युवती पुत्री

और उसकी माँ सुन रही थी। भागवत् का पाठ हो रहा था। जीवन के इस अखंड हाहाकार में भी कितनी अन्ध श्रद्धा थी कि व्यक्ति ने अपने सुख के लिए केन्द्र ढूँढ़ लिया था। कृष्ण गोपियों के वस्त्र लेकर छिप गये हैं। गुरदियाल को लगा वह अजर वासना का गीत—आध्यात्मिक होकर भी अतृप्त जीवन को बहलाने का कैसा साधन है जो उप-चेतन में भी लकीर करता है। पर खरोंच भी नहीं आने देता। मन की बेचैनी उमस के फन्दों में फिर कसने लगी...

गुरदियाल छत पर गया। बगल की निचली छत पर कुछ आवाज-सी सुनाई दी। एक लड़का और लड़की छिपकर बातें कर रहे हैं। बड़ी मुश्किल से आज यह बात करने का मौका मिला है। कैसा बन्दी जीवन है?

वह चौंककर ज्यों-का-त्यों रह गया। जो पंडित जी पढ़ रहे थे वहीं प्रायः जीवन में हो रहा था। उसे डर था कि कहीं कोने में उधर सो रहे राजनैतिक व्यक्ति को यह सब ज्ञात न हो जाय। वह घृणा से मुँह फेरकर इसका भी सैद्धान्तिक निरूपण कर देगा।

उसकी सुख की वह चरमासक्ति देखकर अपने जीवन के प्रति मोह हुआ। इन्सान जब मजबूर होता है, तब पशु की तरह जीवित रह लेता है। मान और अपमान खोकर अपनी आवश्यकताएँ पूरी करना चाहता है।

गुरदियाल को उन लोगों पर दया आयी पर समाज इस समय ईंटें फेंकता। वह इस सबको न्याय नहीं कह सकता। यह ठीक नहीं है। पर भूख? यह भी एक भूख थी। जब तक समाज में नया शासन न हो, तब तक भिखारी भूखे-प्यासे रहकर परीक्षा में झूठ बोलेंगे, भीख माँगें, इतना आत्मसम्मान सचमुच बहुत कम लोगों में होता है जो मर जाते हैं, झुकते नहीं...

तभी उसने देखा। कुछ भयभीत स्वर सुनाई दिये, धीमे, बहुत धीमे, फुसफुसाते हुए। गुरदियाल को अब कहानी की-सी दिलचस्पी हो गयी थी। देख तो लूँ। ये लोग हैं कौन?

लड़का चला गया था। लड़की उठी। गुरदियाल लड़के को चाल से पहचान गया। विद्यार्थी है, कालेज का। इसका बाप तारघर का नौकर है। क्लर्क है शायद। लेकिन यह लड़की कौन है?

तभी उसने धुक्कम-धुक्की की हल्की-सी आवाज सुनी। अब आगे बढ़कर गुरदियाल आसमान की नीची धुँधली ज्योति के सामने भूत बनकर खड़ा था।

यह कोई और लड़का था। देखते ही पीछे हट गया। लड़की गुरदियाल के पास आ गयी।

गुरदियाल ने पूछा, "कौन हो तुम? क्यों लड़ते हो?"

लड़के ने कुछ कहना चाहा। पर घबराया हुआ था। केवल इतना ही कहा—"यह

लड़की बदमाश है।''

लड़की ने फूत्कार किया, ''बदमाश होगा तू, तेरा बाप।''

वह बढ़ रही थी। गुरदियाल ने देखा लड़की दंग थी। उसने देखा सिर झुकाये लड़का खिसियाकर चला गया। गुरदियाल ने धीरे से पूछा, क्यों खड़ी है? तू कौन है?''

लड़की ने कहा—''मैं अभी ऊपर गर्मी से घबराकर आयी थी यह मुझे छेड़ रहा था।''

गुरदियाल हँसा। उसने कहा—''अच्छा।''

लड़की उसके पाँव पकड़कर रोने लगी। भयानक 'अच्छा' में एक तीखा व्यंग था। जैसे क्या जाने वह बक-बक करती रही, ''मैं उसे चाहती हूँ, वह मुझसे ब्याह कर लेगा।'' और भी इसी प्रकार की बातें जिनको सोचने के लिए रात का अन्धा कर देने वाला अँधेरा जरूरी है जो दिन के उजाले में अपने-आपको हास्यास्पद लगने लगता है।

गुरदियाल को जैसे कुछ नहीं मालूम हुआ। उसे इस सबमें अब कोई दिलचस्पी नहीं थी। अब विचार यह था कि कोई उसे अँधेरे में उस लड़की के साथ न देख ले। अभी छब्बे जी का दूबे जी ही रह जायेगा। उधर उस छत के कोने पर रामरतन सो रहा है। नीचे पत्नी बीमार पड़ी है। अभी लोग अपने-अपने घरों में जाग रहे हैं. ..

हठात् द्वार पर आवाज हुई। गुरदियाल का हृदय काँप उठा। अपने-आप जैसे वह मशीन चालित-सा, सीधा बगल की छत पर गया। देखा वह सो रहा था। लड़की पीछे-पीछे चल रही थी। द्वार पर थपथपाहट उसी सधे हाथ से सुनाई दे रही थी। गुरदियाल ने स्वर भींचकर कहा—''कौन? कौन?'' जैसे वह सोते में से जग गया हो। मजबूर होकर उतरना पड़ा।

देखा, पुलिस थी। गुरदियाल को अफसोस हुआ। लगता है अब घर पर कोई भेदिया लगा दिया गया है। और उसे तो रामरतन को जगाकर ऊपर चैतन्य कर देना चाहिए था। पुलिस भीतर घुस गयी। जैसे वह उसका घर नहीं था, जैसे वहाँ किसी से इजाजत लेने की जरूरत न थी। हठात् उसे ध्यान आया। वह चिल्लाने लगा, "दारोगा जी। मेरे यहाँ कोई चीज सरकार के खिलाफ नहीं है। आप किसको ढूँढ़ रहे हैं। मेरी बीवी ऊपर बीमार पड़ी है। यह आप क्या कर रहे हैं?''

घर की तलाशी होने लगी थी। स्वर अब रुक गया था। लालटेन फिर जलायी गयी। सिपाही चीजों को बेतरतीब फेंकने लगे। गुरदियाल लपककर पत्नी की शय्या के पास हो रहा और उसने सिपाही से कहा, ''इधर नहीं। सब दवायें फैला दोगे। एक आदमी आओ बस।'' पर उसकी बात पर ध्यान देने से पहले खाट के नीचे

झाँककर उठने वाले सिपाही का शरीर मेज से टकरा गया। सब दवायें गिर गयीं। मुन्नी भी जागकर रोने लगी। जब पुलिस छत पर पहुँची। गुरदियाल का शरीर पत्नी की खाट पर टिक गया। उसका शरीर पसीने से तर हो गया था अब उसे चक्कर आ जायेगा। रामरतन व्यर्थ ही पकड़ा जायेगा और फिर शायद गुरदियाल भी अभी-के-अभी धर लिये जायें। क्या ठीक है, सेठों के राज में एक सुख है। भूख या मौत। बेईमानी या ईमान का कत्ल। गुरदियाल की आँखों में खून उतर आया, पुलिस लगी जैसे बहुत से हृदयहीन टुकड़ों पर पलने वाले शिकारी कुत्ते। सिद्धान्तहीन, अनैतिक, किन्तु पुलिसवाले शीघ्र ही छत से नीचे उतर आये। कहीं भी कोई नहीं था। स्पष्ट ही वे लोग लज्जित दिखायी देते थे। उन्हें मालूम देता था कि वे कल जिनकी तलाशियाँ लेते थे वे आज मालिक बन बैठे। पर जिनकी आज तलाशियाँ ली जा रही हैं वे शायद कल ताकत में आ जायें। पुलिस के सिपाही जाने लगे। दारोगा ने कहा, ''माफ कीजिए आपको तकलीफ दी।''

''बको मत'', गुरदियाल ने गरजकर कहा—''सारी दवायें फैल गयीं। अब कहाँ मिलेंगी इस वक्त। लाओ पैसे रखकर जाओ।

दारोगा होंठ काटता हुआ चला गया, गुरदियाल ने क्रोध से थूक निकाल लिया। सन्नाटा फिर छा गया। मुन्नी चकित-सी बैठी थी। फैले बिस्तर पर वह छोटे-छोटे हाथ-पाँव का छोटा-सा प्राणी, जिसके गाल-ठोढ़ी सब गोल-गोल हैं। छोटी-छोटी उँगलियों पर मुँह है जो बिल्ली के बच्चों की तरह प्यारी-प्यारी निगाह से देखती है...गुरदियाल की ममता उमड़ पड़ी। कितनी छोटी-सी बैठी हुई है डरी हुई।

गुरदियाल ने देखा। पत्नी के मुख पर भय की विकराल छाया के नाखून गड़ चुके थे। एक नीलापन छा रहा था। उसने धीरे से पूछा, ''गये? क्यों आये थे?''

''कुछ नहीं, सन्देह हो गया था। ये समझे थे यहाँ कोई छिप रहा था,'' उसने निर्भय स्वर से कहा जैसे कोई भय उसे नहीं सताता, वह पूर्ण पुरुष है जिसकी रक्षा में पत्नी निश्चिन्त रह सकती है। पत्नी की आँखें फिर साफ हो गयीं।

उमस छा रही थी। गर्मी बढ़ने लगी थी।

''बड़ी गर्मी है,'' गुरदियाल ने कहा।

''ऊपर चले जाओ। पत्नी ने कहा।''

''तुम सो जाओ? क्यों नींद नहीं आती?''

दोनों चुप हो रहे, पत्नी ने आँखें मींच लीं। गुरदियाल बैठा रहा। कुछ देर बाद कमजोरी के कारण लगा कि वह सो गयी थी। गुरदियाल बैठा रहा। कुछ देर खड़ा रहा। फिर छत पर चला गया। जाकर देखा। रामरतन नहीं था। चटाई भी साथ में ही गायब थी। विस्मय हुआ। आकर एक डौरी पर बैठकर गुरदियाल उठा। कुछ देर खड़ा रहा। फिर छत पर चला गया। जाकर देखा। रामरतन सोच में पड़ गया। कहाँ

उड़ गया एकदम? तभी उसका ध्यान टूटा। देखा, वही लड़की फिर आ गयी थी और चटाई उसकी बगल में दबी थी। उसने चटाई बिछाकर कहा, "बैठ जाइये।"

गुरदियाल ने देखा वह कुछ मुखर थी।

"मैंने", उसने धीरे से कहा—"उस आदमी को पुलिस का नाम सुनाकर दूसरी छत पर कूदाकर भगा दिया। वह कोई फरार था।"

"हाँ।"

"चोरी की थी? आपका दोस्त था?"

"नहीं, यह राजनैतिक आदमी था।"

गुरदियाल सुनने लगा। लड़की ने झुककर उसके पाँव छुये। अब उसमें एक श्रद्धा थी। उसने फिर कहा, "आप मेरे बड़े भाई हैं।"

गुरदियाल सुनने लगा। लड़की का स्वर फिर उठा। "आप पवित्र आदमी हैं। हम जैसे नहीं।" फिर बहुत घिघियाते स्वर में बोली, "आज जो देखा है, किसी से कहियेगा तो नहीं?"

गुरदियाल को संकोच हुआ। उसने कहा, "तुमने क्या मेरे ऊपर कम अहसान किया। इस वक्त मैं जेल में होता।" स्वर भारी था।

"मेरी जिन्दगी का सवाल है," लड़की ने कहा—"मेरी इज्जत का सवाल। मैं कहीं की नहीं रहूँगी। यह लड़का मुझे बड़ा तंग करता है। मुझसे कहता है—बुरी-बुरी बात कहता है। मन करता है मुँह नोच डालूँ।"

उसका अवरुद्ध क्रोध गुरदियाल के मन में केंकड़े की तरह जा बैठा और उसके विश्वासरूपी बगले के गले को पकड़ने लगा।

गुरदियाल ने कहा, "घबराओ नहीं।"

"आपकी पत्नी बीमार हैं?" लड़की ने पूछा।

"हाँ कई दिन से बीमार है।"

"बेचारी", लड़की ने हौले से कहा—"हमारी मामी के बच्चा हुआ था। वह तो मर गयी थी। मैं कल से दिन में आपकी पत्नी को देख जाया करूँगी।"

गुरदियाल ने कहा, "वे तो वैसे ही बीमार हैं।"

"जूड़ी है," लड़की ने पूछा, "डाँस इधर बहुत हो गये हैं।"

गुरदियाल ने कुछ नहीं कहा। चुपचाप सुनता रहा। लड़की कहती रही, "इस घर में सात कुटुम्ब रहते हैं। एक-दूसरे से कोई सीधे मुँह बात भी नहीं करता। मैं आपकी पत्नी की दवा ला दिया करूँगी।"

वह मन-ही-मन हँसा। चलो एक बला से तो पीछा छूटा। लड़की कहती रही—"माँ तो लड़ती हैं पर बाबू जी बड़े अच्छे हैं। मैं उनसे पूछकर छोटे भाई के साथ आ जाया करूँगी। अच्छा है, एक-दूसरे की मदद से दुनिया के काम सरल हो जाते हैं।

यहाँ तो सभी कुत्ते हैं। लड़ाई, दिन-भर लड़ाई। कभी प्यार से एक-दूसरे से कोई बात तक नहीं करता। आप लोग दफ्तर चले जाते हैं। फिर औरतें खूब लड़ती हैं। आपका घर आदर्श है। कभी हल्ला नहीं, शोर नहीं। कम-से-कम आप भले जग भला। यहाँ तरकीबें चलती हैं, अपना कूड़ा दूसरे के द्वार जा फेंका। ऊपर से धड़ाधड़ पानी डाल दिया। नीचे वाले भींग गये। नीचे वालों ने बाल्टी अड़ाकर नल खोल दिया। अब ऊपर पानी के लिए हायतोबा हो रही है।''

उसके बाद कहीं लाठी चलने की आवाज आयी। गुरदियाल चौंक उठा। इधर मजदूरों की बस्ती शुरू हो जाती है। शायद पुलिस से झगड़ा हो रहा है। लड़की की आवाज काँप कर थक गयी। आज की रात में भयानक निर्जनता थी। कुछ देर तक कोलाहल होता रहा। फिर वह धीरे-धीरे डूब गया। बिजली चौंधिया रही थी। शायद फिर बरसेगा।

लड़की ने कहा, ''कल आऊँगी।''

गुरदियाल ने कुछ नहीं कहा। वह चली गयी। मन भारी था, उद्विग्न था। सब नीचे सो रहे होंगे, जाग न जायें इसी से चली गयी। पहली नींद गहरी होती है जब थकान से चूर आदमी अपने जोड़ों को ढीला करता है।

ठंडी हवा चलने लगी। गुरदियाल नीचे चला। बूँदें बहुत तेज गिरने लगीं। बादल मूसलाधार बरसने लगे। चारों तरफ पानी गिरने की बँधी हुई रोर उस नीरवता में झन्नाती हुई समा गयी। वह सोच रहा था। कितना छोटा-सा घर है। कितने आदमी हैं। उनकी कितनी विषमतायें हैं। कितने सुख, दुःख, व्यथा हैं, सब अविश्वास से जी रहे हैं। तब उसे लगा कि इस परेशानी में जो मनुष्य में अपराजित सामंजस्य की प्रतिभा है, आगे बढ़ी। एक लड़का, एक लड़की, फिर वही लड़की और एक और लड़का, जबर्दस्ती...

खिड़की बन्द कर दी। हवा ठंडी थी। नुकसान करेगी। मुन्नी भी सो गयी है। बैठी-बैठी ऊँघ गयी थीं। सो गुरदियाल ने उसे धीरे से अभी ठीक से लिटा दिया था। उधर पत्नी शायद सो रही है। शरीर भभक रहा है। हड्डी का वह ढाँचा तप रहा है। शायद लम्बी-लम्बी गरम साँसों का ताँता बँधा हुआ है।

गुरदियाल गौख में ही बैठा रहा। यहाँ से वह सड़क तक देख सकता था। कुत्ते मस्त होकर घूम रहे थे। खिड़की बन्द कर देने से फिर भीतर गर्मी हो गयी है।

और दिन गुजरने लगे, एक तस्वीर दब रही थी। वक्त हो चला था। मगर वह क्या करे शीशी तो न्याय और शान्ति के रक्षक तोड़ गये हैं तो दवा दे, कहाँ से?

उसे अत्यन्त क्रोध हो आया।

और लगा सारा देश, संसार इसी समय शैया पर पड़ा है। उस जैसे अनेक आशावादी नये संसार के लिये, नये दिन के लिए उसे दवा दे रहे हैं...

खदानों पर खामोशी छा रही है। पुलिस की गोली चलती है। वे जो जिन्दगी पर मजबूर हो रहे हैं, उन्हें शान्ति के नाम पर कत्ल किया जा रहा है। मनुष्य का रोटी माँगने का अधिकार नामंजूर कर दिया गया। सोना और चाँदी खोदने वालों पर लोहा बरसाया जाता है।

गुरदियाल फूत्कार उठा। यह वह क्या सोच रहा है। फिर विचार आया।

खेतों पर उदासी है। कुछ दिन की महँगाई में अपढ़ किसान भूला हुआ है। समाज उसे कमीना बना रहा है। उसे सेठ का धर्म सिखा रहा है। कल फिर उसके सिर पर तलवार झूल रही है। और गुरदियाल का मन कहता है सिर्फ रोटी नहीं। इन्सान को इन्सान बनाना है। उसे उसकी बुद्धि वापस लौटा देनी है, वह जो उससे कुछ आदमियों ने छीन ली है...

पानी बन्द हो चुका था।

पंडित जी गा रहे थे। उस कमरे में अब माँ ऊँघ रही थी। बेटी वहीं सो गयी थी। पंडित जी मग्न होकर अपने पढ़ने में तल्लीन थे, बीच-बीच में विभोर होकर वे गाने लगते। गुरदियाल ने अपनी अथाह वेदना सुना। वह स्वर, भक्ति का यह गीत अच्छा लग रहा था। कितनी आशा थी उसमें। युगों का वह संगीत अब अपने तारतम्य को विस्मृत कर चुका है, अपरिणामशील। वह एक स्वप्न है। ऐसी मीठी कल्पना जिसे झूठ कह देने में कोई हानि नहीं, केवल उसमें विश्वास करने में, उसमें बहते रहने में। पर गुरदियाल कब तक यों ही बैठा रहेगा। रात के दो बजने वाले हैं। कल तड़के ही फिर उठना है।

रात अब उबलना बन्द हो चुकी थी। अँधेरे में पत्नी की जोर-शोर से चलती साँस मुन्नी की निस्तब्ध नींद। गुरदियाल का उन्माद ग्रसित हृदय। उसे लगा पूँजी एक राक्षसी है। उसका पति एक भयानक व्यापारी है। ये दोनों हृदयहीन हैं। ये इन्सान के बच्चों का लहू पीते हैं, उनका माँस खाते हैं। उन्होंने संसार की सब अच्छी चीजों को छूकर अपने जादू से बेजान बनाकर, कैद कर दिया है। और बाकी लोगों के अँधेरे में गुलामों की तरह, बैलों की तरह जोत देते हैं...चक्र घूमता है...

गुरदियाल उठा। उसने बत्ती बुझा दी जिसकी धुँधली रोशनी खाट के नीचे संकुचित हो रही थी। ऐसा लगता था कोई सफेद काली बिल्ली चमकती आँखों से घूरती हुई छिपने की घात में खड़ी थी। अब अँधेरा छा गया था। एक नीरव शान्ति छा गयी।

पलकें भारी होने लगीं। उसे लगा वह पहले सुखी था। जब कुछ भी नहीं समझता था। बाहर पुलिस की सीटी बज रही थी। वह सोचने लगा कि समझदार की मौत

है। वे मनुष्य अच्छे हैं जो पशु हो चुके हैं। ये पशु भी अच्छे नहीं, जिनके भीतर इन्सान का दिमाग काम करता है। जो दबना नहीं चाहते।

फिर कहीं गोली चलने का-सा शब्द आया। वह बिस्तर पर उछल पड़ा। क्या कहीं रामरतन ही शिकार हो गया। रात के इस अन्धकार में जीवन की चेतना पर अदम्य विश्वास रखने वाले मनुष्यों को यह शोषण करने वाले भूखे भेड़ियों के दलाल चुन-चुनकर नष्ट करना चाहते हैं।

एकाएक कमरा गूँज उठा। अत्यन्त दर्दनाक आवाज से पत्नी कराह उठी, ''पानी... पा... नी...''

वह हड़बड़ाकर उठा। तुरन्त बत्ती जलायी, उठाकर मेज पर लालटेन रखी, उसके उजाले में देखा पत्नी विह्वल हो रही है, उसने जाकर खिड़की खोल दी।

तभी पत्नी ने जोर से कै की। थर्राकर कै की। लगा वह अब आँखें उलट देगी। उसने चादर दूर फेंक दी। मटके का खपड़ा नीचे कर दिया। ऐसा लग रहा था जैसे भीतर भयानक हलचल थी। सहारे बैठकर पीठ पर हाथ फेरना शुरू कर दिया। पत्नी ने दोनों हाथों से सीना दाबा, जैसे वह भीतर का अंजर-पंजर बाहर आने से रोक रही थी। उसकी आँखें निकल आयी थीं, जिसमें से पानी छलक रहा था। वह 'अ...अ...' करती और फिर उसकी जबान बाहर लटक पड़ी, जबान जिसमें सुर्खी नहीं...पीलापन था, सफेद खुरदुरापन था।

वह घबराया-सा देखता रहा। कुल्ला कराया। फिर उसे लिटाकर कपड़ों की सफाई में लग गया। पत्नी की सूनी आँखें छत की ओर देख रही थीं। लगता था अब वह शरीर बिल्कुल ठंडा हो जायेगा। होंठों पर एक नीलापन-सा आ गया था। कमजोरी के कारण वह अपनी हाथ की उँगलियों को अँगूठे से मिलाने लगती। जैसे सुमरनी फिरा रही हो। गुरदियाल को वह सन्नाटा अब जिन्दगी की सबसे बड़ी भयानकता थी, जिसका कहीं भी कोई पार न था। तभी मुन्नी जैसे स्वप्न में रोकर उठ बैठी और उसने देखा पत्नी की आवाज घुटने लगी थी...उखड़ने लगी थी।

('51 से पूर्व)

स्वप्न और जीवन

शान्तिनिकेतन की नीरव सुन्दरता पहले जैसे उनकी आत्मा में एकदम उपचेतन-सी समा गयी, धीरे-धीरे वह झिलमिल दूर होने लगी। ऋषियों की-सी छोटी-छोटी कुटियों सधा हुआ संगीत उठता और हरे पेड़ों के सघन पत्तों को छूता हुआ अनन्त आकाश में धीरे-धीरे लोप हो जाता। साँझ की बेला में जब क्षितिजों पर रंगीन बादल झूला करते वह बैठा-बैठा देखता, कि सुदुर जो नीली वनराजि थी उस पर एक अतीन्द्रिय निस्तब्धता उतरती चली आ रही है, जो इन लाल मिट्टी के पथों पर अवसादमलिन-सी सो जायेगी।

जीवन का शाश्वत सौन्दर्य भीतों पर बने चित्रों में मुखर हो उठता। प्रभात की मनोरम बेला में जब स्वच्छ मुख लड़के और लड़कियाँ महाकवि रवीन्द्र के अद्‌भुत गीत गाने लगते तब उनका स्वर प्राचीन शिल्प के उदाहरणों से टकराकर आम्रकुंज में लहराता हुआ अतिथियों के कानों में पड़ता और फिर वह उन्हें विभोर करता हुआ सामने के मैदान पर नृत्य करने लगता।

चन्द्रशेखर सुदूर जमुना किनारे का रहने वाला यहाँ अध्ययन करने आया था। उसे वहाँ की हर बात में एक अजीव नयापन लगता।

मालिनी ने जब कहा कि गुरुदेव का स्वप्न शान्तिनिकेतन में आकर जीवन बन गया है तब उसे सुनकर अच्छा लगा। जीवन और स्वप्न दो अलग-अलग वस्तु से क्यों लगते हैं? क्या जागरण ही जीवन है! चन्द्रशेखर सोचता—जागना, सोना, स्वप्न देखना, यह सब ही तो जीवन है। फिर यह अलग-अलग करके क्यों देखता है? मालिनी अपने नये जीवन से अत्यन्त सन्तुष्ट थी।

किन्तु चन्द्रशेखर के साथ परेशानी थी। यह जब शान्तिनिकेतन से बोलपुर जाता उसे लगता कि शान्तिनिकेतन निस्सन्देह जीवन नहीं है, स्वप्न है। क्योंकि बोलपुर के कच्चे धूल भरे रास्ते, वे चरमराती बैलगाड़ियाँ वे गन्दे घर, कुचर-कुचर हाट-बाजार, और कुत्ते की तरह हाँफता हुआ मनुष्य। चन्द्रशेखर मन-ही-मन कहता जीवन यही है। यही है जो समस्त भारत का चित्र है। यही दुःख और वेदना सत्य है। बाको

परमात्मा के वियोग का दुःख उपचेतना के मौन विकारों की अतृप्ति का समाज में व्यक्तित्व के असहायत्व का लक्षण है।

मधुसूदन तिवारी फिर भी प्रसन्न नहीं रहता। उसे अपने घर की याद आया करती। उसके एक माँ थी, पत्नी, बच्चे...सब थे और अपनी कम तनख्वाह की कचोट में वह कभी भी अपने अभावों को त्याग करने के लिए तैयार न था। उसका कहना था कि सारा समाज गल चुका है। इसका हृदय अभी तक किसी-न-किसी तरह धड़क रहा है और भीतर की बदबू में असह्य यातना है। प्राचीन संस्कृति के फूल चढ़ाने से भी गन्दा शरीर स्निग्ध और स्वच्छ नहीं हो सकता, क्योंकि यह प्रायः लाश हो चुका है।

साँझ की बेला में चन्द्रशेखर जब घूमकर लौटा तब बिजली जलने लगी थी। धुँधलके में संगीत भवन से धीमा-धीमा वीणा का गुंजन निकल रहा था और लड़कियों की खिलखिलाहट से मिलकर वह स्वर जब बालकों के कलरव में आकर सिमट जाता तब उस वातावरण में गुरुदेव के अभय स्वर प्रबुद्ध चेतना से मन के स्तरों को जगाने लगते। चन्द्रशेखर रेस्ट्रां में काफी पीने लगा। वह थक गया था। एक धुँधला दीपक जल रहा था।

चन्द्रशेखर ने देखा। सामने एक मिट्टी की मूरत थी और रेस्ट्रांवाला वृद्ध उसको देखकर प्रसन्न हो रहा था, क्योंकि युवक ने उसी की सूरत को मिट्टी में ऐसी सफाई के साथ ढाल दिया था कि मन बरबस उस युवक की कला से प्रभावित होने को बाध्य हो रहा था। चन्द्रशेखर की आत्मा को अत्यन्त सुख हुआ। यहाँ के लोगों में जादू है। गाते हैं तो कानों में रस घोल देते हैं। तूली उठाकर जब रंग घोलते और चित्र बनाते हैं तो लगता है कि वही संगीत अब रेखाओं में बँधकर स्थिर हो गया है जो निस्तब्ध होकर गूँज रहा है, और जब मिट्टी को भिगोकर उसमें हाथ डालते हैं तब सजीवन आकारों का निर्माण होने लगता है...

पास में ही युवक खड़ा था जिसके हाथों में अभी तक मिट्टी लगी थी। चन्द्रशेखर ने उसकी ओर प्रशंसा भरे नयनों से देखकर कहा : "आपका हाथ बहुत अच्छा है।"

युवक ने मुस्कराकर सिर हिलाया। उस स्वीकृति में एक नम्रता थी। बात चल पड़ी। उसने कहा। "अभी मैं परीक्षा के लिए तैयारी कर रहा हूँ। इसके बाद मुझे सरलता से नौकरी मिल जायेगी और मैं यहाँ से चला जाऊँगा। पर इस काम में भी बहुत धाँधली चलती है। जो इसमें प्रतिष्ठित हो चुके हैं वे दूसरों को सरलता से आगे नहीं बढ़ने देते और मौलिक चिन्तन का क्षेत्र दिन-पर-दिन कम होता जा रहा है। बाजार में विज्ञापन की माँग दिन-पर-दिन बढ़ती जा रही है।"

चन्द्रशेखर ने सुना उसका मन कचोट उठा।

जीवन का यह स्वर्ग बहुत छोटा है। इसके चारों ओर वही विषाक्त नरक है।

जहाँ कर्मलोक की जघन्य तृष्णायें और कामनायें हैं। क्या यह सचमुच स्वर्ग है! क्या यही उस लोक की चरम कल्पना नहीं है? फिर क्या यह मनुष्य को भुलाये रखने के लिए उच्चवर्ग का एक प्रयास है कि जीवन की विभीषिका से संघर्ष न करो, अपनी आत्मा का सुधार करो! क्या इस चेतना की प्रतिच्छाया संसार का पददलित जीवन मुक्त नहीं कर सकती?

चन्द्रशेखर व्याकुल हो गया।

कमरे पर लौटते ही सुना कि आज फिलैडेलफिया से एक प्रोफेसर आये हैं। उनका दर्शन-शास्त्र और विश्व-शान्ति पर भाषण होगा। अत्यन्त भव्य और सज्जित कमरे में देर तक वह विश्वशान्ति पर आत्मिक विकास का पाठ पढ़ता रहा और अपने भीतर के विश्वास और श्रद्धा की कमी पर अफसोस करता रहा। जब वह बाहर निकला, उसने देखा कि उसकी सुन्दर चप्पल गायब थी। बहुत विस्मय हुआ। जिसने सुना आश्चर्य किया। छोटे-छोटे बच्चों ने उसे घेर लिया। चन्द्रशेखर चप्पल खो जाने के खेद को बच्चों की हँसी में डुबा देना चाहता था। उसे विस्मय था कि ऐसी जगह भी चोर हो सकते हैं। तभी उसे याद आया बड़े-बड़े ऋषियों-मुनियों का हृदय भी विचलित हो जाता था, फिर इसमें विस्मय ही क्या है?

और अचानक ही चन्द्रशेखर को ध्यान आया कि मनुष्य का हृदय जब बन्धन में होता है तब अवश्य ही मर्यादा का उल्लंघन करने का प्रयत्न करता है। मनुष्य का लाभ उसकी नीचता हो सकती है, पर वह उसकी विवशता का परिणाम भी हो सकता है।

जब वह कमरे पर लौटा रोज की भाँति वह काली छाया कमरे में आयी और चुपचाप कटोरदान उठाकर चलने का उपक्रम हुआ। मधुसूदन तिवारी की कृपा से यह प्रबन्ध हो गया था। शाम को चन्द्रशेखर वहीं खाने चला जाता जहाँ लगभग पाँचों विद्यार्थी-गुरु सब मिलकर खाया करते। दिन में यह आदमी वहाँ से कटोरदान में खाना ले आता। उस खाने को देखकर चन्द्रशेखर को अपने प्रान्त की याद आने लगती। एक बार तो वह स्वर्ग भी जाने से इनकार करना चाहता जहाँ कहा जाता है कि नमक, खटाई और तेल बिल्कुल नहीं खाया जाता। और परिणाम होता कि चन्द्रशेखर डटकर चाय-काफी पीता, सूखा चिउड़ा खाता और बराये नाम खाना भी। बिना जूठा किये जो अधिकांश बचा देता, वही आदमी नित्य उसे ले जाता, खा लेता और चन्द्रशेखर पर इस आध्यात्मिक उपवास का वही असर हुआ जो गौतम बुद्ध पर हुआ था।

"क्यों? तुम्हारी तबीयत तो ठीक है?" नीहार ने एक दिन पूछा।

चन्द्रशेखर हँसा। उसे याद आया कि जिस खाने को देखकर वह अपना आत्मिक बल भूला जाता है, उसे ही वह युवक माँग-माँगकर तारीफ कर करके खाता है। देश

का भेद मनुष्य मनुष्य में क्या सचमुच भेद पैदा कर सकता है।

चन्द्रशेखर ने देखा। गुरुदेव की भव्य मूर्ति उसके नेत्रों के सामने से गुजर गयी। उनके मुख से मृत्यु को चुनौती देने वाली भव्य गरिमा फूट रही थी, जैसे विशाल आम्र वृक्ष पर नवजीवन का इंगित बनकर कोमल कोंपलें फूट निकलती हैं। उसका मस्तक नत हो गया। वह मनुष्य की निर्बलता है कि वह अपने को स्थानीय परिवर्तनों के उपयुक्त नहीं बना लेता।

बिहारी होने के कारण मधुसूदन तिवारी भी असन्तुष्ट थे। नीहार सरकार ने कहा—"तुम्हारा यह खाना लाने वाला मुझे ठीक नहीं जँचता।"

"क्यों?" चन्द्रशेखर ने पूछा।

नीहार ने बिना हिचके उत्तर दिया—"इस आदमी को मैंने अस्पताल में देखा है। यह सदैव उन बीमारों के पास रखा जाता है जिन्हें कोई छूत की बीमारी होती है, जैसे तपेदिक, चेचक, शीतला। और डॉक्टर-नर्सों की बात दूसरी है। वे लोग साफ रहते हैं। पर यह तो नहाता भी न होगा, न कपड़े बदलता होगा।"

चन्द्रशेखर ने सुना। कपड़े तो इसके पास शायद होंगे ही नहीं। और समानता की भूख ने, या अपने पापों के प्रायश्चित ने मन-ही-मन कहा कि अगर यह व्यक्ति ऐसी-ऐसी जगह ऐसा काम करने को मजबूर है और फिर भी नहीं मरता तो मैं ही क्यों मरूँगा। पर फिर वह अपने-आप हँसा। यह तो भाग्यवाद हुआ। साफ बात तो यह है कि व्यक्ति से प्रेम हो सकता है, रोग से प्रेम नहीं किया जा सकता।

पर रहा निरन्तर यही क्रम। यही सिलसिला चलता रहा कि वह आदमी नित्य आता और खाना ले जाता, कटोरदान धोकर रख जाता और फिर दूसरे दिन चुपचाप कटोरदान उठाकर ले जाता।

चन्द्रशेखर फिर उन मोटी-मोटी किताबों में डूब गया। शताब्दियों का ज्ञान सामने बँधा हुआ पड़ा है। मूर्ख संसार में बहुत कम लोग इस रत्नराशि को मानते हैं।

और चन्द्रशेखर को याद आया ऐसे ही एक दिन जब पेड़ों की घनी छाया में उटजों से गम्भीर वेद ध्वनि गूँजा करती तब तापस्य-वृन्द गम्भीर रहस्यों की उलझनों को खोजा करते। तपोवन में ब्रह्मचारी और युवक अध्ययन में लगे रहते। ब्रह्मचारिणियाँ अपने पवित्र जीवन की उज्ज्वल प्रभा से जीवन को आलोकित किया करतीं।

वह आर्य-गरिमा थी, जिससे संसार की विषमतायें दूर थीं। चन्द्रशेखर को हठात् याद आया—किन्तु उसका खर्च कैसे चलता था?

वह हँसा—उनका खर्च ही क्या था? ज्ञान के प्रार्थी थे। थोड़ा-बहुत खा लिया बस। और वह फिर संस्कृत के श्लोकों में खो गया...

जब उसका ध्यान टूटा, देखा द्वार पर कोई खड़ा है।

एक गहरे साँवले रंग का युवक धोती और कुर्ता पहने। उस व्यक्ति ने दोनों

हाथ जोड़कर नमस्कार किया।

चन्द्रशेखर ने उत्तर देकर कहा—"आइये।"

वह व्यक्ति जैसे इस सम्मानित सम्बोधन को हठात् ही स्वीकार नहीं कर सका। आकर हिचकिचाता हुआ बैठ गया। बात चल पड़ी।

"मेरा नाम शास्त्री है।" आगन्तुक ने कहा, "मैंने सुना था कि आप भी कुछ लिखते हैं। दर्शन करने चला आया।"

चन्द्रशेखर मन में कुछ शर्मा गया। उसने कहा—लिखता तो विशेष नहीं, पर पढ़ने का आदी हो गया हूँ। तभी कुछ-न-कुछ करता ही रहता हूँ।"

चन्द्रशेखर ने हँसकर शास्त्री का हाथ स्नेह से दबा दिया। शास्त्री जैसे कुछ मुखर हो उठा।

"आप यहाँ क्या करते हैं?" चन्द्रशेखर ने पूछा।

"मैं यहाँ उस भवन में काम करता हूँ।"

"अच्छा," उसने पूछा—"कब से हैं?"

उसने धीरे से कहा—"आया तो था मैं नृत्य सीखने। जब आ ही पहुँचा तो नयी दिक्कतें सामने आयीं। फिर यहीं मैंने भवन में नौकरी कर ली। सोचा था खाने को कुछ मिल ही जायेगा और उसी के सहारे काम भी चल जायेगा। लेकिन जो सोचा था, वह नहीं हो सका। अब तो मैं यहाँ व्यर्थ पड़ा हूँ।"

चन्द्रशेखर समझ नहीं सका। उसे कोई विस्मय नहीं हुआ। अक्सर पढ़ने वाले लोग नौकरी करके पेट भरते हैं और अपनी पढ़ाई चलाते हैं।

"तो फिर," चन्द्रशेखर ने पूछा—"आपने अपनी पढ़ाई स्थगित क्यों कर दी?"

शास्त्री ने कुछ तीखेपन से कहा—"मास्टरों और विद्यार्थियों को आज्ञा दी गयी कि वे मुझे नृत्य जैसी कलात्मकता नहीं सिखायें।"

चन्द्रशेखर ने चौंककर पूछा : "क्यों?"

"क्योंकि मैं यहाँ का नौकर हूँ न? इससे कायदा बिगड़ जाता। नौकर और मालिक का साथ-साथ पढ़ना उन्हें पसन्द नहीं।"

चन्द्रशेखर को झटका-सा लगा। उसने कहा—"लेकिन यहाँ तो किसी भी प्रकार के बन्धन नहीं माने जाते हैं?"

शास्त्री ने उदासी की फीकी हँसी-हँसकर कहा—"कहने की बात और है।"

फिर भी चन्द्रशेखर ने कहा—"इतने बड़े-बड़े साम्यवादी विद्वान यहाँ हैं, पर कोई बोलता भी नहीं?"

इस बात का शास्त्री के पास कोई उत्तर नहीं था। थोड़ी देर रुककर उसने फिर कहा—"एक विद्यार्थी ने मुझे छिपकर नृत्य सिखाना शुरू किया। लेकिन गुरुजनों को मालूम पड़ गया और वे बहुत नाराज हुए। उन्होंने कहा कि इससे एक बुरा उदाहरण

पेश हो जायेगा।''

'बुरा उदाहरण!' शब्द चन्द्रशेखर के कानों में गूँज उठे।

''मैंने स्वयं उस विद्यार्थी के पास जाना छोड़ दिया।'' शास्त्री चुप हो गया था। चन्द्रशेखर चुपचाप सुनता रहा और उसके दिमाग में बिजली-सी कौंध उठी।

''आप शास्त्री क्यों कहलाते हैं?'' चन्द्रशेखर ने कहा—''क्या आपने संस्कृत की कोई परीक्षा पास की है?''

''जी नहीं,'' शास्त्री ने संकुचित स्वर से कहा—''मैं दक्षिणी हूँ। तभी।''

और चन्द्रशेखर ने देखा श्यामल रंग, सुता हुआ शरीर, लम्बे बाल ऊपर कढ़े हुए, मैली चप्पल पर सादा कुर्ता और सफेद धोती।

शास्त्री चला गया था। चन्द्रशेखर का मन उचाट खा गया। क्या वह व्यक्ति इस योग्य नहीं कि उसे भी साथ ही नृत्य सीखने दिया जाये। इस समाज में ऐसा तो होता है कि बाहर का गरीब कभी-कभी दूसरी जगह के अमीरों के साथ बैठने लगे। लेकिन यह असम्भव है कि अपना नौकर अपने साथ मेज पर बैठकर साथ चाय पीये।

उसने दराज में से निकालकर एक बार वह पत्र फिर पढ़ा जिसका जवाब उसने कल ही लिखा था। पत्र! एक बम्बई के मजदूर का पत्र। जिसमें उसने चन्द्रशेखर की एक पुस्तक को पढ़कर प्रशंसा लिखी है। जो गोर्की बनना चाहता है, पर पढ़ने को उसे किताबें नहीं मिलतीं। आजकल एक मारवाड़ी के यहाँ चौकीदार है। चन्द्रशेखर को चक्कर आ रहा है। सचमुच। जीवन कितना बद्ध है। फर्क है कि चन्द्रशेखर को लिखने के साधन हैं। गुरुदेव को अपनी पुस्तक स्वयं छपवा लेने के भी साधन थे।

बाहर लड़के और लड़कियाँ ठठाकर हँस रहे थे। नया नाटक खेला जाने वाला था, अब की पूर्णिमा के दिन। उसी के लिए पात्रों का चुनाव हो रहा था।

चन्द्रशेखर घूमने चल दिया। पुस्तकालय में बैठा रहा। पढ़ता रहा।

रास्तों पर उसने देखा। विशाल वृक्षों की छाया में बसन्ती साड़ियाँ पहने लड़कियाँ खेल रही थीं। मोहक दृश्य था। कोई बन्धन नहीं। यहाँ कोई कलुषित नहीं है। जीवन की स्वाभाविकता खेल रही है।

जब वह लौटा तो मन भारी था। कमरे में आकर बैठ गया। एक चित्रकार अपना चित्र बनाने का सामान लेकर लौट रहा था। चन्द्रशेखर ने देखा उसके मुख पर एक आत्म-सन्तोष की भावना थी। मेहता अपने कमरे की खिड़की से दिखायी दे रहा था। चन्द्रशेखर देखता रहा। वह व्यक्ति नितान्त किताब का कीड़ा हो गया है।

तभी उसका ध्यान टूटा। उसने मुड़कर देखा, सामने का द्वार भिड़ा हुआ था। उधर घूँघट खींचे एक स्त्री खड़ी थी। चारों ओर नीरवता है।

चन्द्रशेखर समझ गया। यह उसी काले व्यक्ति की स्त्री, युवती नहीं है। चन्द्रशेखर

ने उपर से सिर हटा लिया। पर वह भीतर नहीं आयी।

यह भीतर आने में सकुचाती है।

चन्द्रशेखर को विस्मय हुआ। फिर हँसा·। वह क्या पुरुष मात्र को बुरा समझती है? क्या वह हर एक को कुलषित समझती है?

परतन्त्र। नहीं वह दासी है। वह डरती है। उसका समाज उससे यही आशा करता है।

चन्द्रशेखर बाहर आ गया।

बाहर हवा चल रही थी, शरीर को सुख हुआ।

नीहार सरकार की प्रशंसा कर रहा था। हम भारतीय संस्कृति का आधार स्तम्भ लेकर खड़े हैं। किन्तु हममें जड़ता नहीं है। यदि हम देखते हैं कि विदेशी संस्कृति में भी कुछ अच्छा है तो उसे अवश्य स्वीकार कर लेते हैं...

चन्द्रशेखर ने सुना। वह मन-ही-मन हँसा। बंगाली संस्कृति के ये भारतीय प्रतिनिधि। आज भी यह लोग अ-बंगाली से मिल-जुलकर बहुत कम बैठते हैं। जैसे यह लोग अलग हैं।

तब चन्द्रशेखर ने मन-ही-मन कहा—उच्च वर्गों का आडम्बर और उससे प्रभावित मध्यवर्ग दोनों में ही यह अलग रहने का दम्भ है, यह बंगाली में कुछ अधिक है, है सभी में। केवल जनता में परस्पर भेद नहीं है। वहाँ तो भेद का बीज, जब संस्कृति के पालने वालों के हाथ का स्वार्थ भरा पानी पाता है, तभी यहाँ विष उगता है।

क्या यह प्रशंसा सचमुच मनुष्य की गरिमा थी। तभी मालिनी ने गम्भीरता से कहा था—'संस्कृति बन्धनों में बँधकर नहीं पलती।' और चन्द्रशेखर के मुख पर मुस्कराहट देखकर वह चुप हो गयी थी।

अतिथि अत्यन्त प्रभावित थे। वे कह उठे : 'जीवन यहाँ स्वर्ग है। जिन्दगी तो आप लोगों की है। जब मैं शालवीथिका से चला तब मेरा साहस नहीं हुआ कि वहाँ पाँव रख सकूँ। एक दिन उन वृक्षों की छाया में गुरुदेव की भव्य प्रतिमा चला करती थी। मैं पराजित हो गया हूँ। कलकते में रोज मेरे मजदूर हड़ताल करते हैं, किसी में भी सन्तोष नहीं है।'

नीहार कह उठा—'पश्चिम के भौतिकवाद का प्रभाव भयानक रूप से पड़ा है...'

चन्द्रशेखर ने देखा। मालिनी का सिर झुक गया था। मकानों में मदद लगी थी। ईंटों और पत्थरों और गारे के ढेर में वह काले-काले आदमी और औरतें! फिर भी आँख को एक शीलता देने की शक्ति है उस काले रूप में। वह सोचता—इतने काले होने पर भी इनके शरीर की बनावट कितनी सुन्दर है? किसी भी प्रकार की कृत्रिमता से दूर।

चन्द्रशेखर विभोर हो उठा।

सन्थालों के उस झुंड को देखकर उसके मन में माँस और देह का विलास जाग्रत हो उठा। यह जीवित प्राण है। इसका संसार आध्यात्मिक उलझनों में पड़कर धरती को भूल नहीं गया है।

और उसे वे गाँव याद आये। सन्थालों के छोटे-छोटे घर, जिनमें मंजे हुए साफ-सुथरे बर्तन, उज्ज्वल चमकते स्त्रियों के सिर पर वह लाल-लाल फूल...कितना मादक...वह श्रम की गरिमा...परन्तु जीवन की सारी निर्बलता का केन्द्रीकरण...

फिर वह सोचने लगा—गुरुदेव की छाया में यह संसार पला है। गुरुदेव ने कहा था—मुझे यही तो अच्छा लगता है कि पत्तों-पत्तों पर आलोक नाच रहा है। पत्ते-पत्ते पर नाचने वाला आलोक महाकवि को अच्छा लगता था। कितना सुन्दर विचार है, कितना सीधा-सादा है।

चन्द्रशेखर सोच रहा था।

वे गाँव...यह तपोवन, वह तपोवन जिसमें नीरसता नहीं, राजसी विलास की गरिमा, सादगी का बाह्यावरण, सौम्यता, सरलता, क्या यही जीवन की कल्पना को सुन्दर बनाने वाला नहीं है चन्द्रशेखर?

मालिनी!

मालिनी ने हठात् उस दिन यह प्रश्न पूछा था।

आत्मा की गहराइयों के यह प्रश्न! चन्द्रशेखर तू मशीनों के हाहाकार में डुबा देना चाहता है।

चन्द्रशेखर हँसा। नास्तिक!

'कहाँ है कल्याण मालिनी?' उसने कहा था।

और मालिनी की आँखों में अविश्वास से तारा काँप उठा था, जैसे अतिथिशाला के पीछे पेड़ों से घिरे ताल में रात के गहरे अन्धकार में जुगनू भागता था, ऐसे जैसे आत्मा के निर्जन में एक-आध प्रकाश की क्षीण किरण, क्षण-भर चमकती, फिर अँधेरा, वही निरावरण गहरा अँधेरा...उस किरण की एक झलक पाने के लिए लोग जीवन जंगल में बिता देते थे...

दोपहर को वही काली छाया कमरे में घुसी। चन्द्रशेखर ने देख लिया। वहीं था। खाना लेने आया होगा। वह झुका हुआ आदमी भीतर आ गया। उसने आकर अपने-आप कटोरदान उठा लिया और अपने बर्तन में सारा बचा हुआ चावल डाल दिया। इसके बाद वह बर्तन लेकर धोने चला गया।

चन्द्रशेखर ने आज प्रायः बहुत कम खाया था। जब से उसने खाना खाया था उसके हाथों पर खुजली-सी फैल गयी थी और तब से उसे हर चीज में गुड़ मिले खाने को खाने की हिम्मत ही बहुत कम हो गयी थी। उसे उन लोगों पर विस्मय होता जो खाने को इतना गौण कर देते कि जो मिलता वही खा लेते। और उन्हें

कुछ भी नहीं होता।

चन्द्रशेखर पढ़ता रहा। किताब के पन्नों पर जीवन का रहस्य बिखरा पड़ा था, एक अतीन्द्रिय आनन्द। वह विभोर हो चला था। व्यक्ति क्या है? समाज की एक बूँद है। बूँद के बनने-बिगड़ने से क्या होता है? तभी चन्द्रशेखर ने देखा। काला नौकर चुपचाप खड़ा था।

उसकी ओर देख रहा था। वह खड़ा रहा।

चन्द्रशेखर ने चौंककर देखा। पूछा—''क्यों क्या बात है?''

वह आदमी कुछ संकुचित-सा मुस्कराया। जैसे मन-ही-मन कुछ प्रसन्नता-सी हो रही थी। इसके बाद उसने देखा। उस काले हाथ पर एक पपीता दिखायी दिया। चन्द्रशेखर समझा नहीं?

उसने पूछा—''क्या है?''

पपीता मेज पर रखकर वह व्यक्ति कुछ लज्जित-सा पीछे हट गया।

और उस व्यक्ति ने अपनी टूटी-फूटी बँगला मिली हिन्दी में जो कुछ कहा उसका कुछ-कुछ तात्पर्य था 'तुम बहुत कम खाते हो। बंगाली खाना तुम्हें अच्छा नहीं लगता। चाय पीकर भूख मिटाते हो। जूठा नहीं करते। अच्छे आदमी हो, यह फल खा लेना। कुछ पेट तो भरेगा।'

काली आकृति चली गयी थी। शब्द कानों में भालों की तरह चुभ रहे थे। असह्य थी यह दारुण यातना। मनुष्य की जीवित आत्मा का गौरव किन पर्दों पर और कितने स्तरों से न जाने कब बोल उठता है, यह कोई नहीं जानता।

चन्द्रशेखर की चेतना लहूलुहान हो चुकी थी। उस आडम्बर में भी एक मनुष्य जीवित था। कितना महान्! वे जो त्याग के बल पर दो घोड़ों पर सवार आत्मा और परमात्मा को हवा में चाबुक मारकर भगाये चले जा रहे हैं, क्या वे अपनी रूढ़ियों के कोल्हू में पिस-पिसकर अपनी मनुष्यता का तेल खो चुके हैं, किसी और के हाथों बेच चुके हैं?

काली छाया! जिन्दगी के टूटे हाथ ने उठाकर सँभाल दिया। उफ! भूख! मेरी भूख! उसके बच्चों की भूख!!

दिगन्तों का मुँह खुला है कृष्ण ने जो अर्जुन को विराट रूप दिखाया था, उस समय उनके मुख से निकली आग आज संसार में समा गयी है।

सूखा शिरीष बड़बड़ा रहा था। काल वैशाखी की भयानक हहर से धूप की तपन ऐसी छिटक रही थी, जैसे आग की लपट काँप रही हो, और जब पेड़ों के पत्ते खुली हुई हवेली की भाँति उसे रोकने की चेष्टा करते तब काल वैशाखी उस हाथ को झकझोर देती...चन्द्रशेखर देखता रहा...

यह आकृति...झुकी हुई आकृति, पेड़ों और झोपड़ियों के पीछे वह आकृति

धीरे-धीरे खो गयी। उसे अपने ऊपर कोई गर्व नहीं है। उसने जैसे अहसान का बदला चुकाया है। बाहर खिड़की की ओर कोई आवाज सुनाई दी।

और तभी सुना नीहार किसी यात्री को समझा रहा था...यहाँ किसी प्रकार का बन्धन नहीं, यहाँ वासना का कलुष नहीं है...सब स्वतन्त्र हैं...बराबर हैं...''

चन्द्रशेखर ने सुना...और सुनता रहा...

('51 से पूर्व)

●●●